30 ANOS

CB046392

Fabián e o caos

Pedro Juan Gutiérrez

Fabián e o caos

TRADUÇÃO
Paulina Wacht e Ari Roitman

1ª reimpressão

ALFAGUARA

Copyright © 2015 by Pedro Juan Gutiérrez
Publicado mediante acordo entre Virginia Lópes-Ballesteros Agencia Literaria
e Villas-Boas & Moss Agência Literária.

*Grafia atualizada segundo o Acordo Ortográfico da Língua Portuguesa
de 1990, que entrou em vigor no Brasil em 2009.*

Título original
Fabián y el caos

Capa
Claudia Espínola de Carvalho

Preparação
Leny Cordeiro

Revisão
Clara Diament
Valquíria Della Pozza

Dados Internacionais de Catalogação na Publicação (CIP)
(Câmara Brasileira do Livro, SP, Brasil)

    Gutiérrez, Pedro Juan
        Fabián e o caos / Pedro Juan Gutiérrez ; tradução Paulina Wacht e Ari Roitman. – 1ª ed. – Rio de Janeiro : Alfaguara, 2016.

        Título original: Fabián y el caos.
        ISBN 978-85-5652-017-3

        1. Ficção cubana. I. Título.

16-04258   CDD-cb863.4

Índice para catálogo sistemático:
1. Ficção : Literatura cubana   cb863.4

[2016]
Todos os direitos desta edição reservados à
EDITORA SCHWARCZ S.A.
Praça Floriano, 19 — Sala 3001
20031-050 — Rio de Janeiro — RJ
Telefone: (21) 3993-7510
www.objetiva.com.br

Para meu amigo Fabio Hernández

Agradeço aos meus amigos Ernán López Nussa, Pablo Milanés e Sinesio Rodríguez por seus pertinentes comentários sobre música e piano.

Eu não sabia o que fazer. Não sabia o que queria nem para onde ia. Mas não podia parar. Acho que era a única certeza que tinha: não podia parar. Precisava continuar andando e atravessar a fúria e o horror.
Pedro Juan, O ninho da serpente

Senhor, as criaturas que enviaste já estão aqui, batendo asas ao lado da minha cabeça. Eu as prendo com um fio de sangue e temo que se corte o fio…
Dulce María Loynaz, Poemas sem nome

I.

Fabián começou a ouvir a música do piano quando ainda era um feto boiando na barriga da mãe. Todo santo dia. Ele nunca chegou a saber, mas aquelas canções infantis tão simples ficaram gravadas no seu subconsciente para o resto da vida.

Depois, quando nasceu, Lucía o segurava com a mão esquerda, todo enrolado em cueiros. E com a direita continuava praticando nas teclas. Ela não era pianista. Martelava o piano. Tinha estudado um ou dois anos e, ainda muito jovem, conseguiu um trabalho de pianista numa creche perto de casa.

Era uma coisa muito simples. Os acordes básicos, para acompanhar as crianças em suas canções de sempre: "Os frangos da minha panela", "Arroz com leite, ele quer se casar", "No carro do papai", "O quintal da minha casa", "Noite feliz" e outras do gênero. Era um trabalho feliz, pacífico, repetitivo, com um salário miserável, mas ela não se importava. Seu destino não era ter grandes aventuras na vida. Só lhe interessava não ficar o tempo todo em casa, entediada.

Lucía tinha nascido em Madri. Seus primeiros dezenove anos de vida transcorreram num cortiço, com os pais. Era um cortiço, simplesmente, mas a mãe dela evitava empregar essa palavra tão feia e sempre dizia que era "um apartamentinho de fundos", com uma voz doce para a coisa soar melhor. Eram dois aposentos minúsculos. Um apartamento pequeno, escuro, malventilado e claustrofóbico. No centro, perto da porta de Toledo. Lucía lembrou aquele lugar pelo resto da vida como o mais frio e escuro do mundo, totalmente fechado, um ambiente abafado e denso. Uma mistura de pés fedorentos, roupa muito usada e pouco lavada e um cheiro permanente de guisado e chouriço frito.

A mãe era uma mulher corpulenta, autoritária e abrasiva. Uma senhora decidida e pragmática que pelo jeito jamais teve uma dúvida. Falava com muita ênfase, tomava decisões e ia em frente, com uma energia arrasadora. Havia sido soprano e cantara em zarzuelas durante alguns anos. Depois se apaixonou perdidamente — bem, não tão perdidamente assim, só se apaixonou — por um homenzinho baixo, elegante e silencioso, com cara de eterno menino malcriado. Admirador incondicional de suas interpretações, ele lhe levava flores e bombons com delicados cartões em que se viam casais de namorados cercados de corações cor-de-rosa. Nos cartões ele só escrevia, a lápis e com uma letra péssima: Para Carmela Atxaga, atenciosamente, de um admirador, B. R.

Foi amor à primeira vista. Ficaram noivos logo depois. Ela, um pouco irônica, o chamava de BR em vez de Bernardo, que era o seu nome. Bernardo Ramírez. Ele, por sua vez, sempre a chamou de Carmela, que era seu nome artístico. Nunca pelo nome verdadeiro: Eustaquia. Começou a visitá-la em casa. Visitas breves, formais e corteses. Após duas visitas, falou com o pai dela e pediu sua mão. O pai não se opôs porque aquele homenzinho tímido, apagado e esquálido era carteiro, portanto tinha um salário seguro pelo resto da vida. E, depois de um ano de noivado, os dois se casaram de um jeito simples, sem ostentação. Para não ter despesas, só fizeram uma cerimônia íntima às oito da manhã, logo depois da missa das sete, na igreja de Santo André.

Ela parou de trabalhar. Bernardo lhe havia pedido isso de antemão, e era natural. Não sentiram sua falta na companhia de zarzuela. Pelo contrário. Ficaram até aliviados porque tinham se livrado de uma jovem mandona e corrosiva, que andava pela vida cheia de petulância. E como cantora ela não era grande coisa. Por isso não perdiam nada. Dúzias de moças podiam fazer a mesma coisa, e se comportariam com mais educação. Carmela tinha um grupo de amigas, que se encontravam duas ou três vezes por semana para se empanturrar de chocolate com churros e tagarelar feito maritacas. Ela confessou às garotas:

— É, pedi demissão. BR não quer que eu trabalhe. Ele é muito educado, um dia veio e me disse: "Carmela, amor da minha vida, não quero que você continue trabalhando quando for minha esposa". Lógico, ele cuida de mim e não quer que me falte nada. Além do mais, agora tudo virou teatro de revista ou de variedades. Coisas frívolas. Não é mais como antes. Não. Agora querem é que a gente mostre a peitaria. Ah, não! Carmela Atxaga é uma profissional, estou feliz por ter me afastado desse mundo. Não é mais como era antes, ah não, não é mais como era. Formavam um casal estranho. Ou curioso. Ele mal chegava à altura do peito da mulher. Era miúdo e de estatura baixa. Já ela era alta, corpulenta e forte, com peitos grandes, uma bunda dura e proeminente, dois braços massudos. Mãos grandes, pés grandes. Tudo farto. E um olhar um pouco perverso, ou torto. Na cama ele deitava e rolava com aquela enorme quantidade de carne. Chupava, beijava, espremia, mordia, batia e gozava muitíssimo. Ela se deixava amar por aquele frágil ursinho de pelúcia que tinha capturado com tanta facilidade. A sensação de ter um homenzinho de brinquedo entre as suas manzorras e se esfregando em seus enormes peitos a fazia ter orgasmos múltiplos e suspirar de prazer várias vezes por dia. Eram jovens e felizes. Tão felizes que em poucas semanas ela ficou grávida e nove meses depois pariu Lucía. A menina recebeu este nome porque nasceu em 13 de dezembro de 1905, dia da festa da mártir católica.

Lucía não teve irmãos. Em parte porque "Deus não quis", como eles repetiam, e em parte porque o tédio chegou e os dois pararam de fazer sexo de maneira tão louca e frequente. O relacionamento também mudou. Dos paparicos e beijos contínuos passou a ser um relacionamento de mando e desmando por parte de Carmela e obediência cega e sem reclamações por parte de Bernardo. Respiravam um clima de tensão, desconfiança e conflito. Nada relaxado. Dava a impressão de que Bernardo vivia tentando escapulir daquela esposa ditatorial. De modo que Lucía foi uma válvula de escape. Filha única, mimada e paparicada em tudo, o que incluía licença para mamar nos enormes e abundantes peitos da mãe até os sete anos. Claro, tudo às escondidas. Eram cúmplices. Carmela se sentava numa poltrona. Lucía ficava em pé ao lado. A boa senhora tirava um peito e Lucía sugava um pouco. Depois ia para o outro lado e repetia. Um belo dia a mãe lhe disse:

— Já é suficiente. Você tem quase oito anos. Acabou-se o peito.

— Mas mamãe...
— Aqui não tem mais nada.
— Tem sim! Você tem leite. Eu gosto.
— Não me interessa. Já é suficiente. Acabou-se.

O que Lucía nunca veio a saber é que ela mamava várias vezes por dia e seu pai mamava de noite. Quando iam se deitar. Primeiro num peito, depois no outro, enquanto sua mulher lhe dava tapinhas afetuosos na bunda e acariciava seus ovinhos. E assim dormiam. O leite escorria da sua boca e descia num fiozinho morno até o travesseiro. Naquela cama sempre havia um cheiro acre e adocicado, morno e maternal.

A vida corria sem sobressaltos. O salário de carteiro quase não dava até o fim do mês, mas eles esticavam e davam um jeito. Lucía estudou piano e solfejo durante dois anos. Depois largou as aulas porque o dinheiro para pagar acabou. A mãe tinha vendido uns brincos de ouro e um anel herdado do avô. Mais tarde estudou um pouco — bem pouco — de corte e costura. Também largou antes de terminar. Seus únicos passeios consistiam em ir à missa das sete aos domingos, e às vezes, no verão, iam passear e tomar sol durante algumas horas em El Retiro. E, naturalmente, o piquenique de 15 de maio, na pradaria, com a festa de San Isidro Lavrador.

Lucía se acostumou a bordar. Para se distrair e para ganhar um dinheirinho extra. Aprendeu sozinha. Uns bordados singelos em toalhas e guardanapos. Conseguiu vender alguns para uma loja de cama e mesa, ali perto, na Calle Toledo.

Começou a passar por lá duas ou três vezes por mês. Já a conheciam. Sempre lhe davam uma toalha de mesa e um jogo de guardanapos para bordar e pagavam o trabalho anterior, já terminado. Numa dessas visitas conheceu um jovem, Felipe. Era sobrinho do dono. Os dois se olharam com interesse. Lucía gostou dele. Seu coração até acelerou um pouco. Mas teve o cuidado de não o olhar nos olhos. Com Felipe foi a mesma coisa. Ela era uma moça muito bonita, educada e trabalhadora. Dava para ver pela roupa que era muito reservada. Quinze dias depois, quando Lucía foi entregar a toalha já bordada, ele veio atendê-la. Não era nada tímido. Muito pelo contrário. Perguntou seu nome, trocaram umas palavras, e nada mais.

Quinze dias depois trocaram umas palavras de novo. Mas era pleno inverno e Felipe não sabia como chamá-la para sair. De improviso, perguntou:

— Não quer ir lanchar comigo? Vamos tomar um chocolate com churros. Aqui ao lado. Com este frio cai bem...

— Não, eu não conheço o senhor. Não seja atrevido.

— Sei que sou atrevido, senhorita. Não me entenda mal. Eu só quero ser agradável. É que não sei como... se não gosta de chocolate, pode tomar um café, tanto faz...

E engoliu em seco, não sabia como continuar. Lucía abaixou os olhos, mas o que mais desejava era que ele insistisse. Ficaram meio minuto em silêncio. Ele não se atreveu a insistir e Lucía foi embora, com as bochechas vermelhas, mas rindo por dentro, de puro nervosismo.

Quinze dias depois voltou com sua encomenda. Agora ele a estava esperando e tinha pensado bem no que ia dizer. Voltou à carga:

— Meu nome é Felipe Cugat e sou sobrinho do dono. Desculpe o mal-entendido do outro dia. É que... estou sozinho em Madri. Não me entenda mal, eu não sou abusado. Mas gostaria muito de conversar com a senhorita. Não tenho más intenções. Sou um homem honesto.

Ela respondeu timidamente:

— Aceito suas desculpas. Pode me visitar em minha casa.

E uns dias depois ele foi à sua casa para se apresentar e conhecer os pais dela. Lucía tinha dezoito anos. Felipe, vinte e nove. Era de um povoado próximo a Barcelona e pretendia trabalhar algum tempo na loja do tio de Madri e aprender o ofício. Após algumas visitas, falou de novo com o pai dela e pediu sua mão. Depois se abriu com Lucía:

— Se tudo der certo, vou para Cuba no ano que vem. Não conte nada aos seus pais. Nem a ninguém. É segredo.

— Vai sozinho? Vai me abandonar?

— Eu não quis dizer isso. Nós é que vamos embora. Nós dois, claro. Sempre juntos. Mas você não pode dizer a ninguém. É o nosso segredo. Tenho um tio em Cuba. Ele não tem filhos e me escreveu dizendo que, se eu quiser, pode me dar um emprego na sua loja de tecidos.

Lucía não levou muito a sério essa ideia. Pensou que era um plano meio desvairado e que ele ia esquecer. Então organizaram o casamento. A mãe dela queria que também se casassem na igreja de Santo André, mas Lucía era muito devota, desde pequena, da Virgem de La Paloma. Fizeram uma cerimônia bem simples na igreja da Virgem de La Paloma. Passaram a noite de núpcias num pequeno apartamento que Felipe tinha alugado. E foi um problema. Lucía era muito estreita. Felipe era bem dotado e tinha pouca experiência com mulheres. Só nas poucas vezes em que fora ao puteiro. Lucía não fazia ideia do que tinha que fazer. Imaginava algo, mas não sabia exatamente como era. Ficou muito assustada quando viu que aquela ferramenta tão dura e brutal tinha que penetrá-la. Não conseguiram. Na segunda noite ela ficou apavorada, fechou as pernas com força e não quis saber de nada. Dormiram mal. Felipe com uma ereção de jumento que durou a noite toda sem recuar. Já estava até doendo. Na terceira noite tentaram de novo. Felipe, pragmático e paciente, lubrificou o membro com azeite de oliva. E passou azeite também entre os lábios vaginais da mulher. E então tudo entrou nos trilhos. Lucía gritou de dor e manchou com bastante sangue os lençóis e o colchonete. E ficou orgulhosa e feliz por ter consumado o casamento como Deus manda.

Felipe pediu que evitassem ter filhos porque queria ir para Cuba sem grandes empecilhos. E tudo deu certo. Muita gente fazia isso. Iam para Cuba. Os "indianos". Anos depois voltavam com uma fortuna. Quase todos tinham tios e parentes já instalados na ilha. Felipe preparou tudo com discrição. No inverno de 1926, exatamente no dia de Natal, 25 de dezembro, viajaram para Cádiz e lá embarcaram sob a nevada mais intensa que a Espanha conheceria em todo o século xx. Em Cádiz, insolitamente, a neve chegava até as panturrilhas. Poucos dias antes Lucía havia completado vinte e um anos. Zarparam ao amanhecer do dia 26, debaixo da neve.

Desembarcaram do vapor *Lucania* no porto de Havana após doze dias de navegação pouco aprazível pelo Atlântico. Mas eles não enjoaram e desceram a terra firme com uma especial sensação de felicidade e segurança em si mesmos. Tudo havia sido fácil. O tio de Felipe tinha uma loja de tecidos em Matanzas. E preferia dar o emprego ao sobrinho antes que a um cubano que podia roubar. Por isso pagou as duas passagens de navio, na terceira classe preferencial, deixando claro que iria descontar dez por cento do salário até que ele pagasse a dívida.

— Aqui não tem nada de graça, sabe? Tudo tem que ser conquistado. Com trabalho duro.

Era essa a expressão preferida do tio, que também havia saído do povoado muito jovem e abriu seu caminho na vida trabalhando sem descanso e economizando cada tostão. Considerava a frugalidade e a economia as virtudes mais importantes de uma pessoa. O resto era pura bobagem e romantismo. Jamais tinha gastado um centavo para renovar ou pintar a loja. Na fachada havia um letreiro antigo, pintado numa tábua, todo descascado e desbotado: CAMISARIA CUGAT. TECIDOS DE QUALIDADE. IMPORTAÇÃO.

Gostaram do país. Fazia uma temperatura muito agradável e tudo estava sempre verde. As árvores não perdiam as folhas. Ninguém conhecia a calefação. E se usava roupa leve o ano todo. Os cubanos tremiam de frio quando fazia dezesseis graus à noite, já em pleno inverno. Um inverno de mentirinha. Eles faziam piada. Achavam engraçado. Em poucos dias se organizaram em Matanzas. Alugaram uma casa grande e fresca, mas barata, no bairro de Pueblo Nuevo. Uma rua tranquila, com pouco trânsito. Felipe tinha que andar rápido durante meia hora para ir e para voltar do trabalho, que ficava na zona comercial, no centro, em frente à catedral. Assim economizava as moedas do bonde.

Tudo foi simples e agradável: a mudança de Madri para Matanzas, do frio para o calor, de uma casa diminuta, malventilada e gélida para outra ampla, luminosa, aberta, com um quintal onde floresciam um jasmim, uma dama-da-noite e um jasmim-da-índia que exalava cheiro de maçã. As fragrâncias dos três arbustos, sempre floridos, se misturavam permanentemente. Lucía não sentia falta nem sequer dos pais. Depois do casamento, só os via uma vez por semana: aos domingos, quando ela e Felipe iam visitá-los para almoçar juntos. Era uma visita formal e enfadonha que durava três horas. E só. Felipe detestava as obsessões doentias de Bernardo. Quando Felipe pegava a azeiteira, Bernardo vinha logo criticar:

— Cuidado com a gotinha, hein! Cuidado com a gotinha!

Queria dizer que o azeite podia pingar e manchar a toalha. Mas Felipe, impassível, respondia:

— Sim, eu sei, não se preocupe, sr. Ramírez, não se preocupe com a gotinha.

Na verdade Lucía passou a viver muito melhor quando se casou e foi morar com Felipe em seu próprio apartamento. Longe de Carmela e Bernardo. Mas agora, naquele bairro de Matanzas, naquela casa grande e silenciosa, com telhas no teto e um cheiro intenso de flores tropicais, ela se sentia ainda mais reconfortada.

Ou seja, Lucía não sentia a menor falta dos pais. Tinha comprado no navio dois cartões-postais coloridos com a imagem do *Lucania* cruzando o oceano. Quando chegou a Matanzas, enviou um aos seus pais e guardou o outro de lembrança. Depois disso escreveu poucas vezes para eles. Cartas breves, sem detalhes, cartas de obrigação. Não sentia falta deles, mas seu espírito simples e organizado, ingênuo em essência, não admitia conscientemente que jamais os amara. Sempre prevaleceu, entre seus pais e ela, uma atmosfera rarefeita de afastamento. Nunca houve intimidade. Três estranhos debaixo do mesmo teto. A mãe sempre tentou dominá-la, como dominava o marido, mas nunca conseguiu. Lucía tinha seus próprios critérios para tudo e não se deixava atemorizar com facilidade. Seu caráter suave e cândido a fazia parecer fraca, mas sempre estava alerta porque adivinhava as intenções controladoras da mãe. Nessa luta interna foi construindo aos poucos um muro de separação. Inconscientemente. Seus pais eram os seus pais, e ela era Lucía. Existia um muro alto, sólido, invisível, entre eles.

Agora que morava tão longe, simplesmente se sentia feliz por não ter que ficar na defensiva o tempo todo. Intuía que não ia voltar para a Espanha e que nunca mais veria seus pais. Mas isso não a preocupava nem um pouco. Gostava de ficar o dia inteiro sozinha naquela casa. Era o seu domínio, um lugar silencioso e agradável. Com muita luz e bons aromas. O que mais podia querer? Pegou o costume de ouvir novelas pelo rádio. Eram dramalhões de amor, muito intensos e dramáticos. Estavam na moda. Uma verdadeira novidade na sua vida. Às vezes a faziam sonhar com uma vida mais animada. Mas logo depois essa possibilidade a atemorizava. Não queria uma vida mais animada. Muito pelo contrário. Uma vida animada significava uma vida de pecado e desvio do caminho cristão. "Perdoa-me, Deus, é pecado pensar assim." Então parava de ouvir por uns dias aqueles dramalhões que a atormentavam. E rezava, para lavar as culpas. Tinha um pequeno altar com uma reprodução diminuta, mas eficaz, da Virgem de La Paloma. Lá rezava e pedia perdão. Sentia-se melhor porque suas preces sempre eram ouvidas. E então voltava a ouvir as novelas.

Felipe comprou um tabuleiro de ouija numa viagem que fez a Havana para desembaraçar da alfândega um lote de tecidos que chegara de Madri. E os dois se acostumaram a jogar com aquilo toda noite. Depois de jantarem bem cedo, ouviam um programa de *danzones* no rádio. Só *danzones,* tocados no piano por um músico de Matanzas. Era bonito e tranquilizador. E então a ouija. Depois, dormir cedo.

Logo na primeira noite apareceram na ouija dois espíritos que se manifestavam e respondiam a todas as perguntas que eles faziam. Em pouco tempo entenderam que o espírito ligado a Lucía era um médico de Barcelona que havia morrido dois anos antes, num acidente de automóvel: Xavier Puigmitjà. O outro tinha mais afinidade com Felipe, era um árabe que se apresentava como Quim Ar Rahib. Estava sempre montado num cavalo alazão, galopando pelo deserto. Puigmitjà era pacífico, paciente, nunca estava com pressa, e respondia a tudo o que lhe perguntavam. Quim Ar Rahib, o exato contrário. Era um guerreiro inquieto, sempre apressado, que muitas vezes ignorava as perguntas ou simplesmente ficava calado e desaparecia sem se despedir.

Continuaram em contato com esses espíritos errantes pela vida afora, a ponto de considerá-los seus amigos. Na prática, eram os únicos amigos que tinham em Cuba. Diante de cada impasse, cada dúvida, recorriam à ouija na esperança de que Puigmitjà ou Quim viessem responder a suas perguntas. As respostas sempre eram claras, exatas e implacáveis. Felipe, meticuloso, administrador, preparou desde o começo uma caderneta em que toda noite anotava, minuciosamente, os detalhes da sessão. As perguntas e as respostas. Com o passar dos anos, foram muitas as cadernetas e centenas de páginas.

A única inquietação de Lucía era que queria ter um filho. Ela se sentia muito sozinha. Passava o dia todo dentro de casa, só cuidando das tarefas domésticas. Sempre que tocava no assunto, Felipe respondia:

— Ainda não é hora de ter filhos. Sai muito caro. Precisamos primeiro nos estabelecer. Tenha um pouco de paciência.

— Mas...

— Nada de mas. Tudo tem sua hora.

Felipe tinha um método infalível para evitar bebês: quando fazia amor com Lucía, sempre tirava o membro a tempo de ejacular na barriga dela. Fez isso desde a memorável terceira noite de lua de mel, quando finalmente consumaram o casamento graças ao azeite de oliva. Não ejaculou dentro dela uma única vez. Lucía achava que era a forma normal. Nunca entendeu por que não ficava grávida mesmo fazendo sexo duas ou três vezes por semana.

Eram muito comportados na cama. Nada de joguinhos. Sexo, só para a reprodução e nunca para o prazer. Como sempre haviam escutado na igreja. Felipe tomava a iniciativa. Alisava um pouco o corpo da mulher, sobretudo os peitos. Trocavam beijos. Tinha uma ereção. Faziam na posição papai-mamãe. Dois ou três minutos eram suficientes. Ejaculava na barriga da mulher, que precisava ir ao banheiro lavar-se, e na volta ele já estava dormindo placidamente. E ponto final. Lucía, é óbvio, nunca teve um orgasmo na vida. Nem uma única vez. Mas não sofria, porque não sabia nada, absolutamente nada, sobre essas questões. E mais: desconhecia totalmente as palavras *orgasmo, clitóris, lábios vaginais, ejaculação, glande, sexo oral* etc. Não é bem que desconhecesse esse vocabulário básico do sexo. É que para ela nada disso existia. Era só uma obrigação do casamento. Mais nada. O homem tinha que se satisfazer o mais rápido possível. Isso é que era importante. A mulher devia abrir as pernas e deixar o homem penetrá-la até gozar soltando uns suspiros. E acabou-se.

Uns dias antes do casamento, sua mãe, num excepcional arroubo de confraternização e intimidade, tinha lhe aconselhado:

— Filha, procure manter seu marido sempre satisfeito. Sexualmente, quero dizer, além de cuidar de tudo na casa. Mulher é para servir. Mais nada. Nunca deve se negar, a não ser nos dias... você sabe. E não se intrometa na vida do homem. Eles têm seus problemas. Seus negócios. E sabem o que fazem. Nunca pergunte.

As bochechas de Lucía ficaram rubras quando ouviu esse conselho. Foram essas as instruções que recebeu para o casamento. Estava convencida de que a coisa era assim mesmo e não havia mais nada além disso. Agora, em Matanzas, eles iam à missa todo domingo, numa pequena igreja perto de casa. Felipe se limitava ao básico, mas não comungava nunca. A princípio ela insistiu. Dizia que era necessário se confessar e comungar. Ele respondia com evasivas até que um dia lhe disse, seco:

— Me deixe em paz, não me chateie mais com isso. Eu sei o que estou fazendo.

Ela adorava confessar seus pecados. Era quase um vício. Desde criança. Levantar tudo o que tinha feito de mau durante a semana. Examinar escrupulosamente cada um dos seus pensamentos, de suas ações, tudo o que havia falado, em busca de algum gesto pecaminoso em pensamento, em verbo ou em obra. Mas não adiantava. Nunca tinha o que confessar. Acabava inventando alguma coisa, porque ficava sem jeito incomodando o padre para nada. Mas sobretudo por ela mesma. Não conseguia viver sem comungar e sentir o gosto de papel da hóstia se dissolvendo na língua. Quando se ajoelhava no confessionário, maquinava pequenos pecados:

— Ave Maria puríssima.

— Sem pecado concebida.

— Padre, pequei.

— Certo, filha, conte-me.

— Eu padeço de orgulho. Não dei esmola a um mendigo na porta da igreja. E de gula. Gosto muito do sorvete da Louvre, e… só isso.

— Você precisa ser mais generosa com os pobres. A esmola é um dever cristão. Agora tem que rezar duas ave-marias, três padres-nossos, e se arrepender dos seus pecados. Pode ir, minha filha.

O que ela nunca ficou sabendo é que Felipe, que aparentava pouco-caso, na verdade não comungava porque queria esconder de si mesmo seus pecadinhos: sempre que podia embolsava algumas moedas e notas da loja. Seu tio confiava nele e por isso não notava os pequenos furtos do sobrinho preferido. E uma outra coisa, que talvez fosse pior que roubar: o pecado da luxúria e da infidelidade conjugal. Felipe se permitia meia hora de recreação toda sexta-feira à noite. Dizia em casa que às sextas precisava permanecer por algum tempo na loja, depois de fechada, para fazer o inventário e conferir as contas:

— Meu tio e eu. Ele não confia no outro funcionário. Por isso temos que ficar duas ou três horas mais. A loja fecha às seis. Às nove e pouco estarei aqui. Me espere para jantar.

Não era inventário coisa nenhuma. Felipe tinha se enrabichado por uma puta do bairro de La Marina, ao lado do rio Yumurí. Todo mundo a chamava de Bertha, a Doida. Era uma preta alegre e desvairada, de uns cinquenta anos, mas que conservava um corpo fibroso, elástico e duro como o de uma mocinha de vinte. Tinha nascido livre, filha de uma negra mandinga, escrava num canavial da região de Jovellanos. Um povoado que continuava sendo chamado de "Bemba" devido à enorme quantidade de negros descendentes de escravos que moravam lá. Sua mãe já era livre mas continuava vivendo como escrava, como todas as outras. Era uma mulher forte que trabalhava no campo. Bertha sempre foi rebelde. Desde pequena. Tanto que aos treze anos escondeu um punhal na cintura, debaixo da blusa, e, sem se despedir de ninguém, para poupar lágrimas à mãe, fugiu da fazenda. Andou uns cem quilômetros em direção ao oeste por caminhos de terra e de lama. Para sobreviver se vendeu. Não havia outra maneira. Prostituta nos povoados por onde passava. Um ano depois chegou a Matanzas. Sozinha. Já tinha garras. E sozinha abriu seu caminho naquele bairro de negros, putas, bares, delinquentes, marinheiros e estivadores do porto. Era uma história longa e amarga, que ela tentava esquecer. "Uma puta triste e amargurada morre de fome, por isso a gente tem que esquecer e rir."

Agora era independente. Tinha um quarto pequeno numa pensão: um corredor estreito, escuro e sujo com muitos quartinhos de cada lado. Uma pocilga imunda. Úmida, com cheiro de barata e de urina. E um catre com uns sacos de aniagem ásperos, suados e asquerosos à guisa de lençóis. Nesse lugar ela morava sozinha e recebia seus clientes. Trabalhava para si mesma. Era uma mulher forte e sempre conseguia manter os gigolôs à distância. Passava o dia sentada na porta, esperando clientes e provocando, sarcástica, todos os homens que passavam. Cobrava a tarifa normal e mínima: um tempinho por cinquenta centavos. Felipe não aceitou essa história de "um tempinho por cinquenta centavos":

— O que é um tempinho?

— Um tempinho é um tempinho, galego. Até você gozar. Não sabe o que é um tempinho?

— Não. Vamos deixar as coisas mais claras. Digamos. Meia hora está bom?

— Tá bom. Tanto faz. Vá logo, tira a roupa.

Felipe se adaptava ao tempo estabelecido consultando seu relógio de bolso. Na verdade foi Bertha, a Doida, quem lhe ensinou que o sexo podia ser a fonte máxima de prazer para os seres humanos. Ela sempre lhe dizia:

— Galego, você tem uma piroca gostosa, mas não sabe usar, está sempre com pressa. Vem pra cá com mais tempo. Inventa alguma coisa pra sua mulhé. Que vai pra Havana, qualquer coisa. E fica uma noite inteira. Vou te ensiná a gozá de verdade.

— Eu não tenho mulher. Sou solteiro.

— Não me interessa a sua vida, mas garanto que você é casado, supercasadíssimo. E que satisfaz sua mulher, porque chega aqui com pouquinha porra. Nunca está espessa, grumosa… se você visse como chegam os marinheiros, rá-rá-rá-rá. Com leite pra enchê uma jarra.

— Cala a boca! Chega. Não estou interessado nessas coisas vulgares.

— Uma noite inteira, galeguinho. Nunca mais vai esquecer. Até esse dia você é um anjinho. Rá-rá-rá-rá. A vida não pode ser só trabalhar e trabalhar. Gasta a sua grana e aproveita. Afinal, ninguém vai jogá dinheiro no caixão quando você morrer. Compra uma garrafa de pinga e vamos trepá até o dia amanhecê. Você vai ver o que é gozá. E vai ficar viciado nessa neguinha maluca aqui. Toda essa pressa me deixa tonta.

Bertha, a Doida, não estava muito interessada em fazer Felipe gozar. Tanto fazia se fosse mais depressa ou mais devagar. Se ele ficasse lá a noite toda, podia lhe cobrar dois ou três pesos, o que era muito. E seria melhor ainda se trouxesse uma garrafa de aguardente e uns charutos. Mas Felipe nunca quis gastar todo esse dinheiro. Para ele meia hora estava de bom tamanho. E se extasiava cheirando os aromas africanos daquela mulher. Farejava e lambia suas virilhas suadas, a vagina, o umbigo, os sovacos ainda mais suados e fedorentos, o cabelo crespo e sujo, até seus pés chupava. Ela não entendia aquele galego meloso e porco, mas o deixava à vontade. Cada louco com sua mania, pensava. Depois de passar um bom tempo sendo cheirada e lambida, ela tomava a iniciativa: chupava-o por um bom tempo e ele gozava na sua boca, com tremores e bufos. Bertha caía na gargalhada quando o via com os olhos brancos, ofegante, à beira de um infarto:

— Vou morrer! Vou morrer, Bertha, vou morrer!

Logo depois se recompunha. Recuperava a compostura. Olhava para o relógio e dizia:

— Faltam cinco minutos.

E mostrava o relógio para provar, mas ela era analfabeta. E não conhecia relógios, portanto não entendia nada. Ele voltava a deitar e abraçava Bertha para cheirá-la um pouco mais, sentir seu calor e aproveitar rigorosamente os cinco minutos que restavam do tempo estabelecido e pago com antecedência.

Lucía não tinha a menor ideia daquelas travessuras com a negrinha mandinga. O fato é que às sextas Felipe voltava para casa com um ímpeto sexual incrível. Chegava alegre e invariavelmente quebrava a rotina e levava a mulher para a cama. Tirava a sua roupa e arremetia contra ela com uma ereção duríssima, ainda pensando em Bertha. Mas jamais perdia o controle, e na hora de ejacular tirava a tempo e gozava, como sempre, sobre a barriga de Lucía. Tomando cuidado para não se enganar e dizer:

— Ahh, Bertha, que tesão por você, mulher.

Não! Nada de cometer erros! Controle mental. Depois jantavam e voltavam à ouija, como faziam sempre. Para Felipe, a vida podia ser muito agradável. E com pouca despesa. Não havia necessidade de gastar em excesso.

Mas Lucía se entediava. Ela não dizia isso a Felipe, por nada neste mundo. O respeito ao marido estava acima de tudo. Sempre se lembrava do conselho da mãe. Mas dizia para si mesma cinquenta vezes por dia: minha vida é mais chata que a de uma ostra. Até que um dia parou em frente a uma creche pública que funcionava na outra esquina, bem perto da sua casa. Tinha duas grandes janelas que davam para a rua, com umas vigas grossas formando uma bonita grade. Da calçada se via tudo. Estava fazendo calor e tinham que deixar abertas aquelas enormes janelas. As crianças cantavam a capela "O quintal da minha casa". E no entanto havia um piano, fechado, na mesma sala.

Lucía conseguiu vencer a timidez e chamou a professora. Esta foi até a janela:

— Pois não.

— Desculpe a pergunta. Por que não usa o piano?

— Ahh, faz vários anos que não temos professora de música.

— Por quê?

— Procuramos, mas não achamos. Não encontrei nenhuma neste bairro.

— Ah, eu sou professora de música e...

Ao dizer essa mentira ela pensou fugazmente: desculpe, Deus, por mentir, e por um instante foi feliz. Já se via confessando aquele pecado no domingo de manhã. Afinal um pecado de verdade, e de bom tamanho.

— Como você se chama?

— Lucía. Cheguei há pouco tempo. Da Espanha. Bem, há pouco tempo não. Faz quase um ano. Moro aqui perto.

— Muito prazer. Meu nome é Sofía. Quer entrar e tocar um pouquinho? As crianças vão gostar. Só um pouquinho.

— Ah, faz muito tempo que não toco. Não tenho piano.

— Não faz mal. Não é um teste. Se quiser...

— Bem, vamos ver se lembro alguma coisa. "Os frangos da minha panela" ou algo assim.

E sentou-se ao piano. Tocou uns acordes. Sim. Lembrava-se de tudo com facilidade. Brincou um pouco com o teclado. As crianças começaram a ficar alvoroçadas. E depois as acompanhou tocando "Os frangos da minha panela". Todos se divertiram muito. Sofía sorria, satisfeita, e a convidou para voltar quando quisesse. Nessa noite contou a Felipe sua grande aventura. Ele aprovou:

— Muito bem, Lucía. Vá todo dia.

— Todo dia é muito.

— Não é muito. Divirta-se, ajude as crianças, faça o bem para os outros. Você gosta disso. E, se conseguir esse trabalho, você ainda vai ganhar alguma coisa, o que não é nada mau.

Lucía abaixou a vista e fez o sinal da cruz:

— Ah, também não é tão rápido. Não estou nem pensando nisso.

— Vamos consultar a ouija.

E o espírito do dr. Puigmitjà respondeu: "Sim. Vai ser melhor do que você espera". Isso os deixou aliviados. No dia seguinte Lucía ficou esperando, um pouco impaciente, até as dez da manhã e então foi para a creche. Dessa vez acompanhou as crianças em duas canções. E assim continuou fazendo, dia após dia. Com inocência e ingenuidade. Não esperava nada em troca. Gostava daquilo, e, além do mais, conheceu sua primeira amiga: Sofía. Um dia a convidou para tomar um café na sua casa quando terminasse com as crianças, à uma da tarde, e fechasse a pequena creche. Sofía aceitou. Falaram das suas famílias e das suas vidas. E de algum modo as duas sentiram que já eram amigas.

Um mês depois, Sofía lhe disse:

— Lucía, amanhã uma supervisora vem avaliar a minha aula.

— Ah, então não venho. Vou ficar em casa.

— Não, é claro que você vem! Ela tem que ouvir. Você toca muito bem. E posso perguntar a ela se não querem lhe dar a vaga de professora de música.

— Ah, não, tenho vergonha!

— Não seja tímida, menina. É difícil conseguir o emprego, mas não impossível.

— Não, é que... não, não.

Lucía corou.

— O que foi?

— É que... eu não terminei os estudos. Minha família não podia pagar... enfim, não tenho diploma nem nada.

— Ahhh.

Sofía pensou um pouco. E disse:

— Bem, podemos tentar de qualquer maneira. A pior atitude é aquela que não se toma.

— Mas... me dá vergonha pretender um trabalho tão...

— O quê?

— De tanta responsabilidade.

— Ah, que nada, não seja tímida. Você toca muito bem, e então... é disso que estamos precisando, por mais que não tenha diploma. O importante é que sabe fazer o trabalho. Eu ajudo. Venha mais cedo. Por volta das nove a supervisora já vai estar aqui.

No dia seguinte, Lucía estava muito nervosa quando chegou à creche, às nove em ponto. A supervisora, sentada confortavelmente e muito séria, observava tudo. Mas deu tudo certo. Lucía, muito nervosa, se levantou do banquinho depois de acompanhar as crianças em três canções. E se despediu. Mas a supervisora a chamou:

— Sofía me disse que você quer a vaga.

— Eu? Não, não, ehhh... não, não. Quer dizer, não sei.

— Não?

Sofía teve que intervir:

— Ela está um pouco nervosa. É espanhola, mora em Cuba há pouco tempo, aqui pertinho...

— É, dá para ver pelo sotaque. Sabe tocar o hino nacional?

— Não, para dizer a verdade...

— Pois se não sabe o nosso hino, não posso fazer nada. É fundamental ensinar o hino às crianças.

Foi assim que a supervisora resolveu o assunto. Lucía continuou indo à creche toda manhã e tocando de graça para as crianças. E ao mesmo tempo tentou aprender o hino nacional. Encontrou num armário todas as partituras de canções infantis e a do hino. Mas Lucía quase não lembrava mais como se solfeja, e custou a aprender. Na verdade, ela não era lá muito hábil com o piano. Para falar com clareza: era desajeitada. E tinha dificuldade. Mas, ao mesmo tempo, gostava de música. Por isso insistia milhares de vezes, repetindo três ou quatro acordes, muito concentrada, até que afinal conseguia alguma coisa. Depois de meses de prática e de esforço, conseguiu dominar os poucos acordes do hino. E ainda ampliou seu repertório com outras canções infantis. Um ano inteiro nessa tarefa. Sofía, generosamente, a estimulava.

Numa manhã de domingo, ela e Felipe estavam sentados, sem nada para fazer, quando lhe ocorreu a ideia:

— Seria bom se eu tivesse um piano aqui em casa.
— Um piano? Nossa, você voa alto, hein.
— Não. É que... não, nada. Bobagem.
— Vamos, agora que começou, diga logo. Para que quer um piano aqui?
— Para ensaiar. Tenho muito tempo livre, e, sabe, essas cançõezinhas infantis têm suas manhas. Não são nada fáceis. Pelo menos para mim.

Felipe não respondeu. Matreiro, como sempre, concordou com ela. Foi a uma loja de instrumentos musicais. No centro. Perguntou. Um piano novo, americano, Steinway, custava uma pequena fortuna. Mais de seiscentos pesos. Tinham alguns Liedermann e Konig. Custavam um pouco menos, mas não muito. Inatingíveis. Fez as contas. Podia pagar até trezentos pesos, no máximo. E já era muito. Na loja não se interessaram. Então fez um cartaz e o colocou na porta da camisaria. O tio aceitou meio a contragosto aquele letreiro: COMPRO UM PIANO. FALAR COM FELIPE, AQUI.

Poucos dias depois apareceu um mulato velho. Era afinador de pianos. Parecia sério. Conhecia uma família rica que tinha um piano vertical em boas condições. E queriam vender. Fizeram um trato. Felipe dedicou algumas horas ao assunto. E conseguiu. Depois de muito pechinchar, conseguiu um Steinway em boas condições por duzentos pesos, em vez dos quatrocentos e cinquenta que pediam. Mandou buscá-lo num domingo, para fazer uma surpresa a Lucía. Os homens do caminhão de mudanças o deixaram no meio da sala. Felipe, todo prosa, lhe disse:

— É seu presente de aniversário.
— Meu aniversário é em dezembro.
— Não tem importância. Já ganhou o presente. Amanhã um afinador vem aqui para deixá-lo no ponto. Agora você já tem piano. Vamos ver se consegue esse trabalho.

No dia seguinte, o velho afinador chegou no meio da manhã. Afinou o piano. Quando se despediu, Lucía tomou posse do instrumento. Agora sim podia ensaiar adequadamente.

A supervisora levou quase dois anos para voltar a visitar a creche. Agora Lucía já estava bem preparada, com um amplo repertório de canções além do hino nacional. Sofía voltou à carga porque Lucía continuava tímida e nervosa como antes. A supervisora, muito séria, presunçosa e sem sorrisos, prometeu:

— Sim, eu me lembro da moça. Façam uma solicitação na Junta Municipal de Educação e vamos ver o que posso fazer por vocês. Contem com o meu aval. É difícil. Mas veremos.

Fizeram a solicitação. Foram entregá-la. Depois se entediaram esperando uma resposta. Nem positiva nem negativa. Um ano depois a supervisora finalmente trouxe a nomeação de Lucía Ramírez Atxaga como professora de música na creche pública 93 de Pueblo Nuevo, Matanzas. Incrivelmente, nunca lhe pediram um diploma de música ou algo do tipo. Pelo visto a opinião da supervisora era suficiente.

Durante esse tempo, Lucía quase tinha se esquecido da solicitação. Ia trabalhar todo dia com as crianças. No meio da manhã. Durante uma hora as acompanhava com o piano. Gostava daquilo. E depois voltava para casa.

Era assim, dia após dia. De segunda a sexta-feira. Acabou ficando um pouco monótono. Mas seria pior em casa, sem nada que fazer. Ela assumia o tédio como parte da vida. Era natural entediar-se. E também era natural que a vida fosse repetitiva. As mudanças podem enlouquecer a gente. Além do mais, o bairro onde moravam era muito calmo e silencioso. Cada qual ficava em sua casa, não havia vizinhos intrometidos ou fofoqueiros, nem arruaças. Tampouco havia comércio, e de manhã só passavam pela rua uns poucos ambulantes: o carvoeiro, o geleiro, o vendedor de pão e biscoitos, outro de flores e dois leiteiros, além de um homem empurrando um carrinho de verduras e frutas. De tarde passavam uns vendedores de doces, outro de pamonha e dois ou três com amendoim e *gofio*. Os pregões desses vendedores e as duas novelas no rádio eram os únicos sons que Lucía escutava ao longo do dia, sem contar a hora que dedicava a praticar as canções infantis no piano. Por isso gostava de sair e ficar na creche uma ou duas horas por dia. Além disso, recebia um pequeno salário, que guardava quase todo. Aos sábados Felipe também trabalhava, até o anoitecer. E todos os domingos os dois se levantavam cedo, como sempre, vestiam suas melhores roupas e iam à missa das sete. Lucía se confessava e comungava. Felipe não. Voltavam para casa. Sentados nas poltronas, ouviam as notícias no rádio. Felipe nunca comprava jornais nem revistas. Eram despesas supérfluas e inúteis. Tão inúteis como gastar com fumo e bebidas ou com bilhetes da Loteria Nacional. Não, nada disso fazia parte da sua vida. O único luxo que se permitia, um segredo absoluto, era visitar pontualmente uma puta às sextas-feiras de noite. Já não era mais Bertha, a Doida. Quando se cansou dessa mulher arranjou outra, e depois outra. Assim era mais saudável, para evitar relações sentimentais. As putas são putas. E só isso. Têm que ficar no seu lugar.

Felipe era muito hábil com números, mas não lia bem. Tinha certa dificuldade. Isso contribuía para que não se interessasse por jornais. Lucía tampouco era hábil, nem com os números nem com a leitura. Almoçavam. Falavam pouco. Quase nada. Não tinham nada para contar. Ligavam o rádio em algum programa de música porque a política cubana, naturalmente, nunca lhes interessou. Além do mais, era tudo tão vertiginoso e disparatado que não dava para entender nada. Sem notícias. Só música e as novelas que Lucía acompanhava. Às vezes, nas tardes de domingo, davam um passeio depois do almoço pela beira do mar e tomavam um sorvete na Louvre, um lugar famoso por seus sorvetes artesanais. E, depois, dormir cedo. Era o único dia na semana que passavam juntos. E não trocavam mais que algumas frases.

Assim passaram os anos. Em 7 de janeiro de 1937 Lucía fez um bolo para comemorar seus dez anos de vida em Cuba. Poucos dias depois recebeu uma carta do pai. Primeira vez que ele lhe escrevia. Era muito breve. Apenas duas linhas escritas a lápis, com uma caligrafia rudimentar: "Querida filha: Lamento informar que sua mãe faleceu há três dias. Um bonde. A pobre Carmela não sofreu. Rezem por sua alma. Seu pai, B. R.". Lucía chorou desconsoladamente durante uma hora. Quando Felipe chegou, leu a carta. E só fez um gesto com a cabeça, dizendo em voz baixa: "Lamento muito. Meus pêsames". Lucía escreveu uma carta muito breve ao pai. Uma carta de condolências. Não teve resposta. E nunca mais soube notícias dele. Não tinha mais família.

Felipe, por outro lado, nunca falou de sua família. Nunca escreveu nem recebeu cartas. Nada. Portanto, eram só eles dois. E mais ninguém. O tio que os havia acolhido era muito reservado. Morava no centro da cidade, num grande casarão. Só ele e a esposa, que também era do mesmo povoado catalão. Na noite de Natal o tio os convidava à sua casa e os quatro jantavam juntos. E ponto final.

O tempo passava lentamente, cobrindo tudo com uma camada de silêncio, como uma neblina sutil e permanente. Era uma vida tão repetitiva, todos os dias tão iguais, que as semanas e os meses pareciam se dissolver. Tudo era uma repetição constante, incolor, silenciosa. Além dos bolos do dia 7 de janeiro para comemorar sua chegada a Cuba, todo ano Lucía preparava pequenos bolos, todos iguais, para comemorar os aniversários. O de Lucía em 13 de dezembro. O de Felipe em 13 de agosto.

E assim chegaram a 1949. Um ano importante. Lucía estava com quarenta e quatro. Felipe tinha feito cinquenta e cinco. Os dois se mantinham muito bem de saúde. Lucía, cheinha e sorridente. Felipe, sempre com uma expressão severa, bastante magro e flexível. Um dia ela notou que a menstruação estava atrasada. E nesse mês não veio. Não comentou nada. Deve ser a menopausa, pensou. No outro mês também não. No terceiro, tampouco. Então não aguentou mais. Teve que contar a Felipe. Depois do almoço de domingo:

— Tenho uma coisa para contar. Um pouco estranha.
— O quê?
— Preciso ir ao médico.
— Ah é? Está se sentindo mal?
— Ehhh...
— Diga logo, mulher.
— É que... minhas regras não vêm há três meses. Imagino que... deve ser porque está acabando. Já está na hora.

Felipe não deu importância à coisa. Não estava muito a par desses detalhes de mulheres, e não lhe interessavam. Meio distraído, respondeu:

— Pois é. Já está na hora.

No dia seguinte Lucía foi ver o dr. Manzano, um médico particular que tinha o consultório a duas quadras. Eles já haviam ido lá, algumas vezes, por causa de resfriados. E mais nada. O doutor fez as perguntas de rotina:

— É casada?

— Sou.

— Idade?

— Quarenta e quatro.

— Tem uma vida sexual normal ou já não...?

— Sim, normal.

— Enjoos e náuseas?

— Sim, ultimamente...

— Repugnância à comida? Vômitos?

— É, pensando bem...

— Deite-se na maca. Vou examinar. Fique tranquila que não é nada.

Lucía ficou assustada. E se indignou um pouco:

— Não, doutor, não acho que seja necessário.

— É necessário, sim. Não vai doer. Deite-se.

Lucía se sentiu profundamente humilhada quando o médico lhe pediu que abrisse as pernas e sentiu um dedo entrando dentro dela e se mexendo. Quase morreu da vergonha. Só Felipe tinha tocado naquela parte do seu corpo. Sentiu um calor intenso no rosto e teve a sensação de que ia desmaiar. O doutor abriu o maior sorriso. Olhou-a nos olhos e disse:

— Parabéns, a senhora vai ser mãe!

Lucía sentiu um fogo arrasador em sua cabeça e perdeu os sentidos. Voltou a si com um algodão embebido em álcool diante do nariz. Não queria acreditar. O médico a convenceu de que era uma mulher saudável e que era natural que estivesse grávida. Não tinha por que se surpreender.

— Mas na minha idade... é impossível.

— Não é impossível. O fato é que algumas mulheres continuam parindo com mais de quarenta anos. E até com mais de cinquenta. É normal, embora não seja frequente.

— Ai, que vergonha, pelo amor de Deus.

— Não é vergonha nenhuma. Você é uma mulher saudável, e seu marido também é. Se não tiveram filhos até agora, este é um presente de Deus. Uma dádiva do Senhor. Uma bênção.

Esta frase a comoveu profundamente:

— Sim, doutor, é isso mesmo. Um presente de Deus. Obrigada. O senhor tem razão. Uma dádiva do Senhor.

Do consultório foi diretamente para a igreja. Lá se prostrou e rezou durante meia hora. Para agradecer e pedir forças para enfrentar aquela situação inesperada. E, sobretudo, para pensar em como contar aquilo a Felipe com toda a tranquilidade. Imaginou que ele ia ficar tão surpreso e feliz quanto ela.

De noite, esperou com paciência que terminassem de jantar. Depois foram se sentar nas poltronas, como sempre. Então ela respirou fundo e disse:

— Felipe, hoje fui ao médico.

— Ah, é. E aí?

Lucía engoliu em seco e olhou para baixo. Sua voz tremia de emoção e de medo. De repente soltou:

— Estou grávida de três meses, devo ter em setembro, hoje fui à igreja para rezar e agradecer... é um presente de Deus. Um presente que Deus nos dá, quero dizer. Uma dádiva do Senhor. Ave Maria puríssima.

Felipe emudeceu. Ficou olhando para ela. Com assombro e com uma ira crescente. Afinal disse:

— Presente de Deus? Não! Eu é que me descuidei. Na sua idade... eu me descuidei. Ahh... não devemos ter um filho. É ridículo. É uma insensatez. Não podemos!

— O que está dizendo?! Como é que não podemos?

Já temos certa idade. Não é bom a essa altura.

— Eu tenho quarenta e quatro anos, e você, cinquenta e cinco. Não somos dois velhos. Estamos fortes. O doutor diz que somos duas pessoas saudáveis e... é uma bênção de Deus. Além do mais, não há mais nada a fazer.

— Puta merda!

— Não blasfeme! Deus vai nos castigar. É uma dádiva e temos que agradecer. Por favor...

Felipe ficou em silêncio. Depois se levantou da poltrona murmurando:

— Não entendo como é possível. Na sua idade.

O que tinha acontecido? Depois que ela fez quarenta e quatro anos, poucas semanas antes, Felipe calculou que não engravidaria mais. Achou que com aquela idade era impossível. Por isso, a partir de então parou de ejacular em cima da barriga. Só dentro, não havia mais necessidade de precaução. Um erro de cálculo que foi um peso em sua vida. Um filho seria uma complicação, uma despesa contínua. Felipe economizava em segredo. Queria abrir seu próprio negócio. Havia um barraco no fundo do quintal que usava como depósito para guardar suas ferramentas. Ele mesmo resolvia qualquer problema na casa. De lubrificar as dobradiças das janelas até consertar a fechadura ou algum móvel. Mas na verdade não havia muita coisa para fazer. Tudo lá era sólido e duradouro. E eles, muito cuidadosos, de maneira que quase nada quebrava na casa. Mas ali, no fundo de várias latas cheias de pregos e parafusos enferrujados, escondia alguns milhares de pesos embrulhados em papel grosso. Era o seu grande segredo. E esses volumes cresciam pouco a pouco.

Trancar-se e contar o dinheiro, arrumá-lo bem, comprovar que a quantia aumentava um pouco toda semana, e anotar tudo numa caderneta de contabilidade. Era um prazer incomparável. Um prazer superior ao sexo e à comida. Superior a tudo, porque era o grande objetivo da sua vida: economizar e ter negócios próprios. Voltar um dia ao seu povoado como um emigrante de fortuna e criar alguma obra de caridade. Inaugurar uma escola para crianças pobres com seu nome: "Colégio Felipe Cugat". Para que todos vissem quem ele se tornara. Queria passar seus últimos anos de vida no povoado. E que todo mundo o tratasse de dom Felipe, com respeito. Com respeito, não. Com veneração! Os almofadinhas que o tinham desprezado e humilhado quando era criança iam se danar. Que se danem! Eu vou ter mais dinheiro que todos eles juntos. Já tenho, pensava toda vez que se trancava para contar e admirar aquelas notas.

Seus planos imediatos não incluíam ter um filho, mas sim comprar a casa em que moravam havia mais de vinte anos, pagando aluguel, e adquirir um negócio de produtos ultramarinos, importando produtos alimentícios espanhóis. Era segredo. Sonhava com um letreiro grande e bem chamativo na fachada: FELIPE CUGAT S.A. — GRANDES IMPORTADORES — PRODUTOS ESPANHÓIS DE ALTA QUALIDADE.

Lucía não sabia nada desses planos. Nem precisava saber. Tampouco tinha ideia de que ele escondia aquela quantidade de dinheiro. Nem pensar em ter filhos a essa altura da vida. Mas afinal decidiu deixar passar uns dias para pensar melhor. E enfim assimilou. Custou a aceitar a realidade. Mas não havia outro remédio. E, embora estivesse acostumado a impor sua vontade, dessa vez aconselhou a si mesmo: é inevitável. Não se pode fazer nada. E talvez sirva de distração para Lucía. Quem sabe. Talvez seja uma menina. E a ajude.

Em 1950 aconteceram dois fatos importantes na vida deles: em setembro nasceu Fabián, um bebê saudável e tranquilo. Veio ao mundo facilmente e, após um choro discreto e breve, ficou em silêncio. E, em dezembro, o tio de repente pegou uma pneumonia que o deixou de cama por dois meses, sempre piorando, até que faleceu. Tinha quase oitenta anos, mas era muito saudável, e ninguém imaginou que aquela doença o levaria em tão pouco tempo.

Depois de enterrar o tio, Felipe continuou no comando da loja. Esperou prudentemente até que a tia, muito pesarosa, veio consultá-lo:

— Você sabe, Felipe, eu já estou muito idosa e não tenho a menor ideia de como dirigir essa loja. A menor ideia, filho. O que você me aconselha?

Felipe nem pensou:

— Tia, a decisão é sua. Conte comigo para qualquer coisa. Com toda a confiança, como sempre.

— É o que estou fazendo. Claro que conto com você. Se não fosse por você...

— Então vamos arranjar um advogado para pôr tudo no seu nome, como é lógico, e eu posso ter uma participação, se você concordar.

— Certo, filho, procure esse advogado. Alguém de confiança. E vamos fazer o que você disser. Quanto antes, melhor.

Felipe já tinha localizado um bom advogado. O tio, incrivelmente, não deixara testamento. Sempre dizia que, como toda a sua família, ia durar mais de cem anos. Foi difícil organizar tudo para que Felipe tivesse uma participação nos negócios desde o primeiro momento. Ele queria dividir meio a meio. Mas temia que a tia não concordasse. Como convencê-la? O advogado e ele foram falar com a tia, que já estava recuperada o suficiente e tinha pensado melhor:

— Acho que tomei uma decisão. Querem um café?

Foi à cozinha, mandou fazer um café e voltou para a sala.

— Vamos passar tudo para o meu nome e Felipe será promovido de funcionário a procurador. Felipe, filho, você tem toda a minha confiança. Espero que continue tudo igual.

Felipe olhou para ela e sorriu ligeiramente. Em silêncio. Até que se recompôs:

— Muito bem, tia, se esse é o seu desejo, assim será. Não se preocupe.

A vida de Lucía tinha sofrido uma mudança radical. Estava de licença-maternidade no trabalho e se dedicava integralmente ao bebê. Seu passatempo preferido era segurá-lo com a mão esquerda enquanto tocava com a direita os acordes simples das canções infantis, para não esquecer. Tinha dificuldade para lembrar, embora repetisse aqueles acordes simples havia mais de vinte anos. O menino ficava calminho, ouvindo. Ela agora vivia fascinada com tudo o que acontecia com o pequeno. Felipe, em contrapartida, mal olhava para ele. E o considerava um obstáculo para seus planos. Pouco depois de fazer um ano o garoto teve um forte ataque de asma. De noite, quando Felipe chegou do trabalho, ainda estava respirando mal, meio sufocado. Olhou-o com desdém:

— Um menino doentio e fracote. Acho que vai ser um inútil. Se não morrer antes.

— Que Deus lhe perdoe, Felipe.

Lucía ficava prudentemente em silêncio. Ao ouvir cada atrocidade que Felipe dizia, ela só murmurava esta frase: "Que Deus lhe perdoe". E às vezes: "Que Deus nos perdoe". Aquela atitude mesquinha do marido a fazia sofrer, como sempre, em silêncio. Assim, imperceptivelmente, diante da atitude agressiva do pai, a mãe foi isolando e protegendo o menino. Com o tempo se tornaram cúmplices. Construíram uma cápsula para se isolar. Felipe era como um inimigo de quem precisavam se proteger.

Como o passar dos anos, Fabián se acostumou com o silêncio e a hostilidade do pai. Ou pelo menos aceitava aquilo como algo inevitável e amargo. Em compensação, usufruía a doçura e a entrega incondicional da mãe. Na verdade, ele via pouco seu pai. Felipe saía de casa às sete da manhã. Sempre pontual, como um relógio. Ao meio-dia vinha almoçar durante uma hora, ou menos, e voltava para o trabalho. Já tinha a importadora de alimentos. E continuava sendo procurador na Camisaria Cugat. Trabalhava duro, até as oito ou nove da noite, todos os dias. No depósito dos fundos continuava aumentando o número de latas de parafusos e pregos, mas agora ele também tinha uma conta ativa na sucursal de Matanzas do The First National City Bank of New York. Os bancos americanos são invulneráveis, dizia para si mesmo toda vez que entrava no sólido e belo edifício do banco na Calle del Medio. Paredes grossas cobertas de granito cinza-escuro, pisos de mármore matizado em preto e verde-garrafa e balcões revestidos de mármore preto. Tudo irradiava força, solidez e seriedade naquele lugar. Algo estável, permanente, para a vida toda e além dela. O ar condicionado com aroma de lavanda, todos os funcionários de terno e gravata, sérios, eficientes, totalmente concentrados no que faziam. E a cortesia impecável com que o tratavam: "Dom Felipe". Ele desfrutava tudo aquilo em silêncio. Dentro do banco, Felipe se sentia o sujeito mais importante da Terra. Tinha nascido para ser milionário. E estava conseguindo. "Invulneráveis. É preciso aprender com esses americanos. Eles sabem fazer as coisas. Aliás, não é bem isso, é que são os melhores. Temos que aprender com eles." No fundo do coração ele os invejava. Com raiva. Passou-lhe muitas vezes pela cabeça a ideia de viver muitos anos. Cem. Cento e vinte. Para ter tempo e poder fundar um grande banco. Banco Cugat. Isso sim é que é negócio dos grandes. Fechava os olhos e imaginava o prédio, a fachada, os funcionários, tudo ao estilo americano. Tudo sólido e respeitável. E milhões e milhões guardados nas arcas. Dólares, libras esterlinas, lingotes de ouro, joias de todo tipo. Diamantes e brilhantes enormes. Era um sonho secreto. Dom Felipe, o dono do Banco Cugat. Com sucursais em toda parte em Cuba e em toda a Espanha. Por ora, seu esconderijo secreto era o depósito. Um lugar perfeito, porque ninguém iria pensar que naquele barraco todo sujo, cheio de tralhas inúteis e ferramentas oxidadas, havia uma fortuna escondida.

Uma vez Lucía lhe pediu timidamente que contratassem uma empregada para ajudá-la em casa. Felipe ficou indignado. Ela diminuiu a reivindicação: pelo menos uma máquina de lavar. Não! Esses aparelhos rasgam a roupa. É melhor chamar uma mulher para vir aqui lavar, uma vez por semana. Ela se deu por satisfeita. Melhor que nada.

Ele, por seu lado, continuava andando a pé. Jamais considerou a possibilidade de aprender a dirigir, tirar carteira, comprar um carro. Estoicismo total. Sua personalidade tinha endurecido tanto que já nem sequer saía com putas nas sextas à noite. Seu desejo sexual tinha minguado. Além do mais, achava que era uma perda de tempo, e, sobretudo, não lhe agradava o caráter solto, alegre e despreocupado das putas. São umas miseráveis, umas fracassadas. Gente ordinária. Ralé. Não me interessam, pensava.

Tampouco tinha amigos. Ficava afastado da vida social. Pensou várias vezes que devia tentar entrar no Lions Clube, no Rotary International e talvez numa loja maçônica. Ou na Ordem dos Odd Fellows. Seria bom conhecer as pessoas de estirpe que frequentavam esses lugares, mas afinal sua personalidade antissocial prevalecia e ele se mantinha distante e solitário. Só pertencia ao clube de lojistas espanhóis por razões práticas, mas reduzia ao mínimo sua participação em reuniões e encontros. Sua vida se concentrava totalmente nos dois empreendimentos, e quase não prestava atenção em Lucía, no menino ou na casa. Julgava que se sentiam gratos pela vida confortável que ele lhes proporcionava.

Uma de suas preocupações essenciais era que a tia, dona da camisaria, já estava muito velha e qualquer dia ia morrer. Mas nunca mencionava um possível testamento. Isso preocupava Felipe. O que iria acontecer? Não se atrevia a tocar no assunto com a tia. Não sabia o que fazer, e isso o atormentava. Todo o resto ia de vento em popa.

As arbitrariedades do governo de Batista e os revoltosos da Sierra Maestra eram assuntos muito distantes de Felipe. Quando as pessoas à sua volta cochichavam sobre os mortos que a polícia de Batista largava nas estradas, ele lavava as mãos: "Isso não me diz respeito. É coisa dos políticos. Eles que se matem entre si". Mais de uma vez, um funcionário de uma loja próxima veio lhe mostrar uns bônus do Movimento 26 de Julho que vendia para ajudar financeiramente os revoltosos de Fidel. Na primeira vez, ele disse ao rapaz: "Este assunto não me interessa, obrigado". Uma semana depois, o outro insistiu. Tinha bônus de um peso, de cinco e de dez. E Felipe foi cortante: "Você não me conhece e eu não conheço você. Nós aqui somos pessoas sérias, do comércio, e não nos metemos em tramoias. Saia daqui e não se atreva a entrar nunca mais nesta loja, porque da próxima vez eu o denuncio. Fora!".

Estava muito cético nos primeiros dias de janeiro de 1959, quando os barbudos desciam da Sierra Maestra em direção à capital. A chamada "Caravana da Liberdade". A cidade de Matanzas em peso passou vários dias apinhada nas calçadas. Os rebeldes iam avançando em marcha triunfal rumo a Havana. A alegria era contagiosa. Apareceram em toda parte bandeiras cubanas e do Movimento 26 de Julho.

Mas a rua onde eles moravam, em Pueblo Nuevo, continuava imperturbável e tranquila. Só alguns vizinhos penduraram bandeiras nas janelas. Lucía ouvia as notícias no rádio. Quando tentou comentar com ele, Felipe foi taxativo:

— Tudo isso é uma comédia. Não acredite em nada do que os políticos dizem. Os cubanos são muito atrapalhados. Tenho certeza: isso é uma comédia. Daqui a alguns dias tudo volta a ser como era. Você vai ver.

— Não acho que seja comédia. Eles são muito impetuosos. E parece que são soldados, não? Estão armados.

— Não, nada disso. Você não tem mais que ouvir rádio. As mulheres devem ficar longe de tudo isso. Concentre-se no seu filho, na casa, no seu piano e na creche. Esta é a sua vida. Eu lhe dou tudo de mão beijada, você tem sorte. Muita sorte.

Poucos meses depois, em maio, uma inesperada Lei de Reforma Agrária acabou com os grandes latifúndios, tirou terras das companhias americanas, que distribuiu gratuitamente entre os camponeses. E uma coisa nunca vista: começaram as grandes manifestações na Plaza Cívica, que agora era a Plaza de la Revolución. Diariamente havia uma novidade. Nacionalização das petrolíferas norte-americanas. Pouco depois, nacionalização das grandes empresas. Felipe, como todos os homens de negócios, estava preocupado. E comentava no clube de lojistas espanhóis:

— Vamos ver até onde eles chegam. Não têm por que mexer com os pequenos comerciantes. Eles sabem que se fizerem isso o país afunda em dois dias.

Os padres espanhóis também começaram a sair do país. Cada vez se viam mais igrejas fechadas. Todos os estrangeiros estavam partindo às pressas. Em 17 de setembro de 1960 foram estatizados os três bancos americanos. Felipe esperou alguns dias, prudentemente. Depois telefonou. Ninguém atendeu. Foi à agência. Estava fechada e com dois milicianos parados na porta. Não sabiam de nada. Não se podia fazer nada. Não tinham respostas. Ninguém sabia. Ele tinha perdido todo o dinheiro da conta. Pouco depois, em outubro, os Estados Unidos começaram um bloqueio parcial contra Cuba e mais tarde cortaram as relações diplomáticas. Pânico. Outros comerciantes, sobretudo os judeus, fecharam suas lojas e saíram rapidamente do país. Em poucos meses não sobrou um. Salvaram o pouco que puderam. Um desses poloneses tinha uma loja de roupas a dois passos da camisaria. Pesaroso, comentou com Felipe:

— Isto aqui é comunismo. Já mandamos as crianças para Nova York e estamos nos preparando para ir também em breve. Tentando salvar o que for possível.

Felipe não tinha muita ideia do que era comunismo. Então perguntou ao polonês:

— Por que comunismo? Pelo que sei, é uma ditadura na Rússia. Nós aqui estamos muito longe.

— O comunismo está em toda parte, amigo. Até nos Estados Unidos. Onde você vive? Na Lua? Esse pessoal é comunista, e vão prosseguir porque são muito jovens. Isso é só o início, e têm a plebe a seu favor. Quer um conselho? Faça como nós. Pegue a sua família e vá embora daqui. Mas tem que ser depressa. É uma questão de

semanas. Não espere. Salve o que conseguir, vá embora e não olhe para trás.
Os efeitos do bloqueio foram sentidos logo em seguida. Acabaram as importações e as exportações. A empresa de Felipe vendeu todo o estoque em poucos dias. Muita gente com dinheiro acumulou mantimentos em grandes quantidades. Começou a haver fome. Fome dura. Escassez de gasolina. As pessoas, inflamadas, gritavam em toda parte. Havia manifestações constantes nas ruas e nos parques. De apoio à revolução. Abaixo os ianques! Ianques *go home*! Viva Fidel! Abaixo os *vermes*! Na camisaria não podiam mais importar nada. Cada vez havia mais lojas fechadas. E cada vez o barulho era maior: Fidel fazia discursos frequentes de muitas horas. Mobilizações para ir cortar cana sem ganhar nada, trabalho voluntário, como diziam. Gente em caminhões, milicianos, a contrarrevolução interna soltava bombas, lançava proclamações. A invasão da Playa Girón, em abril de 1961, foi decisiva para radicalizar ainda mais o processo. Na véspera, Fidel declarou: "Isto aqui é socialismo!".

Felipe não sabia o que fazer. Sentia tudo aquilo como um redemoinho invencível. De repente o país era uma voragem ruidosa e caótica, imprevisível, incansável, que arrastava todo mundo, como um furacão imenso e total que engolia tudo o que encontrava pelo caminho.

Tinha fechado a importadora de alimentos. Sobraram as instalações e dois caminhões de entrega, mas despediu os empregados porque não havia o que fazer. Na camisaria só restavam algumas peças empoeiradas. Certa manhã apareceram três milicianos. Nem deram bom-dia:

— Você é o dono? Somos da Comissão de Intervenção. Viemos nacionalizar esta loja, e também trouxemos os papéis da sua importadora.

Felipe já esperava por aquilo, porém mesmo assim se surpreendeu. Logo se recuperou e perguntou:

— Vão deixar a loja aberta?

Não. As instruções que temos são de fazer um inventário e fechar.

— E eu? Em que situação fico?

— Vamos lhe dar uma cópia da ata, e depois você comparece à Comissão; lá lhe pagarão o que é devido. Acho que é um valor mensal. Sessenta pesos ou algo assim. Não tenho certeza.

Terminaram tudo em duas horas, pegaram as chaves, fecharam e trancaram a porta. E de lá se dirigiram para a importadora de produtos alimentícios, a poucas quadras. Repetiram a operação. Felipe, muito sério, voltou para casa ao meio-dia. Nunca tinha se sentido tão mal. Sentia uma forte dor no meio do peito. Mas se aguentava. Disse a Lucía:

— Bem, acabou-se. Resolvido.

— O quê?

— O que eu esperava. Desapropriaram as duas empresas. Levaram as chaves. Quando eu disser à minha tia que ela ficou sem a loja...

— Não vai nem tomar conhecimento. Está mal da cabeça.

— É. E talvez seja melhor assim. Eles me deram uns papéis, dizem que vão nos pagar uma indenização.

— Quanto pagam?

Ele achou ridículo contar que iam ser sessenta pesos por mês.

— Não sei. Não se preocupe. Eu tenho uma poupança. E já estou com sessenta e seis anos, talvez me deem uma aposentadoria.

A dor no peito passou. Mas ele começou a sofrer de insônia. Coisa que nunca havia acontecido. Ele, que sempre dormiu como uma pedra, agora acordava depois de duas ou três horas de sono e passava as noites em claro olhando para o teto, remoendo seus prejuízos.

Poucas semanas depois, em 4 de agosto de 1961, uma sexta-feira, o governo anunciou que no dia seguinte ia mudar a moeda. Cada pessoa podia trocar duzentos pesos em dinheiro e depositar até dez mil no banco, com direito a sacar cem pesos por mês. Quem tivesse mais perdia. A notícia saiu ao mesmo tempo em todos os jornais, e era repetida continuamente no rádio e na televisão.

Foi uma operação planejada e executada em segredo muitos meses antes, quando mandaram fazer na Tchecoslováquia as novas notas, assinadas pelo Che, presidente do Banco Nacional. As caixas de madeira foram desembarcadas de um cargueiro no porto de Havana em meados de junho. E conseguiram manter tudo em segredo absoluto.

Felipe não podia acreditar. Sua fortuna escondida nas latas de pregos era muito superior a quinhentos mil pesos. Não era possível. Sentiu um aperto no peito e de novo uma forte dor. Agora muito mais intensa que da primeira vez. Respirou fundo. E pensou: não vou morrer. Não vou ter um infarto. Vou continuar bem. Vou me recuperar. Mas sentiu uma vertigem e teve que se deitar, com tonteira. Chamou Lucía:

— Estou passando mal.

— O que você tem?

— Veja se o dr. Manzano pode vir aqui. Estou tonto, com uma dor aqui no peito. É forte. Esses filhos da puta querem me matar.

— Não blasfeme, pelo amor de Deus! Ninguém quer matar ninguém. Você está muito nervoso. Quer um chá de tília?

— Mas você não sabe de nada. É analfabeta, estúpida e inútil. Vá buscar o dr. Manzano.

— Seu rosto está muito pálido, pelo menos cale a boca e descanse. O dr. Manzano saiu do país há meses. Você tem que ir à policlínica.

— Não vou a nenhuma policlínica piolhenta. Me deixa dormir para ver se passa.

Adormeceu. Sonhou que estava se afogando numa água preta e muito fria. Afundava, tremendo de frio, já sem ar. Bracejou com força, tentando nadar para cima. Ele nunca havia entrado no mar. Nunca o levaram a uma praia. Nunca tivera férias. Mas agora nadava com firmeza numa água suja, negra, já quase sem ar. Acordou assustado. Mas se sentia bem. Era meia-noite. Não conseguiu dormir mais. Só pensava em trocar os duzentos miseráveis pesos que permitiam. Depois depositaria mais dez mil no banco. E perderia todo o resto. Uma fúria corrosiva o invadiu do peito para cima. E então sentiu. Uma chama de fogo comendo seu cérebro e uma forte dor de cabeça. Deu um grito. E perdeu os sentidos.

Lucía acordou ao seu lado, assustada, e viu que de repente todo seu corpo ficava amarelo e pálido. E seu rosto entortou para a esquerda. A mandíbula se deslocou para um novo lugar, fora do eixo.

Agora estava com a cara torta, uma expressão dura, a boca entreaberta, e não conseguia reter a saliva.

Quando acordou já havia amanhecido. Tinha perdido um pouco a noção das coisas. Quase não falava. As poucas coisas que conseguia articular não eram entendidas. A boca e a língua paralisadas. E escorria saliva pelas comissuras dos lábios.

Foi no sábado 5 de agosto de 1961, dia único determinado para a troca da moeda. Felipe já não se lembrava de coisa nenhuma de tudo aquilo. Lucía não sabia de nada. Fabián se dedicava aos seus exercícios de piano, como fazia toda manhã. E não trocaram nem um peso.

Nesse momento todos os cubanos, seis milhões de pessoas, foram igualados por baixo. Como um golpe de caratê. Magistral. No mesmo instante deixaram de existir a classe alta, a média e a baixa. O mágico Mandrake, com um único passe de mãos, fez um truque perfeito diante dos olhos de todo mundo e ninguém viu a tramoia. Agora todo mundo era pobre de verdade. Em todos os sentidos. Não só financeiramente. Foi um golpe genial, uma coisa perfeita. Mas era só o começo. O melhor viria depois.

2.

A religião proporciona antes de tudo um sistema de vida moderado, lento, confortável para o espírito. Pelo menos é essa sua intenção. Na minha juventude, aos treze ou catorze anos, eu tinha muita energia e secretava uma quantidade excessiva de testosterona. Nessa época não me interessava por conforto espiritual. Não estabelecia uma fronteira de moral religiosa à minha volta para impor limites ao meu impetuoso modo de viver.

Meus pais tentavam me frear. Normalmente eles me chamavam de Pedrito. Quando me chamavam de "Pedro Juan!" eu sabia que já estavam a ponto de explodir. Eu achava divertido. Provocar. Chatear. Sacanear. Ser do contra. Acho que desde essa época já trilhava um caminho tortuoso. Uma espécie de labirinto imprevisível. Tinha o diabo no corpo, o que é ao mesmo tempo uma bênção e uma desgraça.

Desde bem pequeno me levavam à missa. Minha mãe me obrigava a ir com ela. Meu pai jamais pensou no assunto. Minha mãe tentou me inculcar uma vida religiosa e respeitável. Mas já na adolescência senti que a religião me encapsulava numa redoma pneumática de vidro. Dessas que se usam em física experimental para estudar o vácuo. Meu projeto de vida era antagônico à religião. Bem, não é que eu tivesse um projeto de vida ou que me comportasse seguindo algum programa. Aos doze ou treze anos ninguém sabe o que quer. Você age por um instinto básico. Meu instinto era viver com intensidade e bagunça total, com alegria e desespero. Era assim por natureza. Uma coisa genética, acho eu. Bioquímica. Excesso de testosterona. Não suportava nada que limitasse o impulso interno que me fazia experimentar tudo, bisbilhotar tudo, conhecer tudo. E mudar de rumo constantemente. Bagunça total, fora do sistema. Ser do contra. Inconscientemente. Sempre do contra.

Meus inimigos eram a família, o governo, a religião. Nessa ordem. Mas na vida real era impossível me livrar da família e muito difícil, quase impossível, escapar das medidas de ordem e de controle do governo que se autodenominava ditadura do proletariado. Mas me livrar da religião era mais fácil. Em última instância, esses três poderes tinham propostas repressivas que fodiam minha vida. Não roubarás, não mentirás, não fornicarás, não, não, não. E eu queria roubar, mentir, fornicar com mulheres e com tudo o mais que me agradasse. O que mais tarde incluiu algumas bezerras. Minha proposta era sim, sim, sim. A única regra que me interessava era quebrar todas as regras. Sendo assim, com o primeiro pretexto que a igreja me deu consegui abandoná-la. Desobediência total.

Nesses primeiros anos, a revolução pressionava sistematicamente os religiosos para que saíssem do país ou ficassem entre suas quatro paredes e não perturbassem. Dizia-se que alguns apoiavam e protegiam grupos de contrarrevolucionários. Acusavam os sacerdotes até de serem agentes da CIA. Nos jornais saíram alguns casos, com fotos e provas, portanto havia alguma coisa — ou muito — de verdade. Eram tempos convulsionados. Com muitos golpes baixos de ambas as partes. Não foi uma briga limpa. É ingenuidade pensar que pode existir fair play nesse tipo de conflito de grande magnitude. Nesses grandes e prolongados arranca-rabos entre dois países, vale tudo. Pouco a pouco vão sendo liberados os documentos secretos da época e tomamos conhecimento de alguma coisa. Não muito, mas pelo menos se pode entender o grau de violência e pressão diária que se desatou sobre as pessoas. A humanidade está sentada em um trono de sangue e dor. A verdadeira história nunca pode ser conhecida a fundo porque sempre há muitas mãos manipulando, escondendo, torcendo os fatos e, principalmente, os rastros que os acontecimentos deixam.

Numa manhã de domingo houve uma pequena procissão dentro da catedral de Matanzas. Não eram permitidas celebrações na rua. Não davam autorização. Eu ia atrás de uma Virgem, cantando *"Hosana in Excelsis, Hosana in Excelsis"*, junto com todos os outros. Acho que havia um órgão tocando ao fundo e que se cantava mais alguma coisa. Não me lembro bem. Tudo era em latim. Em determinado momento tinha que me ajoelhar diante de um padre luxuosamente vestido de verde, sentado num ridículo trono dourado. Então me ajoelhei na frente daquele senhor e — como fazia todo mundo — beijei a enorme esmeralda engastada em seu grande anel de ouro. Já contei isso muitas vezes, e vou continuar contando, como psicoterapia, para ver se algum dia consigo superar meu sentimento de humilhação. Eu me senti como um molambo sujo naquela postura de escravo diante daquele imbecil. Era um padre afeminado, esnobe, frívolo, que fumava na sacristia uns cigarros de tabaco louro, com piteira, enquanto tagarelava bobagens com damas elegantes todas cheias de joias. Um sujeito irritante. Nem olhou para mim. Só olhava para gente de estirpe. Ufa. Quando me levantei daquela posição, saí da catedral e nunca mais na vida voltei a entrar numa igreja.

Acho que a partir desse momento comecei a me comportar com arrogância, com orgulho e altivez. Autossuficiente, e até colérico e furioso. Aquela maldita humilhação me transformou. E também comecei a ter meus segredos. Minha vida oculta. Na aula de catequese eu tinha problemas com alguns conceitos que não entravam na minha cabecinha racional. Quer dizer, estava numa crise de fé. Não aceitava a história de Adão e Eva no paraíso. Preferia a evolução a partir dos macacos e tudo o que Darwin expôs. Nem a da Santíssima Trindade. Enfim, eu não tinha mais fé. Queria raciocínio. Portanto, no meu modo de ver eu tinha me libertado ao mesmo tempo da humilhação e da irracionalidade.

Comecei a construir um pequeno mundo pessoal, afastado da grande corrente caótica em que o país se transformava: colecionava selos, lia muito, tentava ter alguma namorada, arranjei um violão velho, compunha boleros e me esforçava para tocar e cantar. E me masturbava cinco ou seis vezes por dia. Primeiro com umas fotos de Brigitte Bardot mostrando seus belíssimos e perfeitos peitos. E depois com uma vizinha. Adelaida. Um nome tão doce que até hoje, quando o pronuncio, sinto uma coisa especial dentro de mim. Foi uma história de amor belíssima. Eu com treze anos. Ela, talvez vinte e seis ou trinta. Tinha acabado de parir gêmeos. Dois bebês ao mesmo tempo. E passava o dia todo em casa, cuidando dos filhos. Não tinha tempo para coisa nenhuma. Estava sempre com um penhoar branco, transparente, e jorrando leite com fartura dos peitos por uns grandes mamilos escuros e rugosos, que contrastavam com sua pele muito branca. Ia ao quintal para pendurar as fraldas de pano ao sol. Quando levantava os braços, mostrava que tinha muito pelo escuro nas axilas. Muito. Abundante. E os grandes seios jorrando leite, molhando o tecido do penhoar. E seu rosto lindíssimo e sorridente. Ela era feliz. Tenho certeza de que era muito feliz. O marido nunca estava em casa. Saía bem cedo, sempre vestido de miliciano. Usava até revólver na cintura. E voltava à noite. O companheiro na vanguarda. E eu na retaguarda, com meu romance secreto, intenso, exaustivo.

Os quintais das duas casas eram separados por um murinho não muito alto. E havia plantas frondosas. Era lá que eu ficava. Camuflado entre as palmeiras e os crótons. Quando podia, inventava algo para me aproximar dela e vê-la melhor. Tremendo de emoção — literalmente, não é metáfora —, eu me oferecia para ajudá-la. Podia ir buscar o pão:

— Pode contar comigo, você não tem tempo.

Às vezes ela me chamava, dava umas moedas e pedia que eu fosse à quitanda comprar alho, cebola, pão, azeite, biscoitos, qualquer coisa. Sempre me tratava de Pedrito. Jamais me chamou de Pedro Juan. Era doce ouvir sua voz acariciando meu nome. Eu me concentrava tanto quando a olhava que ela devia saber que estava mais apaixonado que um cão. Que não podia viver sem olhar para ela todo dia. Claro que sabia. E devia rir de mim. Um menino apaixonado não interessa. Depois me masturbava sonhando que chupava aqueles mamilos grandes e escuros, que sobressaíam e brilhavam em sua pele muito branca, e enchia a boca de leite. Lambia suas axilas suadas cobertas por uma pelagem preta e espessa, com um cheiro forte de mulher. Perdi muito tempo nessa paixão inútil e deliciosa. Ou talvez não. E não foi inútil. É uma das lembranças mais bonitas que tenho na memória. Foi um amor intenso e profundo. De mão única. Não havia reciprocidade.

Depois, com o passar dos anos, aprendi que quase sempre o amor se manifesta assim: numa direção só. É uma corrente que flui num sentido e poucas vezes tem resposta. Felizes aqueles que conseguem usufruir um amor que se manifesta, com a mesma força, nas duas direções.

Outra das minhas ocupações era vender sorvete aos sábados e domingos na rinha de galos. Não era difícil. Só tinha que empurrar o carrinho, chegar lá e vender tudo pelo dobro do preço. Ganhava uns cinquenta pesos por dia. O que no fim do mês era muito. Mais do que o meu pai ganhava. Eu gostava de voltar para casa com esse dinheiro e guardar tudo numa gaveta de onde minha mãe ia tirando. Eu só tinha que ser firme e ficar muito sério porque a rinha de galos era um encontro de meliantes, vigaristas e veados. Estes sempre tentavam se aproximar de mim. Inventando algum pretexto. Gostavam de rapazinhos. Eu fazia voz grossa e ameaçava:

— Ei, que porra é essa? Sai fora. Se não ficar longe de mim eu quebro a sua cara.

Foi uma sorte. Quando você tem que lutar na adolescência para afastar os veados, acaba se fortalecendo e aprende que sempre tem um filho da puta por perto. O carrinho de sorvete tinha um pequeno espaço para a bateria e lá dentro eu guardava um pedaço de fio elétrico grosso e trançado. Para me defender. Era só pegá-lo, e eles se afastavam.

Mas nessa época, início dos anos 1960, o governo começou uma ampla campanha de decência. Diziam que queriam moralizar o país. Isso incluía eliminar a prostituição, qualquer tipo de jogo por dinheiro e todos os jogos de azar, incluindo a Loteria Nacional. Fecharam os bilhares, os cassinos, o hipódromo e o canódromo, quase todos os bares, tudo, incluindo as rinhas de galo. E a Lei Seca. Durante alguns anos se esqueceram de produzir rum, cerveja e cigarros. Pelo menos essas coisas ficaram muito escassas e era difícil beber alguma coisa e fumar. A máfia italiana dos Estados Unidos controlava boa parte dos negócios do jogo. Meyer Lansky morava em Havana, escorregadio, silencioso e matreiro como um rato de esgoto. Passava boa parte do tempo com uma amante cubana num apartamento simples no Paseo del Prado. O prédio ainda existe. A polícia revolucionária o prendeu, mas seus asseclas conseguiram tirá-lo do país logo em seguida. Era a conexão visível da máfia. Por trás funcionava o resto da conexão criminosa. Havana era um lugar muito confortável para eles. Tinham acertado tudo com Batista, pagando milhões, mas chegou o Comandante e mandou parar.

Foi uma campanha intensa e extensa para impor uma nova moral. Mais tarde viria a teoria do Che Guevara a respeito do "homem novo". Eram medidas drásticas e vertiginosas. Todo dia uma nova proibição. Também acabou o sorvete. Diziam que não havia matéria-prima. A culpa era do imperialismo. O bloqueio dos Estados Unidos asfixiava o país. Então fiquei sem o meu negócio. E também caiu minha venda de sacos de papel de sorvete usados. Eu os secava, passava a ferro e vendia para as quitandas. Mas por volta de 1963 algumas já tinham sofrido intervenção e fecharam as portas. Ou tinham pouco que vender. Além do mais, como não chegavam sorvetes da fábrica de Havana, também não existiam sacos de papel.

Nos cinemas também havia um bocado de bichas depravadas. Elas se sentavam por perto e tiravam a ferramenta para exibir. Assim, na cara de pau. Nos anos 1950 passavam centenas de filmes americanos em todos os cinemas do bairro. Por vinte centavos você podia ver um longa-metragem de estreia, mais dois de bangue-bangue ou do Tarzan ou do Super-Homem, o que tivessem no dia, mais os desenhos de Tom e Jerry e do Pica-Pau, talvez algum documentário. Horas e horas sentado no cinema. E uma plateia cheia de jovens e adolescentes. Claro, os veados aproveitavam para fazer sua caçada.

Depois de 1960, pararam de importar filmes americanos e então vimos todo o cinema europeu. Mais difícil de entender e mais exigente: Ingmar Bergman, Resnais, Godard, os primeiros dois filmes de Miloš Forman na Tchecoslováquia e o primeiro de Polanski na Polônia. Todos os franceses, italianos, Buñuel, os russos, que tinham muita merda de realismo socialista e propaganda mas de vez em quando faziam uma coisa boa, Wajda, os filmes japoneses de Kurosawa. Eram mais difíceis que os americanos, e acho que isso foi decisivo para diminuir a onda de veados caçando jovens frágeis nos cinemas. Acho que tive muita sorte de poder ver todo aquele cinema e manter a veadagem à distância.

Em 1960 meu pai perdeu tudo numa noite. Nacionalizaram os bancos americanos e ele perdeu as duas contas que tinha em dois deles: The National City Bank of New York e The Trust Bank of America. Ficou zerado. Assim, de repente. Na manhã seguinte, ainda sob o estupor do que tinha acontecido, três milicianos vieram assumir a loja. Meu pai, atônito, perguntou por que iam desapropriá-la já que era apenas um pequeno comerciante:

— A coisa é contra os americanos, pelo que sei.

— Não, companheiro, os sorvetes Guarina são ianques e temos que desapropriar todas as lojas. Isto aqui é uma franquia. E agora são do povo.

Fizeram o inventário e afinal lhe propuseram que ficasse como administrador:

— Você decide, Gutiérrez, fica sendo o administrador com o salário mínimo de cento e setenta pesos ou vai procurar outro trabalho.

Meu pai aceitou. Não tinha outra opção. Nunca se recuperou desse choque e ficou melancólico e silencioso pelo resto da vida. Tão silencioso que não tenho nada a dizer sobre ele, exceto que foi um homem honesto e trabalhador. Um homem bom. Nunca perdeu a nobreza do camponês que emigrou para a cidade com a intenção de ganhar a vida jogando limpo. Perdeu tudo em menos de vinte e quatro horas e seguiu em frente como pôde.

As desapropriações, ou nacionalizações, continuaram em todo o país. No meu bairro o processo foi rápido. Primeiro foram — lógico — o jornal e as emissoras de rádio. E logo depois os bares, o açougue, os armazéns e as lojas de roupas. Quase tudo era desapropriado e fechado, porque não havia mercadoria para manter nada aberto.

O bairro começou a esvaziar, perdeu aquela enorme energia. Agora era um lugar silencioso, enfadonho e cinzento. Tinha sido um bairro cosmopolita. Com muito comércio. Catalães, poloneses, galegos, chineses, libaneses. Armazéns, açougues, quitandas, lojas de roupas, uma fábrica de calçados de couro, uma loja de móveis, carpintarias, oficinas mecânicas e de conserto de rádios e televisores, a redação de um jornal, a sorveteria do meu pai, bares e, um pouco mais à frente, La Marina, o bairro das putas. Muita gente diferente. Muito barulho e movimento. Quando fecharam as lojas, a pobreza se espalhou com muita rapidez. Tudo se arruinou em poucos anos. Sujeira, imundície e fome.

Quando era criança eu tinha amigos para brincar de tarde. Com patins, pipas, jogos de todo tipo. E às vezes ia à casa dos judeus poloneses. Brincar com Jaime, o polaquinho. Era da minha idade, mas muito sério. Não se misturava com ninguém. Só tocava piano e violino. Seus brinquedos eram um equipamento de química ou um enorme jogo de montar. Construía uns brinquedos complicados que eu nunca entendia. Eram mecanismos com movimento, mas para fazer com que se movessem eu sempre precisava perguntar a Jaime, porque eram cheios de segredos, armadilhas e truques. Jaimito era cinquenta vezes mais inteligente que eu. Além disso, era autossuficiente, tenho que reconhecer. Acho que ele não precisava de amigos. Tínhamos que falar baixo, não podíamos correr. E a polonesa sempre nos observando. Não nos perdia de vista. Talvez pensasse que eu podia quebrar ou roubar alguma coisa. Havia muitos tapetes, cortinas, enfeites, móveis pesados. Era um apartamento diferente de todos os outros do bairro. Depois, muitos anos depois, soube que era a reprodução exata de uma casa de classe média dos anos 1930 ou 1940-1950, em Varsóvia, na Hungria ou em Viena, algo assim. Muito europeu. O apartamento ficava em cima de uma loja de roupas, num lugar muito movimentado, a esquina das Calles Magdalena e Contreras.

Na verdade, estive lá poucas vezes porque havia regras demais. Rígidas, insípidas e absurdas. Então não era um prazer brincar assim, sabendo que eu estava sendo observado e controlado e que não podia me desviar e fazer outra coisa. Passava algum tempo lá com meu álbum de selos. Eventualmente trocávamos algum. E só. Jaime tinha uma coleção temática de personagens: selos com cara de gente famosa. Einstein, Marie Curie, os exploradores dos polos etc. Nas duas últimas vezes que fui visitá-lo, ele estava concentrado em suas aulas de piano. E a mãe me dispensou na porta. Disse: "Agora não, agora não". E fechou a porta no meu nariz. Achei que não era bem-vindo. E não apareci mais. Muito misteriosos e mal-educados.

Era mais divertido me sentar na soleira da porta do Sloppy Joe's Bar e observar as pessoas. Pensando bem, este sempre foi o meu hobby preferido: sentar em algum lugar para olhar as pessoas passando. É fascinante. Não há duas pessoas iguais! Entre milhões e milhões. Somos todos diferentes. É uma coisa extraordinária. Naquele tempo existiam três estabelecimentos com o mesmo nome. Um em Key West, outro em Havana, e o de Matanzas. Anos depois fiquei sabendo que Hemingway era um cliente assíduo nos Sloppy Joe's Bar de Key West e de Havana. O de Matanzas tranquilamente podia pendurar um cartaz: HEMINGWAY NUNCA ESTEVE AQUI. Mas não adiantaria muito. Os clientes de lá não tinham a menor ideia de quem era Hemingway. Eu me sentava então na soleira da porta do bar. Para olhar as pessoas passando. Principalmente algumas putas que ainda ficavam por ali, atrás de clientes. Também tinham proibido a prostituição, dois anos antes. Mas sempre havia alguma que desobedecia e se arriscava. Uma delas, muito parecida com Anna Magnani, era inesquecível. Eu a admirava e desejava em silêncio. Ela ficava passeando à tarde em frente ao bar. Era uma mulher de uns quarenta anos, mas bem conservada. Um corpo de modelo. Usava uns vestidos justos, até o joelho, os ombros expostos, e seu cabelo, muito preto e sedoso, caía até o meio das costas. Tinha um olhar de olheiras e cansaço, como se estivesse sempre com sono. Uns olhos escuros, de maldade e perversão. Eu imaginava que na cama devia ser muito pervertida. Passeava de cima para baixo pela Calle Magdalena. E não usava joias. Nem maquiagem. Ao natural. Na mão direita levava uma argola presa no dedo indicador. E dali pendia uma chave. Uma insinuação muito direta e provocante. Era uma bruxa plebeia e maldita que me atraía intensamente e me marcou para sempre. Nem me passava pela cabeça a possibilidade de pagar e ir para a cama com ela.

 Naquele tempo e naquele bairro, uma puta decrépita cobrava um peso por uns vinte minutos. Um peso cubano valia exatamente um dólar americano. Aquela mulher tão atraente devia cobrar talvez uns dois pesos. Eu ganhava esse dinheiro num instantinho vendendo sorvete. Mas não queria pagar. Era simples demais. Eu era muito tímido e acho que ficava aflito com esse grande mistério que é transar com uma mulher. Aquela mulher me intrigava. Para mim era um enigma. E isso me fascinava. A impossibilidade de falar com ela. Eu era menor. Ela ia rir. Não me daria bola. E era justamente por isso que eu ansiava. Que prestasse atenção em mim. Que notasse que eu existo. Convidá-la para sentar, como faziam os homens no bar, pagar-lhe uma cerveja. Conversar. Perguntar. Saber da sua vida. Ouvir sua voz. Tinha uma voz grave. Só a escutei uma ou duas vezes, mas o timbre profundo da sua voz me seduziu. Era um veneno que eu queria provar, mas não tinha coragem. A timidez me matava. Muitos anos depois, percebi que tinha medo dela. Era só isso. Ela parecia muito superior às minhas forças. Algo inatingível.

Ela me hipnotizou tanto quanto a insuportável baratona kafkiana em que Gregorio Samsa se transformou. Só que aquela mulher não era um monstro horrível, era um monstro delicioso. Um monstro tão gostoso e tão extraordinário que podia me esmagar. E eu era um típico macho cubano. Eu é que tinha que estar no comando. Não ia admitir que uma mulher dirigisse e controlasse o ato no qual eu ia perder a virgindade. Não. Por nada neste mundo. Eu tinha que controlar toda a operação. Mas não estava com pressa. No fundo eu resistia a abandonar a infância. Tinha me instalado comodamente na infância e não era fácil sair dessa posição e pular para a adolescência. Um ou dois anos depois, ela afinal teve que largar o ofício. Na certa os camaradas da Escória Social a obrigaram. E arranjou um emprego na bilheteria do cinema Moderno. Vendendo ingressos. Eu ia toda semana a esse cinema. E só a via através do vidro, enquanto lhe entregava as moedas e ela me dava a entrada. Ficou muitos anos lá. Lembro com nitidez como o seu rosto foi se apagando. Perdendo vitalidade e viço. Até que deixei de vê-la.

No Sloppy Joe's também havia uma banca de gibis. Depois seriam chamados de revistas em quadrinhos. Super-Homem, Pato Donald, Luluzinha. Eu tinha centenas dessas revistas. Milhares. E trocava ali com o cara da banca. Tinha que lhe dar cinco centavos em cada troca. Eram exemplares antigos, claro. Desde 1960 tinham proibido a importação de revistas, que vinham do México. "Isso não se coaduna com a nossa ideologia", diziam. Depois aumentaram a severidade do julgamento: "É desvio ideológico". Essa frase ficou na moda. Tudo podia ser desvio ideológico. E isso era grave. Gravíssimo. Ainda me dá medo quando lembro a frase que ouvi diversas vezes: "O companheiro Pedro Juan tem problemas ideológicos. Está com desvios ideológicos, precisamos trabalhar melhor com ele". Parecia que queriam me transformar num robô. Logo eu, que sempre fui um curtidor caótico e desmazelado, virar um robô programado e militante. Que medo! Mas era este o cerne da coisa: meter medo nas pessoas para que todo mundo se comportasse bem. Como fazem todos os governos. Nós que somos boêmios podemos ser perigosos. Só porque somos alegres, esculhambados, meio doidos. Todo mundo tem que ser sério, disciplinado, correto, previsível. Nada de loucuras. Poucos meses depois da vitória da revolução, cortaram todas as formas de intercâmbio de publicações e cultura com os Estados Unidos. Nada. Nem revistas, nem música, nem filmes. Nada de nada. Chegaram a proibir os músicos cubanos de tocarem jazz, rock ou qualquer música norte-americana, nem mesmo gospel ou country. Elvis Presley e depois os Beatles, proibidíssimos. Eram muito perigosos. Não! Abaixo os ianques! E abaixo quer dizer abaixo. Eu, claro, não sabia de nada. Estava ocupado demais abrindo minhas antenas sobre a superfície do planeta Terra. Tentando sobreviver. Um dia sumiu a banca de revistas. Assim. Pum. Desapareceu de repente. Não sei como foi. O cara do bar me disse:

— Pois é. Fechada. Disseram que era desvio ideológico e levaram todos os gibis. Pode esquecer.

Então comecei a ler livros. Eu tinha um forte trauma em relação à virgindade. Era um trauma obsessivo, tão inquietante que se transformou numa coisa doentia. As mulheres estavam divididas em senhoras decentes, como a minha mãe, por exemplo, ou minhas avós, minhas tias etc. E as putas proibidas, que estavam principalmente em La Marina. Assim, o mais lógico era que eu procurasse uma moça decente para me casar, ter filhos, reproduzir uma família como a dos meus pais e coisa e tal. Ai, que horror! Mas eu queria me divertir. Aproveitar a vida. E não continuar batendo punheta, o que me enfraquecia e me absorvia demais. Acima de tudo me absorvia. Eu vivia como um morto-vivo. Esgotado física e mentalmente. Claro, eram cinco ou seis punhetas por dia. Pensava que tinha que resolver essa questão da virgindade porque aquela divisão esquemática entre mulheres decentes e putas não me convencia muito. Imaginava que a coisa devia ser mais complexa, ou então mais simples, mas não havia ninguém por perto para perguntar.

Com o passar dos anos, aprendi que nunca há ninguém para perguntar. Pelo menos quando você mais necessita. Nunca há ninguém lá com as respostas. Você tem que aprender sozinho. Ou não aprender, e ser um estúpido a vida toda. Um medíocre. Comecei a procurar uma resposta em livros, na biblioteca de Matanzas. E dei com *A origem da família, da propriedade privada e do Estado*, um ensaio de Friedrich Engels. Que não falava de virgindade, mas explicava alguma coisa sobre a família como parte do negócio e do dinheiro. Estudei, sublinhei o livro. Daí passei a outros. Fiz resumos. E dediquei bastante tempo ao assunto. Era um assunto tabu. No colégio não tinha a quem perguntar. Professores, quero dizer. Pensei na professora de biologia. Não. Era uma negrinha metida, com uns óculos de vidro bem grosso, e pelo visto se achava uma pessoa muito importante e inacessível. Sendo assim, tive que dedicar muitos anos à questão da virgindade: ler alguma coisa aqui e acolá e ter dezenas de namoradas para facilitar a práxis. Nem tudo na vida é teoria, livros e abstração.

O colégio onde cursei o secundário ficava perto de La Marina, e mais da metade dos alunos era de negros desse bairro. Bonitos quase todos. E muito mais velhos que nós. Alguns tinham dezoito ou dezenove anos. Repetiam o ano várias vezes. Não estudavam. Não tinham interesse. Só permaneciam lá por inércia. Às vezes não se escanhoavam e ficavam com umas barbas espessas e escuras e cara de maus. Davam medo, porque eram homens fortes e musculosos. Eu não entendo por que continuavam na escola em vez de ir trabalhar. Tinham inveja dos mais novos, que estávamos com nossos treze ou catorze anos. Ou então eram abusados por natureza. Quem sabe odiavam os brancos. Ou tudo isso ao mesmo tempo. Sei lá. Nós tínhamos que sair na porrada toda vez que eles nos provocavam. Se você não brigar, é melhor morrer de uma vez. Era uma gangue. Entre si eles não brigavam. A coisa era só com os brancos.

Eu era alto e muito sério. Para impor respeito, nunca ria. Mas um dia um daqueles negros metidos a valentão me empurrou no corredor:

— Sai da frente, beiçola.

Eu reagi de imediato:

— Epa, qual é?
— Disse pra você sair da frente, com essa beiçola de chupador de pau.
Não lhe dei tempo de terminar. Parti para cima dele. E aquele filho da puta me bateu forte, porque estava preparado. Levei um tabefe no ouvido esquerdo, que ficou zumbindo por vários dias. Quase fiquei surdo. Sabiam bater aqueles putos. Não tinham cérebro, mas sabiam boxear. Fomos separados na hora. E marcamos na beira do rio. Era um ritual. Ao meio-dia. Tinha que haver porrada. Eu era um sujeito pacífico, mas precisava ser bruto. Aconteceu muitas vezes. Era sempre igual. Um negro me provocava e eu tinha que ir brigar ao meio-dia na beira do rio San Juan. Batiam forte. Eu também batia firme, mas sabia que aquilo não era para mim. Se você ignorasse e virasse as costas, eles gritavam: "Bicha!". E a escola toda caía em cima, como feras. E a partir desse dia infernizavam sua vida. Eu tremia no começo da briga, ficava sem forças. O medo tirava a minha energia. Até levar uns socos. Aí meu sangue esquentava. Eu ficava cego. Era perigoso quando isso acontecia, porque eu perdia o controle. Pegava pesado. Virava uma fera encurralada. Uma gigantesca injeção de adrenalina inundava o meu cérebro. Eu não sabia o que estava fazendo, e tinha verdadeira predileção por jogar o adversário no chão e esmagar sua cabeça a pontapés. Principalmente na boca, para quebrar os dentes e ver sangrar. Sempre desapartavam a tempo. Não sei como não matei alguém. Eu queria o sangue. O medo inundava meu corpo num banho de adrenalina. Litros de adrenalina. E isso me transformava num tigre lutando pela vida. Eu precisava ver o sangue saindo da boca e do nariz do adversário. Queria esmagar o crânio dele contra o chão. Um assassino. Tinha me transformado num assassino. Meu coração disparava, acelerando a mil por hora, e era difícil voltar à realidade. Queria matar. Descontroladamente.
Desde então fui assim. E não entendia por quê. Até que agora, há pouco tempo, meditando sobre o passado, entendi que na minha vida anterior tinham me matado numa praia da Normandia. Nos primeiros minutos do desembarque aliado. Na madrugada do dia 6 de junho de 1944. Assim que pisei na areia, uma rajada de metralhadora me atingiu. No peito e na barriga. Vários tiros. Caí de bruços,

com uma dor terrível. E ali fiquei perdendo sangue pouco a pouco. Havia muita confusão em volta e não recebi ajuda. Continuei perdendo sangue e enfraquecendo lentamente até apagar. Depois não lembro o que houve e renasci em 27 de janeiro de 1950, quase seis anos depois. Numa família pobre, de camponeses, em uma província de Cuba. Por isso tenho no meu carma esse medo de que voltem a me matar sem que possa me defender.

Dei sorte nessas brigas na margem do rio San Juan. Felizmente nunca matei ninguém. Sempre nos separavam a tempo. Afinal eu me controlava e saía daquela paranoia, daquele ataque descontrolado de fúria assassina. Pegava meus livros e ia embora. Com a honra salva mas bastante machucado. Numa dessas porradas, vi Fabián entre os espectadores. Achei muito estranho, porque Fabián era escorregadio como uma cobra. Além do mais, parecia um micróbio: magrinho, frágil, com óculos de míope, branco feito neve, de estatura baixa, silencioso, sem amigos, acho que fazia um esforço para ser invisível. Não queria que ninguém o visse.

Tínhamos nos conhecido montando guarda por uma noite no colégio. Foi em outubro do ano anterior, 1962. Numa situação muito especial, que depois ficou conhecida como Crise dos Mísseis. Não sabíamos de nada. Naquele momento era *top secret*. Os russos tinham instalado rampas e foguetes com cargas nucleares em vários lugares de Cuba. Apontando para os Estados Unidos. Ao que parece, foi uma briga de três: Fidel queria assumir o controle total sobre os foguetes, Nikita Khruschóv se recusava e deixava os cubanos de fora, e os americanos exigiam que eles fossem desmontados e devolvidos à União Soviética imediatamente. Tinham fotos aéreas de alta precisão e sabiam o local exato de cada parafuso. Mas em Cuba ninguém tinha ideia dessa história. Nem de coisa nenhuma. Só sabíamos que os americanos eram maus e estavam ameaçando nos atacar. De manhã passavam dois jatos americanos, voando bem baixo sobre a cidade de Matanzas. Trovejando. Acho que eram pretos, e ao que parece rompiam a barreira do som bem em cima da nossa cabeça. Eles se divertiam. E nos metiam medo. Era impressionante. Os famosos U2 também voavam diariamente sobre Cuba. A grande altura. Tiravam fotos. Até que um deles foi derrubado por um foguete. Dizem que o mundo esteve à beira de uma guerra nuclear total. Muito se escreveu sobre essa crise. Parece que foram dias decisivos para a humanidade. Para a sobrevivência da humanidade. E nós, uns bobos alegres. Não tínhamos a menor ideia do que realmente estava acontecendo. Olhos que não veem, coração que não sente. No curso secundário tínhamos que montar guarda para proteger o colégio. Nós vivíamos assim. Éramos os patriotas mais inocentes do mundo. Bem, se você tem toda a informação, então não é patriota, é um político. O que poderíamos fazer, quatro meninos de doze ou treze anos e dois ou três professores tomando conta de uma escola durante a noite, se nos mandassem um foguete nuclear na cabeça? Bem, pois lá estávamos nós dois, admiravelmente ingênuos. Fabián tinha levado uma garrafa térmica de café com leite e um pão com tortilha. O turno era das oito da noite até as sete da manhã seguinte. Imagino que todos nós já tivéssemos comido em casa. Ninguém tinha nada para lanchar. Já se passava fome. Na década de 60. Passamos muita fome. Sobrava patriotismo e faltavam mantimentos.

Apagamos todas as luzes e fechamos as janelas. Toda a cidade estava às escuras. Tínhamos lanternas, mas não pilhas. Durante muitos anos não houve pilhas. Até que os companheiros soviéticos começaram a nos mandar pilhas e lanternas. Bem, os camaradas já nos mandavam de alfinetes, canetas, lâminas de barbear, cadarços de sapatos e chá até petróleo e canhões. E tudo o que se puder imaginar entre esses dois extremos. Durante anos e anos. Mas isso foi muito depois. Naquele momento só contávamos com uma vela. Parece que os americanos podiam bombardear a cidade. E tínhamos que ficar no escuro. Sei lá. É o que acho agora. Na hora tudo aquilo era muito divertido. Por volta das dez da noite, Fabián foi ao banheiro levando o seu pacotinho. Sigilosamente. Aproveitando a escuridão. Eu o segui em silêncio. Sabia que ele estava com a comida e ia devorar tudo às escondidas. Eu estava com fome e queria um pedaço. Afinal entrou num dos sanitários e fechou a portinha. Então fui até lá, bati na porta e falei com voz grossa, para meter medo:

— Escuta, compadre, me dá um pedaço que estou com fome.
Ele não respondeu.
— Olha, Fabián, abre e divide, não se faça de bobo.

Abriu. Olhou para mim com cara de assustado. Dividiu no meio o pão com tortilha. E me deu um pedaço. Engoli num segundo e engasguei um pouco.

— Me dá refresco.

— É café com leite.

— Tanto faz. Me dá.

Bebi uma caneca. Estava uma delícia. E fui embora. Adorei essa ideia de abusar dos mais fracos. E me sentir superior. Como os negros musculosos faziam com os branquelos fraquinhos. Como faz todo aquele que pode ter alguém por baixo. É a lei da vida nesta selva desgraçada em que vivemos. Atropelar quem se deixa atropelar. Depois nem nos olhamos durante o resto da noite. Dormimos como pudemos, sentados nas carteiras. Dois ou três dias depois recomeçaram as aulas. E nós fazíamos de conta que não nos conhecíamos. E na verdade não nos conhecíamos. Éramos uns quarenta alunos na mesma sala. Eu me sentava na última fila junto com quatro amigos. E Fabián no meio. À nossa frente, na penúltima fila, sentava-se Alfredo Bunda de Touro. Era bicha. Muito afetado. Tinha uma bunda durinha e arrebitada, bem provocante. E um jeito muito feminino. Nossa diversão era botar para fora nossas picas e os ovos e deixar tudo pendurado ao ar livre para Alfredo olhar. Quatro aparelhos genitais jovens e descansados ao alcance da mão. Ele ficava nervoso e não parava de olhar para trás. Eram carteiras muito antigas. Dos anos 1920 e 1930. Ou de antes. Tinham até um buraco para inserir o vidro de tinta e escrever com caneta-tinteiro. Portanto eram anteriores à esferográfica. Cada móvel consistia numa mesinha ampla e um banco, revestidos de verniz escuro. Eram colocados juntos, de quatro em quatro. Alfredo tinha que olhar para trás e se agachar um pouco para espiar por baixo das mesas. Nós gostávamos de ver como ele suava e ficava frenético porque não o deixávamos encostar a mão. Só olhar. Ele quase morria. Caíamos na gargalhada quando o víamos todo confuso e ansioso.

Às vezes um de nós se deixava levar pela tentação, e então pedia licença para ir ao banheiro urinar. E atrás ia Alfredo Bunda de Touro. Cinco minutos depois os dois voltavam para a sala de aula. Sorridentes e felizes. Mas essas operações eram sempre individuais. Nunca se sabia o que tinha acontecido naqueles cinco minutos. E ninguém perguntava. Segredo de guerra. Era preciso ser muito macho.

Fabián se sentava no centro, ao lado de duas amiguinhas. Eram filhas de uns joalheiros muito conhecidos que logo depois foram para Miami e ele ficou sozinho. Bem, o fato é que Fabián não existia. Era transparente. Absolutamente anódino.

Nessa época me ocorreu uma brincadeira maquiavélica. E a executei sem pensar muito. Sou um solitário por natureza. Nunca procuro cúmplices. É perfeito. Sem cúmplices não há possíveis delatores nem traidores. Eu tinha uns álbuns publicados nos anos 1930 e 1940 na Argentina. Eram pequenos postais coloridos, com paisagens de diversos países. Num canto traziam a bandeira do país correspondente. Eram umas bandeirinhas diminutas, de um centímetro de lado. Recortei cinco bandeirinhas alemãs da época: uma suástica preta dentro de um círculo branco sobre o fundo vermelho. Escrevi num papel: "Cuidado. O Partido Nazista vigia você". No dia seguinte deixei o papel aberto e as bandeirinhas em cima da mesa da professora de matemática, Clara Mayo. A professora entrou para dar aula. Como sempre: vestida de preto, num luto eterno, azeda, amargurada, odiosa. Ela viu aquilo. Engoliu em seco. Dobrou e guardou na bolsa. Não se alterou. E começou sua antipática aula, que eu nunca entendia. A psicologia do adolescente é um pouco estranha. Curti em silêncio aquela brincadeira de mau gosto contra uma mulher infeliz. E depois esqueci. Mas ao meio-dia reuniram todos os alunos no pátio central. E o diretor soltou uma arenga patriótica contra "aqueles que tentam intimidar, atemorizar e ameaçar os revolucionários". Não mencionou o fato em si. Era um discurso abstrato. Eu fiquei com medo. Aliás, não era exatamente medo; por pouco não me borro todo. "Perseguiremos os que fazem conluios com o inimigo. E contamos com o apoio da polícia revolucionária. As ameaças não vão ficar impunes." Coisas assim. Mas tudo muito desconexo. Ninguém entendeu nada. Só eu. Pensei: foi uma brincadeira tão perfeita que pensaram que não era brincadeira. Mas não passava de uma piada inocente. Ai, minha mãe! Quando saímos dali, a pergunta que todos nós fazíamos era: "Mas afinal o que aconteceu? Ele não explicou nada. Esse velho está maluco".

No dia seguinte, na aula de desenho, a professora propôs que criássemos um clube de filatelia. Na sala havia cinco colecionadores. As reuniões eram uma vez por semana, de tarde. Trocávamos os selos repetidos. Fabián era um dos filatelistas. E eu, outro. Mas ele não trazia nada. Só olhava. Perguntei:

— Você não tem selos?

— Estou começando. Tenho pouquinhos.

Conversamos mais um pouco. Ele estava começando uma coleção sobre música clássica. Orquestras sinfônicas, partituras em selos, caras de músicos. Um pouco difícil. Eu tinha alguns com esses temas, da União Soviética. Propus:

— Se você tiver algum que me interesse, quem sabe eu arranjo desses que você quer. Coleciono as temáticas de flora e fauna.

Acho que já tínhamos esquecido o incidente do sanduíche noturno. Ele pensou e me respondeu:

— Se quiser, pode ir à minha casa. É mais fácil que trazer aqui.

No domingo ao meio-dia peguei minha bicicleta, pus as caixas de selos repetidos numa mochila e fui para a casa de Fabián, em Pueblo Nuevo. Era um casarão colonial enorme, com cobertura de telhas e paredes muito altas, como todas as casas antigas de Matanzas. A sala, enorme, escura, na penumbra, quase um salão de baile, tinha no centro um piano de cauda Steinway, preto, brilhante, colocado sobre um velho tapete gasto e já sem cor. O piano estava no lugar perfeito. Integrava-se e era parte daquele lugar. Encostadas nas paredes, várias estantes repletas de livros e discos. Deixei a bicicleta num canto e fomos para uma saleta, um pouco mais iluminada porque tinha uma porta que dava para o quintal, onde havia dezenas de vasos grandes com plantas e jasmins floridos.

A saleta também estava repleta de discos, livros, um toca-discos grande e alguns móveis chineses, que nessa época tinham sido importados diretamente da China e estavam a preços mais ou menos acessíveis. Vasos, biombos com incrustações em marfim, madrepérola e madeiras preciosas, baús também incrustados, bandejas esmaltadas. Havia de tudo um pouco, misturado com móveis e enfeites muito antigos. Sem ordem nem critério. E com muita poeira. Parecia que não limpavam nunca. No centro da saleta, outro velho tapete desbotado, sujo e todo desfiado. Em alguns cantos, velas e candelabros. Tudo se acumulando sem ordem. E a poeira.

Eu me sentei numa velha cadeira de balanço. Muito confortável. Ele me ofereceu chá. Eu nunca tinha pensado em tomar chá.

— Não, não quero! Eu bebo café.

— Só tenho chá.

Pôs um disco de música clássica na vitrola. Primeira vez na vida que eu ouvia um disco com esse tipo de música. Não gostei e me senti um pouquinho constrangido. Achei que ele estava tentando criar intimidade comigo. Intimidade? Dava para ver de longe que era veado. Então eu não queria nenhuma intimidade. Desviei a vista para o quintal. Linguagem corporal: quero sair de um lugar onde me sinto oprimido, por isso olho para fora, para a luz e o ar fresco. Então me levantei, parei na porta e respirei fundo:

— Muito bonito este quintal. Minha mãe também tem muitas plantas.

Era um quintal enorme. Cinquenta metros de comprimento. No fundo havia uma cozinha. Uma senhora bem idosa e um pouco gorda estava lá trabalhando. Era um ambiente estranho. Portas fechadas, pouca luz, poeira, umidade, paredes com mofo soltando cascas de cal, tinta e terra. Eram paredes antigas de quase um metro de largura, construídas com pedras e argamassa ou barro. Acumulação de milhões de coisas, fotos antigas e amareladas de parentes mortos, em velhas molduras ovais, livros e discos, música clássica, silêncio e escuridão. Havia um pouco de vida lenta e sossegada naquilo tudo. Sedimentos demais. Ou de vida paralisada. Isso sim. Sem dúvida. Era o que se respirava naquele ambiente: paralisia, imobilidade absoluta. As camadas de poeira se acumulavam uma sobre a outra. Nada se mexia. A princípio não me senti muito bem porque a mudança foi brusca. Era um mundo absolutamente diferente do meu. Aqui predominavam o silêncio e a escuridão. E o meu mundo era caótico: barulho, luz e movimento incessante. Era a primeira vez que eu estava num lugar assim. Muito estranho.

Eu me lembrava vagamente do apartamento dos poloneses. Só que a polonesa mantinha tudo perfeitamente arrumado, limpo, disposto em uma ordem meticulosa e com certeza inventariada e avaliada, como numa loja. A casa de Fabián, em contrapartida, era a antiordem total. Bagunça, sujeira, teias de aranha. Quando entrei tive a impressão de retroceder um século. Era como entrar numa máquina do tempo e num instante voltar cem anos. Agora de repente me senti sufocado. Precisei ir de novo ao quintal para respirar e ver a luz deslumbrante e ofuscante de todos os dias. Precisava fugir das penumbras empoeiradas.

A senhora gorda saiu da cozinha com uma bandeja. Veio andando pelo quintal, toda sorridente. E, com um sotaque espanhol, marcando muito os sons sibilantes:

— Olá, boa tarde. Aqui está o vosso chá.

Parecia a avó de Fabián. Pensei: então, querendo ou não, tomar chá é obrigatório. À força. Pôs a bandeja em cima de um baú chinês que fazia as vezes de mesinha auxiliar. Um bule fumegante, um pote de mel, biscoitinhos e umas xícaras com delicadas colherinhas de prata. Fabián a apresentou sucintamente:

— Lucía.

Ela me sorriu com simpatia. Eu disse:

— Muito prazer, senhora.

Ela só respondeu:

— Sinta-se em casa.

Formal demais para falar com um insignificante garoto de treze anos. Ela já ia saindo, mas antes me perguntou, sorridente:

— Qual é sua graça?

Não entendi. O que estava me perguntando? Falava um espanhol do século xv, ou o quê? Fabián adivinhou minha confusão e me tirou do aperto:

— Pedro Juan.

Ela assentiu, satisfeita, e se retirou pelo quintal, ainda sorrindo, devagar, com uma doçura especial.

— É sua avó?

E Fabián, cortante:

— É Lucía.

Depois fez uma pausa e acrescentou:

— Minha mãe. Experimenta o chá. É chinês. Chá-verde. E os biscoitinhos são desnecessários. Não combinam com o sabor do chá-verde. Mas Lucía... ufa.

Não entendi nada daquilo. Comi uns biscoitinhos, ignorei o chá e pedi um copo d'água. Ele não prestou atenção. Levantou-se. Remexeu numas gavetas da escrivaninha, entulhada de um modo incrível com papéis, livros, cadernetas, pequenos enfeites, tinteiros com suas velhas penas, caixinhas, estatuetas, tudo antigo. E daquela montanha de poeira e objetos imprestáveis tirou dois álbuns. Os selos, finalmente. Também trouxe uma caixa de charutos cheia até o topo com milhares de selos repetidos. Tinha muitos de flora e fauna, antigos, que eu nunca tinha visto. Na caixa havia velhos cartões-postais europeus. Todos usados, com selos. Gostei e separei-os para olhar melhor. E comentei:

— Quase todos são da Alemanha.

— Sim, ganhei de presente faz um tempo. Uns judeus amigos do meu pai. Aliás, sabe o que aconteceu outro dia na escola?

— Não.

— Ameaçaram a professora de matemática. Como se fosse judia. Entrei em alerta.

— Não sei de nada. Devem ser boatos do pessoal.

— Boatos nada. Foi ameaçada com bandeiras nazistas e um papel dizendo que está sendo vigiada e que tome cuidado.

— Como você sabe de tudo isso?

— Foi no dia em que fizeram aquela reunião no pátio e o diretor falou.

— Lembro. Mas o diretor não disse nada sobre bandeiras nazistas. Afinal ninguém entendeu o que ele falou.

— Eu sei o que aconteceu porque Clara Mayo mora aqui perto e é amiga da minha mãe. Ficou com os nervos em pandarecos. Ela é viúva e mora sozinha. Desde que o marido morreu está uma pilha de nervos. E agora piorou. Está com muito medo. E eu também. Estou apavorado. Será verdade que o partido nazista está vigiando e vai matar a professora?

— Matar? Quem disse isso?

— Escreveram no papel. Os nazistas. Que vão matá-la.

— Não existe nenhum partido nazista aqui! Não seja bobo!

— E por que escreveram isso? De onde tiraram as bandeiras? Com certeza mandaram da Alemanha. O Partido Nazista Central, em Berlim.

— Não, essas bandeirinhas se conseguem facilmente. Bem, sei lá. É uma piada de mau gosto e pronto. Não vão matar ninguém.

— Clara Mayo não consegue mais dormir. Tem até diarreia. E você diz que é piada. Uma brincadeira? Não acredito. É sério.

— Olha, compadre, fui eu que fiz isso. Acho que exagerei, mas agora chega, vamos falar de outra coisa. Foi uma estupidez, só isso.

— Ah, nãoooo! Não acredito! Você? Está falando sério?

Levou as mãos à boca, com muita afetação.

Bebeu um gole de chá e me olhou fixamente, autoritário. Até sacudiu o dedinho indicador para me apontar:

— É uma crueldade. Ah, Pedro Juan, você tem que pedir desculpas. A pobre mulher vai enlouquecer. Está esperando os assassinos. Acha que os assassinos vão chegar a qualquer momento, assim, de surpresa, para degolá-la. Está apavorada. Você tem que ir à casa dela, explicar tudo. E pedir desculpas. Desculpas. É a coisa certa. Diga que vai.

Respondi em voz grossa, para exigir respeito e acabar com aquela história:

— Era piada. Se ela levou a sério foi porque... sei lá. É uma imbecil. Uma velha chatíssima. E estou pouco ligando se é amiga de vocês. Era uma piada. Uma brincadeira. E pronto. Acabou-se. Não vou pedir desculpas droga nenhuma. E é bom você calar a boca porque se disser mais alguma coisa eu corto sua língua.

Ficamos em silêncio por alguns minutos. Eu comecei a olhar os selos sem muito entusiasmo. Separei alguns e disse:

— Escolhe alguns dos meus. Pra trocar.

— Não tenho interesse em nenhum dos seus. Pode ficar com esses. De presente.

Senti um desprezo infinito em sua voz. Olhei-o, e de fato. Estava me olhando com desdém e desprezo, enojado, como se eu fosse um piolho fedorento. Fui tomado por um dos meus incontroláveis acessos de fúria. A ira assassina que devora meu coração. Joguei a caixa no chão. Os selos se esparramaram. Peguei os meus e gritei:

— Você é um tremendo babaca e um tremendo veado! E um tremendo fofoqueiro! Vá à merda!

Ele pôs as mãos na frente do rosto para se proteger do meu ataque. Achou que eu ia bater nele. Vontade não me faltava de lhe dar um bom pescoção. E fui embora. Peguei minha bicicleta e saí dali. Não nos falamos nos dois anos seguintes em que estivemos na mesma turma. Passamos a nos ignorar mutuamente. Eu não sou rancoroso, de maneira que uns dias depois a fúria deu lugar à indiferença. Nós estávamos em dois mundos opostos e antagônicos. Aquele ambiente empoeirado, escuro e claustrofóbico em que Fabián vivia era estranho, mas me atraía. Não sei por quê. Talvez porque fosse um mundo absolutamente diferente do meu, onde eu podia entrar e explorar. E talvez descobrir coisas interessantes. Bisbilhotar. É o que eu fazia sempre. Farejar. Bisbilhotar em todo e qualquer lugar. Saber de tudo o que estivesse ao meu alcance. Achava divertido saber de tudo. Talvez por isso minha vida fosse tão vertiginosa e caótica. Eu vivia com o pé no acelerador o tempo todo, não parava nunca. Era superficial e brincalhão como um cachorro vira-lata. Farejava um pouco e seguia em frente apressado, como se o tempo não fosse suficiente. Sempre andava rápido, não perdia meu tempo com nada nem com ninguém.

Fabián era exatamente o oposto. Vivia como uma fina e pretensiosa senhorita cubana do século XIX. Pelo luxo decadente e erodido que havia na casa dele — não era bem luxo, era mais uma mixórdia incomum e extravagante —, dava para pensar que era um rico herdeiro de alguma família da aristocracia açucareira do século XIX. Ricos ou ex-ricos pauperizados com a revolução. Na certa tinham expropriado seus engenhos e canaviais. Imaginei. E eu me identificava mais com os escravos negros, brutos e analfabetos que com os almofadinhas brancos, elegantes, sabidos e sofisticados. Por algum motivo, sempre encontrava em diversos lugares algum pai de santo que me repetia: "Você é de Xangô e de Obatalá. Está sempre protegido por um guerreiro astuto que mora nas profundezas do mato, longe das pessoas, com um longo caminho coberto de ouro e de lama".

Nunca entendi o que eles queriam dizer. Mas todos me diziam mais ou menos a mesma coisa. Outros acrescentavam que sempre há um índio astuto ao meu lado, que não deixa que vejam seu rosto, muito inteligente. E pelo outro lado sou protegido por um negro quilombola, forte, nu, com um pano vermelho amarrado na cintura e um facão bem amolado na mão. Os dois me protegem. O índio com a inteligência e a astúcia, o negro com a força bruta. Não sei mais nada sobre essa história da proteção.

Eu vivia ansioso para ficar ao ar livre, com muita luz, praticar esportes, ter mulheres, fazer um trabalho pesado qualquer para ganhar algum dinheiro e continuar vivendo, aos trancos e barrancos. Às vezes tinha esta impressão com toda a clareza: eu abria meu caminho na vida com brutalidade. Impondo minha força a tudo e a todos. A delicadeza e os detalhes sutis não faziam parte da minha vida. Eu não tinha nada a ver com chá-verde, biscoitinhos e música clássica. Por isso me esqueci facilmente da existência de Fabián. Sua presença na sala de aula era como a presença das carteiras. Eu não o olhava. Ele não existia.

Havia gente muito mais interessante à minha volta. E com mais afinidades. Eu tinha muito mais a ver, por exemplo, com Jorge, o Gato, que era um cara comprido e magro. Sempre alegre e virador. Também estudava no colégio. E gostava de trabalhar na oficina, como eu. Era uma matéria optativa: educação industrial. Uma tarde tivemos que dividir umas ferramentas. Só havia um arco de serra na oficina e nós dois precisamos ao mesmo tempo. Deixei que ele terminasse, e enquanto eu esperava me disse:

— Esta tarde vou até o rio ver os caiaques, quem sabe me deixam remar. Quer ir comigo?

— Caiaques? Sei lá. Nunca vi isso.

— Eles são duplos. Não dá pra remar sozinho. E você está bem alto e forte. Não recuse, vamos. Daqui a uma hora.

Acabamos nos viciando nos caiaques. Era como uma droga. Toda tarde íamos à garagem de barcos, no rio San Juan. Um instrutor preparou um plano de treinamento para nós. Pesos, corrida de dez quilômetros, natação, ginástica e remo nos caiaques. Tivemos sorte. O instrutor nos mandava nadar no rio, infestado de tubarões. Um pouco acima da nossa área de treinamento ficava o matadouro de Matanzas. Jogavam os restos no rio. Os tubarões subiam da baía até aquela manjedoura. Dois ou três quilômetros rio acima. Sentiam o cheiro de sangue. Nunca nos incomodaram. Acho que nadavam hipnotizados pelo cheiro de sangue e voltavam de barriga cheia, nem reparavam em nós. Ou talvez nunca tivessem provado a deliciosa carne humana. Quem vai saber.

Em seis meses nos transformamos em uns selvagens musculosos. Puro músculo e força. No colégio o apelido de Jorge, o Gato, passou a ser Johnny Weissmüller, que era um nadador olímpico ganhador de cinco medalhas de ouro. Tinha interpretado Tarzan em vários filmes. Nessa época era muito famoso. Tanto quanto Charles Atlas. Parecer com Johnny Weissmüller ou com Charles Atlas era o máximo. As garotas começaram a me chamar de "Veneno". Johnny Weissmüller e Veneno. Éramos inseparáveis. Nunca descobri por que me apelidaram de Veneno. Só as meninas me chamavam assim. Pouco depois percebi que todas elas queriam nos namorar. Era muito fácil. Minha timidez desapareceu, comecei a ter namoradas. Quase nem precisava falar nada. O Pedro Juan tímido e punheteiro tinha morrido. Virei a página e me esqueci rapidamente dele.

Agora Veneno era uma fera. Estávamos na moda. Para nós a vida era um jogo sensual e agradável. Eu não tinha mais tempo para os selos nem para a leitura. Continuava indo ao cinema, principalmente nos fins de semana. Mas agora sempre levava alguma namorada. Para beijar e apertar. Elas me tocavam uma punheta. Era normal, não precisava nem pedir, já fazia parte. Só deixavam tocar nos peitinhos. Lá embaixo nem pensar. Eram todas virgens. E todas reservavam a virgindade para a noite de núpcias. E todas levavam aquilo a sério. Todas, sem exceção, queriam namorar durante alguns anos, com seriedade, com permissão dos pais, e afinal nos casarmos quando tivéssemos dezenove ou vinte anos. Todas! Um horror as cerimônias e a festa e os bebês e toda essa chateação. Falta de imaginação e de senso de humor. Falta de tudo. A conspiração das virgens astutas. Bem, para ser justo, elas tinham que ser astutas. Se perdessem a virgindade, ia ser muito difícil arranjar um homem para casar. Um tanto ou quanto da idade da pedra, mas real.

Será que não entendiam que era um plano muito chato? Repetir o que tinham feito suas mães e suas avós e bisavós e todas as mulheres desde o tempo das cavernas? Não pensavam em outra coisa, nenhuma delas. O casamento e os filhos. E o pior: a cerimônia na igreja, vestidas de branco e eu de terno e gravata. Tinham fascínio por vestido branco de gaze e cerimônia com órgão e tudo o mais. Morriam de medo de explorar outros caminhos. Morriam de medo de fazer algo diferente. Morriam de medo, sobretudo, quando eu abria o jogo:

— Não acredito em Deus nem na Igreja nem em nada disso. Sou ateu e comunista, cago e ando para os padres, e ainda defendo a abolição do dinheiro e o comunismo primitivo.

Não me entendiam. Não cabia na cabeça delas. Essa ideia as superava. Achavam que era uma piada de mau gosto. Ou que eu estava completamente doido. Todas, de olhos arregalados:

— Você está maluco, Pedro Juan? Ou é gozação?

Continuavam insistindo, porque as mulheres, ao que parece, são mais perseverantes e obstinadas que os homens. Acho que os homens abandonam uma ideia com mais facilidade, sem muita complicação. Uma ou outra me deixava tocar um pouquinho por cima da calcinha. E já era muito. Através do suave tecido eu sentia o pelo púbico volumoso e denso. As coxas mornas. E chega. As poucas que me deixavam tocar seguravam minha mão com força. Quando os dedos começavam a se mover para esfregar algo mais úmido que os pelos, puxavam minha mão e a tiravam dali. Depois fechavam as pernas com força e acabou-se. Mão nos peitos. Isso sim. E beijos longos, de língua.

Quantas namoradas tive nesse período? Não sei. Duravam pouco. Algumas semanas. Ficava chato porque elas não me deixavam avançar. E ainda por cima queriam que eu fosse às suas casas, conversar com os pais, pedir autorização. Só aspiravam a "uma relação séria". Não queriam brincar. Queriam estabelecer regras e ter um rapazinho sob o seu comando que obedecesse cegamente. Acho que desde então assumi profundamente o meu lema preferido na vida: *"Don't compete. Play"*.

A responsabilidade me deixava apavorado. Assumir compromissos que não ia cumprir. E então aparecia outra namorada com as mesmas pretensões. E mais uma. A porra da virgindade estava infernizando a minha vida. A virgindade e as garotas decentes. Ufa, que horror. Minha sexualidade estava num beco sem saída. Jorge, o

Gato, frequentava o puteiro. Era muito mais maduro e sensato que eu. E tinha uma visão mais científica do mundo, a tal ponto que anos depois estudou medicina e fez doutorado em ginecologia. Era um sujeito pragmático por natureza, nada romântico. Ficou surpreso quando eu lhe disse que nunca tinha ficado com uma mulher.

— Ah, compadre, vamos resolver isso. É fácil.

— É?

— Vamos juntos no sábado à casa de María Elena. E deixo você entrar primeiro. Você vai gostar. Eu digo antes a ela que não tenha pressa. Vai tratar você bem.

— Não, não.

— Não seja tímido, Pedro Juan. Ou está sem dinheiro? São só cinco pesos.

— Tenho dinheiro. Mas não.

— Você está com medo. Acha que vai brochar e acabar fazendo um papelão.

— Ehhh… sim.

— Comigo foi assim mesmo da primeira vez. Eu estava tremendo de medo. Mas María Elena é esperta e me tratou com carinho, com beijinhos, sem pressa. E pronto. O nervosismo passou e deu tudo certo. Foi tudo normal.

— Não conheço essa mulher. Não sei se vou gostar.

— É muito gostosa. Bundão, peitões, muito limpa. Está sempre sorrindo. Ah, e tem um apartamento bem tranquilo. Mora sozinha.

— Não, esquece, Jorge. Quando eu decidir, aviso.

— Tudo bem, compadre, então continue fazendo justiça com as próprias mãos. Punheta enlouquece. Tome cuidado.

Não insistiu. E a coisa ficou por aí.

Nas noites de sábado o parque central da cidade ficava cheio de jovens. Grupos de meninas e rapazes. Eu estava com vários dos meus amigos parrudos dos caiaques. Contando vantagem, falando bobagens sobre o treinamento e os pesos e se era melhor levantar peso todo dia ou em dias alternados e remar quatro horas diárias. Eram longas as discussões. Para matar o tempo. Então vi passar uma garota mais velha que a gente. De quase vinte. Muito parecida com a minha vizinha Adelaida: alta, magra, peitos grandes, cabelo muito preto, solto até o meio das costas, alegre, um sorriso amplo e bonito, e rodeada por um halo de serenidade e de boas vibrações. Era adorável. Uma cópia da inatingível Adelaida. Gostei dela. Ninguém a conhecia. Nunca a tínhamos visto. Sem pensar duas vezes me afastei dos meus amigos e fui falar com ela.

— Boa noite. Está sozinha?

Sorriu quando olhou para mim.

— Estou. Bem, não, não. Estou com com com minhas amigas.

Era gaga. Gostei ainda mais. Era muito engraçada. Falamos essas coisas bobas que os adolescentes costumavam falar na época: o que você faz? Estuda? Em que escola? Onde mora? Nunca te vi por aqui. A gente pode se encontrar de novo? Sim, aqui no parque. E seus pais, o que fazem? Coisas assim. Bobagens para ir enrolando e não ficarem frente a frente em silêncio. Tinham que falar.

— Qual é o seu nome?

— Regina.

— Ah, que nome bonito, então você é uma rainha. Meu nome é Pedro Juan, mas o pessoal me chama de Veneno.

— Ai, Veneno? Que que que medo. Não gosto. É é é é melhor Pedro Juan. Pedrito. Porque vejo você mais como Pedrito. Quantos anos você tem?

Parecia muito sedutora. Queria me seduzir ou tinha mais experiência que todas as minhas namoradinhas. Eu tinha catorze anos, mas sabia que parecia mais. E ela, visivelmente uns vinte mais ou menos. Menti:

— Tenho dezessete. E você?

— Dezoito.

Nós dois mentimos e sabíamos que tínhamos mirado em uma média para tentar aproximar. Ela diminuiu dois anos e eu aumentei três. Pronto. Era evidente que queríamos facilitar as coisas. Ela não estudava nem trabalhava.

— Ajudo em casa. A a a a minha mãe. A a a casa é grande, tem muito que fazer lá.

Eu gostava de ouvir como gaguejava. Era engraçado porque ficava nervosa quando dava uma travada em uma palavra e falava mais rápido, para sair do aperto. Era bonita, alta, magra, peituda, com umas pernas compridas, sempre alegre e sorridente. O que mais eu podia querer? E ainda por cima a gagueira. Quando ela travava, eu caía na gargalhada. Feliz da vida. Ela não estava nem aí. Como fazia com todas as meninas, convidei-a para ir ao cinema. Era sempre assim. Entrar no cinema. Na penumbra, para a gente poder se beijar e fazer mais alguma coisa, se ela deixasse.

Nunca vou me esquecer. Fomos ver *A faca na água*, o primeiro filme de Polanski. Eu já tinha assistido duas vezes. Mas gostava do filme e queria ver de novo. Era uma ótima história com apenas três atores, um carro e um barquinho, passada numa lagoa e num dia cinzento e frio. Acho que já estava começando a me interessar por contar histórias. E, quando vi os dois primeiros filmes de Milos Forman e esse do Polanski, pensei que não devia ser tão complicado fazer um filme. Então pensei: Posso simplificar muito a história e a produção, e com uma câmera faço um filme. Essa ideia não me saía da cabeça. Também vi muitas vezes, e até decorei, os dois de Forman: *Os amores de uma loira* e *Pedro, o Negro*. E *Tudo começou num sábado*, de Karel Reisz, baseado no romance de Alan Sillitoe. Histórias de gente comum e banal. Nada de heróis nem de pessoas importantes. Os heróis sempre dão impressão de mentira para enganar incautos. Gente que eu conhecia e que via todos os dias, como Regina e eu.

Afinal me concentrei muito no filme. Mas Regina não estava entendendo nada e, com o tédio, acabou adormecendo no meu ombro. Eu aproveitei para enfiar a mão dentro do sutiã e tocar nos seus peitos. Eram grandes, duros, mornos, e tinham uns pelos compridos nos mamilos. Aii, meu Deus, aquilo me desconcentrava. Eu queria prestar atenção no filme, mas aqueles peitos quentes e maravilhosos eram uma perdição. Quando acordou, ela disse:

— Estava sonhando que tínhamos dois filhinhos, pequenos, dois meninos, e eu estava dando o peito para eles. Que lindos.

— Porra, não fode, Regina! Era eu apertando os seus mamilos.

— Rá-rá-rá-rá, você é um diabinho. Por que seu apelido é Veneno se você é tão doce?

— Não sei. É coisa lá do colégio.

Eu estava excitadíssimo, com uma ereção animal. Ela, com toda a naturalidade, pegou meu pau e começou a tocar uma punheta, mas acenderam as luzes. Hora de sair. Depois de cada sessão era preciso esvaziar o cinema. Aquela mão me deixou inquieto. Era uma mão experiente. Sabia o que fazia. Propus:

— Vamos para a beira do rio.

— Vamos.

Muito decidida. Era uma vantagem ter uma namorada de vinte anos ainda que se fazendo passar por uma garota de dezoito. Não tinha empecilhos. Na margem do rio San Juan havia muitas construções antigas abandonadas e em ruínas. Muito antigas. Do século XIX. Desabitadas. Fomos para um canto escuro. Lá nos beijamos e nos acariciamos. Eu, na minha humildade, só aspirava a uma punheta, como sempre, mas ela espontaneamente se abaixou à minha frente e caiu de boca. Sem precisar pedir. Chupou durante dois ou três minutos e foi o suficiente: eu não me contive mais e, pumm, gozei na sua boca. Ela engoliu. Lambeu os beiços. E me disse, rindo, descarada:

— Meu bem, você estava num tremendo atraso. Soltou pe pe pe pelo menos um litro na mi mi mi minha boca. Precisa de mais carinho, rapaz, você está muito sozinho.

Ufa, que felicidade, finalmente aparecia uma mulher sem preconceitos, que vivia sem frescuras nem condições. Mas depois daquilo eu continuava com a mesma ereção. Quando viu que não tinha me acalmado, levantou a saia, virou de costas e se curvou para a frente. Ela mesma dirigiu tudo. Pegou meu pau com a mão e, ahh, estava muito molhada. Aiii, meu Deus! Finalmente! Finalmente encontrava uma mulher normal e sem traumas de virgindade! Ela não era mais virgem, sem dúvida. E assim ficamos por mais de uma hora. Não sei quantos orgasmos foram, perdi as contas. Era como estar no céu, flutuando. Perdi o senso de realidade.

Regina nunca ficou sabendo que nessa noite, aos catorze anos, eu enfim tinha perdido a virgindade, e agora era o homem mais feliz do planeta. Uma felicidade difícil de imaginar. Descobri do que mais gosto no mundo. De sexo. Mais que de qualquer outra coisa. E com aquela simpatia de mulher era a felicidade total. Fui levá-la até sua casa. Morava perto do rio, mas lá para cima, pelos lados da praça do mercado. Ao chegar nos encostamos na porta, aos beijos. Na verdade, não queríamos nos separar. E ela me disse:

— Você vem amanhã?

— Aqui na sua casa? E os seus pais?

— Não se preocupe. Eles são gente moderna. Venha de noite.

E assim fiz. Regina acabou virando um vício. Só de pensar nela eu já tinha uma ereção imbatível. Toda noite ia à sua casa. Era muito parecida com a de Fabián, grande, enorme, com uma sala imensa. Um casarão colonial de paredes altas e grossas e cobertura de telhas. Só que quase não tinha móveis. Tudo vazio e limpo. Na sala, de vinte por vinte metros, só havia um sofá velho de madeira e palhinha, duas poltronas e uma mesinha com um vaso pequeno e umas flores de plástico toscas e horríveis. Mais nada.

Lá me tratavam com muita deferência, como se eu fosse uma pessoa mais velha. A mãe, a avó e o pai. A casa tinha cinco quartos imensos. Rapidamente, com respeito, me fizeram sentir à vontade e me chamavam para ir à cozinha, amplíssima, com uma grande mesa no centro. Sempre me ofereciam alguma coisa gostosa: arroz-doce, mingau, vitamina de manga. A casa me dava um pouco de aflição. Um lugar imenso e inóspito. Um dos quartos estava completamente vazio. Mas limpo, impecável, num esmero total. Comentei com Regina:

— Este casarão vazio... me dá um certo... sei lá... é muito desolado.

— Ah, mas não vai ficar vazio. Quero ter três ou quatro filhos. Nós vamos ter. Nós dois. E e e então vão ficar correndo por aqui.

Fiz que não entendi. Mudei de assunto:

— E por que você não estuda? É tão novinha.

— Eu nunca lhe contei, mas sou di di divorciada.

— Ahhh, então se casou muito novinha.

— Foi, aos dezesseis. Ele também tinha dezesseis. Quer ver as fotos?

Não esperou minha resposta. Trouxe uma caixa de fotografias. O de sempre. Ela vestida de branco, lindíssima, com seu rosto quadrado e seu cabelo preto. Adorável. Parecia uma artista de cinema. E o rapaz eu conhecia de vista. Numa cidade pequena todo mundo se conhece. Contei a ela. Regina abaixou os olhos:

— Durou dois anos e pouco. Mas... nada. Tivemos que nos divorciar.

— Por quê?

— Vo vo vo vou contar, não me importo. Pra pra pra pra mim tanto faz.

— O que aconteceu?

— Eu estava totalmente apaixonada. Ele me fez largar a escola, mas... foi pra Havana e agora dizem que que que que é veado.

— E por que se casou, então? Não entendo.

— Eu não posso afirmar. Mas é o que dizem. E eu acredito. E digo mais: é com você que me sinto mulher. Sinto que gosta de mim e... eu amo você. Passo o dia inteiro pensando em você e que vamos nos encontrar de noite, isso me excita muito.

— Eu também. Passo o dia todo de pau duro pensando em você.

— Pois é, e ele... não ficava. Ou então ficava duro e amolecia logo. De noite era uma agonia porque ele tentava e não conseguia. Uma tortura. Eu já sentia medo de que chegasse a noite. Fiquei mal dos nervos. Vo vo vo você vê que tenho este probleminha pra fa fa falar. Pois começou aí. Eu sempre fa fa falei bem, normal.

E assim continuamos. Toda noite eu ia à casa dela. A família não vinha para a sala. Então nós trepávamos no sofá. Por um bom tempo. Todas as vezes que queríamos. Aos sábados e domingos íamos à praia. Só nós dois. Agora a minha vida tinha melhorado muito. Eu me concentrava na escola, nos caiaques e na Regina. Não tinha tempo para mais nada. Na cozinha havia um papagaio falador, sempre em cima de um poleiro. Toda vez que Regina passava ao seu lado, ele repetia:

— Regina puta! Regina puta! Regina puta!

Alguém tinha lhe ensinado essa frase. Só isso. Não falava mais nada. Eu achava graça, mas o animal já era parte da família e ninguém se importava. A avó de Regina era de terreiro. Sempre desconfiei que colocava feitiços naquelas sobremesas que me ofereciam em tanta profusão. Mas eu, materialista e marxista-leninista ferrenho, estava pouco ligando para esse toque de folclore afro-cubano na minha vida.

Tudo corria bem. Era uma relação cômoda, absorvente. Pela primeira vez na vida eu conhecia o amor e me concentrava em uma mulher. Não precisava de mais nada. Até que chegou meu aniversário. Fiz dezesseis anos. Tive que dizer a verdade a ela. Veio a convocação para o serviço militar. Com uma pontualidade e uma eficiência germânicas. Eu ia fazer os exames médicos e poucos dias depois teria que partir. Era o serviço militar obrigatório. Três anos. No colégio eu tinha pedido uma bolsa para um instituto tecnológico. Por isso ia estudar e fazer o serviço militar ao mesmo tempo. Só que eram quatro anos e meio. Em Havana. Um pouco longe. Fui dizer a ela:

— Olha, na verdade eu tenho dezesseis anos e recebi a convocação para o serviço militar.

Ela começou a chorar. Muito alto. Durante uma hora. Sem parar. E não era para menos. Fazia mais de um ano que tínhamos uma relação muito próxima. Ela sempre quis que eu fosse morar lá, no casarão. Num daqueles quartos enormes havia preparado tudo para ter uma vida conjugal maravilhosa. Um colchão confortável, um jogo de móveis, lençóis, espelhos, cômoda. Até um enorme banheiro ao lado. Só para nós dois. Tudo perfeito. Para continuar nos divertindo e nos reproduzir feito coelhinhos. Eu resistia. Não queria chegar a tanto. E continuamos namorando, com as trepadas no sofá. Mas de certo modo éramos um casamento. Um casamento padrão, ou seja, muito machista. Bastaria uma decisão minha para ela tirar o DIU, e logo depois ficar grávida. Era excitante. Imaginei-a muitas vezes com um barrigão de sete meses. A coisa mais erótica do mundo é uma mulher grávida. Não quero descobrir por que acho isso. Regina grávida seria igual a Adelaida. Com seus grandes peitos esguichando leite. Eu lhe pediria que não raspasse as axilas. Regina também era muito peluda e muito morena. Ah, meu Deus, que maravilha! Idêntica à minha Musa mágica e eterna. Isso me fascinava e ao mesmo tempo me dava medo. Ter um filho! Não! Conversamos muitas vezes sobre isso. E discutimos. Até que um dia eu perdi a paciência:

— Não dá pra eu começar a trabalhar agora! Quero ser arquiteto! Quero estudar. Por isso nada de filhos. Não venha complicar minha vida, como é que vou sustentar uma criança? Eu não vou me escravizar, Adelaida, você não vai me escravizar!

Ela não perdeu tempo:

— Quem é essa Adelaida? Você tem outra mulher?

— Não, não tenho. Foi uma confusão. Não tenho outra. Você não percebe logo isso?

A resposta dela me deixou sem fala:

— Você disse Adelaida. E se disse Adelaida é porque ela está na sua cabeça. Bem, dá no mesmo se tiver outra, porque amo demais você. Eu espero, porque você é o homem da minha vida. Não posso ser de outro. É você. E nós vamos ter três ou quatro filhos. Por isso eu tenho paciência. Não sei viver sem você, benzinho, já é um vício.

Tentou me levar para trabalhar com seu pai, que era administrador de uns depósitos de frutas e verduras e tinha um caminhãozinho. Tirava um bom dinheiro. Não! Não me interessa! Estou destinado a coisas maiores! Mais choro. Apesar das lágrimas tive que ir para o tecnológico e cumprir o serviço militar. Eu era implacável. Agora entendo. Vivia aos trambolhões. Quando soube que teria que ficar longe durante anos, só nos encontrando por algumas horas de quinze em quinze dias, meu coração começou a esfriar. Será que eu era um cara normal? Por que tinha esfriado assim? Aquela paixão de fogo foi esfriada pelo raciocínio. E a distância.

Regina não aceitou a coisa de forma tão natural. Estava perdidamente apaixonada. Ficou deprimida e a tristeza lhe tirou a vontade de viver por muito tempo. Mas eu fui em frente, como um trator. Além do mais, não tinha escolha. O serviço militar era obrigatório. Afinal achei até bom me afastar um pouco daquela escravidão de luxúria desesperada com Regina. Era um vício e um prazer, mas ao mesmo tempo tinha cada vez mais gosto de escravidão. A juventude me ajudava a ser implacável.

Éramos jovens e desinformados. Jovens e inocentes. Deliciosamente ingênuos e repulsivamente manipuláveis. Eu não queria perder nada daquilo, que me parecia grandioso, importante, decisivo, heroico. Desprezava a ideia de vender sacos de papel e sorvete na rua, como fazia desde pequeno, ou ser ajudante num caminhãozinho de entrega de frutas e verduras. Eu?! Ah, não. Ia fazer coisas importantes. Nós em Cuba vivíamos em outro planeta. O fascínio daquela época era a tecnologia, o desenvolvimento, o heroísmo, a igualdade, a moral do homem novo. Somos todos iguais. Estoicismo e frugalidade. Podíamos virar um grande país desenvolvido e com alto nível de vida. Fazendo muitos sacrifícios. Um país importante. O inferno está repleto de boas intenções.

Podem-se analisar os discursos e documentos da época verificando as palavras que mais se repetem: dignidade, patriotismo, economia, pátria, sacrifício, igualdade, coragem, aplicação da ciência e da técnica, produtividade, entrega, heroísmo, internacionalismo. Toda a minha geração se entregou de corpo e alma à grande e heroica tarefa de construir o socialismo. Tirando uns quantos que desistiram e saíram do país, a imensa maioria recebeu a tarefa com entusiasmo. A palavrinha *tarefa* entrou na moda. Junto com *companheiro*. Todos nós éramos companheiros e todos nós tínhamos tarefas. Milhares de tarefas a cumprir em cada minuto de cada dia. "A tarefa que me deram, a tarefa principal neste momento, a tarefa que temos que enfrentar..." Era necessário participar. De tudo. E havia muito a fazer. Achávamos bonito e útil dedicar-nos de corpo e alma ao socialismo. E deixar de lado, largar para trás toda aquela parafernália tradicional de casamento, filhos, um empreguinho monótono com o salário exato para chegar ao fim do mês, sem nenhum excesso, e voltar de tarde para casa, mansamente. Talvez ter uma amante por aí, em algum bairro distante. Essa discreta infidelidade já seria considerada o cúmulo do descaramento e da imoralidade. Ufa, eu ficava nervoso só de pensar em tudo isso. Rejeitava de corpo e alma esse papel de coelhinho macho reprodutor, com sua coelhinha fêmea ao lado. Era um conceito muito burguês. E eu vivia sem César, sem burguês e sem Deus.

Nessa época li apaixonadamente todos os livros de Hermann Hesse. Já existia uma espécie de lista negra. Ninguém nunca a viu concretamente. Quer dizer, ninguém viu um pedaço de papel com uma série de nomes de autores proibidos. Tudo era feito com luvas de seda. Não deixavam rastros. Mas de alguma forma todo mundo sabia que ter *Minha luta*, de Hitler, podia dar cadeia. E que era proibido ler Hermann Hesse, Soljenítsin, Boris Pasternak, Nietzsche, Marcuse, Céline e muitos mais. Não é que fossem proibidos. Simplesmente não existiam. Mesmo os cubanos que se exilaram no exterior, como Cabrera Infante, Lidia Cabrera, Gastón Baquero, Severo Sarduy, e até mesmo José Ángel Buesa, um poeta superkitsch e ínfimo, mas exilado. A proibição incluía qualquer escritor que fosse considerado decadente, individualista ou muito obscuro. Quando Lezama Lima publicou *Paradiso*, com o famoso capítulo "homossexual" se somando ao seu catolicismo ferrenho, também foi posto de lado sem contemplações, embora continuasse morando na Calle Trocadero, 162, Centro Habana, no meio do bairro de Colón, o bairro das putas.

Eu tinha arranjado, não me lembro como, *Assim falou Zaratustra*: "Ando entre os homens como entre fragmentos do futuro, de um futuro que vislumbro. Tudo o que penso e desejo tem a finalidade única de pensar e unificar esses fragmentos, esses enigmas e esses acasos espantosos. Como iria eu suportar a minha própria humanidade se o homem não fosse ao mesmo tempo poeta, decifrador de enigmas e redentor do acaso?".

Nietzsche me confundia. Tinha parágrafos muito lúcidos, mas depois páginas e páginas que eu não conseguia esmiuçar. E acabava ficando absorto e triste durante alguns dias. Nietzsche me ultrapassava, e ultrapassou até a si mesmo e acabou enlouquecendo aos quarenta e quatro anos de idade. Já Hesse me absorvia de outro jeito, mais útil e proveitoso. Eu lia seus livros várias vezes. Eram meu guia moral e ético. Já tinha até a sensação de que aqueles personagens eram meus amigos. Pelo menos tínhamos as mesmas ideias. Como Harry Haller, de *O lobo da estepe*: "... se inflama em meu interior um afã feroz de sensações, de impressões fortes, uma raiva desta vida degradada, superficial, esterilizada e sujeita a normas, um desejo frenético de destruir alguma coisa, por exemplo, uma loja de departamentos ou uma catedral, ou a mim mesmo; de cometer idiotices temerárias, de arrancar a peruca de um ou dois ídolos geralmente respeitados, de proporcionar a uns rapazes rebeldes a sonhada passagem para Hamburgo, de seduzir uma jovenzinha ou torcer o pescoço de vários representantes da ordem social burguesa. Porque era isto o que eu mais odiava, detestava e amaldiçoava no meu foro íntimo: esta autossatisfação, esta saúde e conforto, este bem cuidado otimismo do burguês, esta bem alimentada e próspera disciplina de tudo o que é medíocre, normal e comum".

3.

Em 7 de janeiro de 1967 Lucía fez um bolo para comemorar o tradicional aniversário: eram quarenta anos em Cuba. Repetiu várias vezes:

— Quarenta anos! Pelo amor de Deus! E parece que foi ontem! Quem iria imaginar, quando desembarcamos do *Lucania* no porto de Havana?

Dessa vez foi muito mais difícil conseguir a farinha, os ovos, tudo. Passava-se fome. Eram anos muito duros. Ela não conseguiu fermento, e o bolo ficou duro. Não cresceu nem ficou esponjoso. Uma porcaria de bolo. Ela, sempre positiva, não se deu por vencida. Fez uma calda de açúcar com anis e canela. Molhou bem o bolo e em cima botou muito merengue. Melhorou um pouco.

Felipe também tinha melhorado um pouco desde aquele sábado, dia 5 de agosto de 1961. Seu cérebro não funcionava muito bem, mas pelo menos podia se locomover, não precisava de ajuda e às vezes lembrava alguma coisa da sua vida anterior. Dava a impressão de um farrapo humano. Agora sua boca estava menos torta e ele podia falar alguma coisa. Pouco e mal. Quase não dava para entender. Por sorte falava pouco. Continuamente escorria saliva pelas comissuras dos seus lábios, e era muito desagradável. Ele passava a maior parte da manhã andando pelo bairro. Horas andando. Parecia um morto-vivo. Costumava ir ao Stadium Palmar de Junco para ver os treinos dos jogadores. Não entendia bem aquele esporte. Nenhum esporte. Nunca tinha se interessado, mas agora ficava horas e horas sentado na arquibancada. Deixavam-no entrar. Já o conheciam. E assim iam passando os dias. Seu cérebro e sua memória foram sendo cobertos por uma camada nebulosa. Não entendia o que estava acontecendo no jogo. Não se importava. Podia andar pelo bairro e sabia voltar para casa. Nunca se perdia. Era o suficiente.

De tarde, por volta das cinco, Lucía preparou uma limonada bem gelada. Chamou Felipe e Fabián à mesa, na cozinha, e diante do bolo lhes disse:

— Vocês não lembram, mas eu sim. Temos que comemorar. Quarenta anos em Cuba! Fabián, num dia como hoje seu pai e eu...

Fabián interrompeu:

— Descemos do *Lucania* no porto de Havana e fomos muito felizes e agradecemos a Deus e blá-blá-blá.

— Ai, meu filho, que Deus lhe perdoe. Por que você é assim?

— Assim como?

— Tão... tão...

— Antipático. Diga. Antipático. Não tenha medo. Tudo isso é mentira! Nem vocês foram felizes nem há nada a agradecer a Deus. Ao contrário. Fale claro! Nós estamos passando fome, como todo mundo neste país, e Deus nos sacaneou feio, como se pode constatar à primeira vista.

— Vamos comer um pedacinho de bolo, está muito bom. É de anis e canela. Tem limonada.

Fabián olhou fixamente para a mãe. E pensou: é uma imbecil sem caráter. São dois imbecis. Dois medíocres. Dois fracassados. Dois velhos de merda que vou ter que aguentar até morrerem. Lucía lhe serviu um pratinho com um pedaço de bolo. Ele provou. A textura dura e grumosa da massa sem fermento raspava a língua. Mas continuou comendo, e disse:

— Isto aqui é uma merda, mas estou com fome. Vai me dar prisão de ventre.

Felipe não aguentou mais. Deu um soco na mesa e foi para a sala sem comer o bolo.

Só murmurou entre os dentes:

— Safado!

Quase não deu para ouvir. Fabián nem olhou para ele. Terminou seu pedaço, tomou um copo de limonada. E voltou aos exercícios no piano. Era um estribilho de escalas para cima e para baixo que deixava Felipe com os nervos à flor da pele. O dia inteiro. Por isso fugia de casa todas as manhãs. Para escapar daquele piano desgraçado e daquela cantilena. Fabián estudava dez horas por dia. O piano se tornou uma tortura para seus pais. Ele sabia disso mas não se incomodava, porque lhe fazia muito bem. E era isso que importava. No ano anterior, quando terminou o curso secundário, fez as provas para entrar no conservatório provincial. Eram difíceis porque havia poucas vagas, mas ele passou facilmente. Tinha se preparado muito bem graças a um professor particular que lhe dava três aulas por semana a um preço baixo.

Agora estava obstinado em aprender as "Variações Goldberg", de Bach. Uma peça muito longa, quarenta e oito minutos, mas pouco a pouco ia aprendendo. Parecia difícil mas não era. As duas mãos trabalhavam coordenadamente, e ele era fascinado por essa ideia barroca de preencher todos os espaços, de ocupar todo o tempo, de saturar cada buraco com a música e não deixar sequer uma fresta para respirar. O barroco combinava perfeitamente com seu espírito. Sofria de *horror vacui*. Inconsciente. Tinha pavor de espaços vazios. Conseguia concentrar-se totalmente quando se sentava ao piano. Concentração perfeita. Bach exigia concentração total. Sempre. Um segundo de dispersão e tudo desandava, uma mosca, um pequeno som na rua, uma porta batendo em alguma casa vizinha. Não. Nada. Quarenta e oito minutos em que eu sou Bach. Eu sou Bach, repetia. Amava profundamente o compositor. Tinha um amuleto em cima do piano que o transportava à época do mestre: um pequeno livro forrado com tecido cor de salmão. Uma edição antiga do *Fausto*, de Goethe. Publicada em letras góticas: Bielefeld und Leipzig. Verlag von Delhagen & Klasing. 1900. Não era da época de Bach, mas pelo menos era de Leipzig. Sonhava visitar algum dia a igreja de São Tomás, nessa cidade, e deixar flores no túmulo de Bach, que fica lá. Na parede, junto ao piano, havia uma foto emoldurada de Anna Magdalena Bach. Brincava com a ideia de que era o cantor da Thomasschule na Thomaskirche, de Leipzig, e que sua esposa sempre o acompanhava com sua maravilhosa voz de soprano e cantava suas sonatas e tinham filhos e mais filhos. Todo ano a fecundava e tinham mais um filho. E tudo era felicidade e prazer. Sonhava com essa ideia. Às vezes lia fragmentos de um livrinho que tinha sempre ao alcance da mão: *Pequena crônica de Anna Magdalena Bach*. Sabia que na verdade era um romance escrito por uma inglesa, Esther Meynell, mas de todo modo parecia real.

Em compensação detestava os russos. Odiava. Prokófiev, Tchaikóvski, Rachmáninov e outros. Não dava conta deles. Complicados demais para as suas mãos pequenas. Ouvia discos com as peças dos russos e os odiava/amava. Tinha uma coleção sempre em expansão de grandes orquestras sinfônicas. De algumas peças tinha todas as versões. Era relativamente fácil. Muita gente estava saindo do país. Fugindo. E vendiam tudo o que podiam. Por qualquer preço. Ele havia conseguido algumas boas coleções por pouco dinheiro. Lucía sempre dava um jeito e pagava seus caprichos.

Fabián era fraquinho, magrelo, além de ter mãos pequenas. Não tinha alcance suficiente nas mãos. Vivia obcecado com isso. Quando via uma pessoa, a primeira coisa que reparava era em suas mãos. São grandes e fortes ou pequenas e fracas? Passava o dia todo esticando os dedos, fazendo exercícios. E também com uma bola de borracha. Apertando a bolinha para fortalecer os dedos. Daria metade da vida para ter mãos de lenhador: grandes, fortes, musculosas. Por isso não dava conta dos russos. Difíceis demais para aquelas mãos pequeninas e débeis. Aliás, não eram difíceis. Eram impossíveis.

Era a mesma coisa com outros compositores impossíveis. Lecuona. Ele era canhoto. Por isso compunha principalmente para a mão esquerda. E além disso sempre usava as oitavas. Fabián quase não conseguia tocar uma oitava com desenvoltura e elegância. A distância entre seu polegar e o mindinho não era suficiente. Tinha dificuldade, e o som perdia brilho. Saía sujo. "Escolha compositores adequados para as suas mãos. Não perca tempo tentando fazer o impossível", repetia sempre seu professor. Fabián não gostava de ouvir isso. Ele queria fazer tudo. Tudo! Queria ser um gênio. Tocar tanto Wagner quanto Mahler. Debussy e Beethoven. Todos! Todos os grandes! Sem abrir mão de nenhum. Era jovem, voraz, egoísta e tinha talento. Eu e eu! Preciso ser implacável senão não faço nada, pensava às vezes. E repetia: eu e eu! É só o que me interessa. A música. O resto não existe. O tempo passa rápido, implacável. Tenho que fazer tudo agora. Sempre repetia a sua máxima essencial na vida: eu e o meu piano. Não existe mais nada.

Passou anos tentando tocar o *Concerto nº 1* para piano de Tchaikóvski. Queria incluir em seu repertório. Não se pode viver sem

Tchaikóvski. Não se pode ignorá-lo. Tinha um disco de Arthur Rubinstein tocando essa obra com a Sinfônica de Boston. Sabia tudo de cor. E se emocionava com aquele drama tão intenso. Ouvia com tanta concentração que chorava. Sempre o fazia chorar. Tentou tocar centenas de vezes. Falhava no primeiro movimento. "Allegro non troppo e molto maestoso." Não conseguia. Forte demais. Majestoso demais, isso, *molto maestoso*. E as extensões eram insuficientes. Ficava uma droga. Conseguiu todas as partituras de Tchaikóvski. Tudo. Tentou várias vezes. Bastava olhar aquelas páginas, obscuras, complexas, cheias de notas, para saber que não ia conseguir. Que nunca ia conseguir. Queria odiar Tchaikóvski. Ignorá-lo. Fingir que não existia. Mas não podia odiá-lo. Não podia ignorá-lo e não podia fingir que não existia. Toda a sua música era tão maravilhosa que só podia amá-lo. Profundamente. Amá-lo sem condições. Sem esperar nada em troca. Um amor inatingível que estaria para sempre no seu coração. Um amor doentio, misturado com umas pitadas de ódio, de inveja e de dor porque nunca ia conseguir. Não ia conseguir! Um dia entendeu o que estava acontecendo: "Tchaikóvski me faz chorar porque entrou no meu coração. Penetrou em mim e me transformou em sua amante. Sou sua escrava submissa, e ele nem me olha. Quando eu deixar de amá-lo e de chorar, aí sim vou poder dominar Tchaikóvski. Enquanto ele me arrancar lágrimas, ganha o jogo. Se algum dia eu esfriar, aí sim poderei dominar Tchaikóvski. Vai ser apenas uma questão de técnica e ofício. Mas duvido. Ele sempre vai me emocionar, a vida toda. E a vitória será dele. Sou um caso perdido. Uma amante indefesa". Quando compreendeu tudo isso, guardou as partituras de Tchaikóvski e pegou as dos *Noturnos* de Chopin. Mais simples. Não o emocionavam em absoluto. Interpretava essas peças curtas empregando somente o raciocínio e a lógica. Matemática pura.

 Quando tinha quatro anos, Lucía lhe ensinou a fazer escalas no piano. Só para brincar um pouco. Não pretendia nada de objetivo. Era sua forma de viver. Ela nunca pretendeu nada. Fluía com a vida. Fabián fazia as escalas com uma facilidade perfeita. Depois ela começou a tocar umas frases muito simples, os temas das canções infantis que continuava repetindo na creche. E Fabián repetia. De ouvido.

Acertando de primeira. E assim, sempre brincando, sem pressa, desfrutando com seu filho querido, Lucía lhe ensinou todas as canções infantis. O menino as aprendia na hora. O que custara a ela tantos anos de esforço, Fabián fez facilmente em poucos dias e tendo apenas quatro anos. Ela, entusiasmada, alegre, inocente, comentou à noite com Felipe, enquanto jantavam:

— Temos um geniozinho musical. Fabián toca todas as canções infantis. Bem, quase todas. De ouvido.

— No piano?

— Sim, claro! No piano! Não é maravilhoso?

— Tire esse menino do piano. Isso é coisa de veado.

— Ahh... mas...

— Tire o menino do piano! Era só o que nos faltava nesta casa. Um veado.

Lucía ficou paralisada. Não encontrou o que dizer. Sabia que era inútil discutir com o marido. Pensou bem no que devia fazer. E fez: arranjou um professor de piano para Fabián. O homem vinha toda tarde e dava uma hora de aula ao menino. Lucía tremia de medo e de emoção. Sabia que estava se expondo a uma explosão terrível de Felipe se algum dia ele voltasse de tarde e os pegasse em flagrante.

Depois de dois anos de aulas, Fabián tinha acabado de fazer seis e já interpretava peças curtas de Mozart e de Chopin, concluindo facilmente dois cursos básicos de solfejo. Então veio a hecatombe. Um dia Felipe chegou de surpresa às cinco e meia. Abriu a porta, viu aquele espetáculo na sala. Entendeu tudo imediatamente. Não respondeu ao boa-tarde do professor, alheio a tudo aquilo, e seguiu direto para o banheiro. Estava com diarreia e só queria ir ao banheiro e se deitar porque se sentia sem forças.

Lucía foi atrás dele. Na sala continuava um dos *Noturnos* de Chopin, que Fabián estava aprendendo. Felipe tinha se trancado no banheiro. Lucía esperou que ele saísse:

— O que foi? Está passando mal?

— Estou com diarreia.

— Mas por quê?

— Sei lá. E me deixe em paz. Volte para o seu filhinho veado e aquele pianinho de merda.

— Não fale assim, por favor! Você me faz sofrer.

Felipe a olhou com desgosto e fúria:

— Você fez isso pelas minhas costas, Lucía!

— É para o bem do menino.

— Eu disse que deixasse o menino longe do piano. Isso fica bem para mulheres. E só. Homem tem é que trabalhar. Trabalhar duro. Pra virar homem, porra!

Lucía argumentou com a única ideia que podia acalmá-lo um pouco:

— É um ofício como outro qualquer. No futuro ele pode ganhar a vida com o piano. Olhe, o professor é homem. E não tem jeito de veado.

Felipe não respondeu. Ela pressionou mais um pouco:

— E parece que Fabián é um geniozinho. Quem sabe vira um grande pianista e acaba milionário.

Felipe respirou fundo quando ouviu a palavra *milionário* e respondeu, sarcástico:

— Nada mau. Ter um filho bicha e milionário. Um Cugat veado!

Lucía continuou, rindo com vontade, completamente relaxada:

— Claro. Se for milionário não é veado.

Nunca mais voltaram a falar do assunto, o que significava que Felipe tinha aceitado a contragosto as aulas de piano. O que o acalmou foi a incerta esperança de que algum dia o filho ia ficar rico. Pouco depois o professor foi morar em Havana. Fabián ficou tocando sozinho porque os outros professores cobravam caro e era preciso ir à casa deles, no centro da cidade. Quer dizer, tudo difícil. Por isso Fabián estudou sozinho durante anos. Com dedicação total. Tocar piano era um prazer para ele, não considerava uma obrigação. Depois conseguiu outro professor quando já tinha catorze anos. E então se preparou para entrar no conservatório. Os examinadores ficaram assombrados com o talento daquele rapaz frágil e míope, com seus óculos de lentes grossas.

Durante todos aqueles anos, dos seis aos catorze, Fabián se refugiou no piano. Sem professor. Só música clássica. Para ele era suficiente ter a escola, o piano, a coleção de selos, os livros e a solidão.

Seu pai era um homem de negócios, impetuoso, hostil, que quase não falava com ele nem com mais ninguém. Sua mente não descansava. Fazia contas o tempo todo. Saía de casa às sete da manhã e voltava às nove da noite ou ainda mais tarde.

Fabián era justamente o contrário. Vivia trancado em casa. Não saía. Não tinha amigos, nem os procurava. A única coisa que lhe interessava de verdade era o piano e a música. Lá no fundo do seu coração, bem escondido, pulsava um sentimento que o amparava na vida: algum dia ia ser um pianista famoso e viajar pelo mundo todo dando concertos fantásticos. Quando começou a comprar discos de música clássica e a entender mais, ouvia sem parar tudo o que Arthur Rubinstein tocava. Era grande. Conseguia discos e mais discos de Rubinstein tocando com todas as grandes sinfônicas do mundo: a de Londres, a de Boston, a da Filadélfia, a de Berlim, todas. Rubinstein sempre lá, tocando maravilhosamente. Nas capas de alguns dos seus discos ele podia ver as mãos do famoso pianista: não eram grandes nem fortes. Eram normais e mais para pequenas. E então?

Lucía o apoiava, e ele sentia a proteção da mãe. A superproteção. Lucía usava todo o seu salário para satisfazer as necessidades de Fabián. Levava-o para comprar camisas. Nunca à Camisaria Cugat. Não. Não queria que Felipe soubesse, para sentir-se livre e desfrutar do seu filho. Preferia uma loja especializada em roupa de crianças. Quando Fabián gostava de uma camisa, comprava várias. O mesmo desenho em cores diferentes. Quando queria um brinquedo, saía com três ou quatro da loja. Depois, quando começou a querer discos, também pagava sem reclamar. O que o menino quisesse. Ele era tudo o que Lucía tinha na vida, queria vê-lo sempre contente. E, acima de tudo, que não passasse pelos apertos e vicissitudes que ela havia enfrentado. Pensava: não quero que seja uma pessoa amargurada, o coitadinho. Como o pai, que vive angustiado e é um ranzinza. Vê defeito em tudo. Fabián não pode ser igual.

Assim, Fabián era malcriado e presunçoso. Estava convencido de que na vida bastava abrir a boca e pedir. E lá estaria mamãe com a solução dos problemas. Além de uma mãe complacente, ele deu sorte. No meio da loucura que se desencadeou em 1959 com a vitória dos revolucionários, apareceu um velho afinador de pianos com uma proposta. Falou com Lucía:

— Moça, tenho uma oportunidade que a senhora não pode nem imaginar.

— Diga.

— Uma família que vai embora do país está vendendo tudo. Têm um piano de cauda Steinway que é uma maravilha. Eu sempre o afinei. E garanto. É o melhor piano que existe em Matanzas. O melhor. Além do mais, pouco usado. Está novinho.

— Ufa, nem pensar. Não temos dinheiro.

— Seu marido é um homem de negócios. É uma pechincha, moça. Estão dando quase de graça. Não perca a oportunidade. A senhora ainda vai me agradecer.

— Bem, vou falar com Felipe. Volte amanhã de manhã.

Nessa noite Lucía comentou o incidente com Felipe:

— Estão dando de graça, Felipe. Querem trezentos pesos por um piano que vale mais de dois mil. É um investimento.

Felipe se convenceu rapidamente quando ouviu essas contas. Compraram o piano. Puseram-no no meio da sala, em cima de um velho tapete puído. O outro foi empurrado para um canto e caiu no esquecimento. Agora Fabián, com apenas nove anos, tinha um incrível piano de cauda profissional, de concerto. Foi tão fácil que ele não deu importância à coisa. Considerava óbvio que o merecia.

Mas Felipe não achava. Insistia em salvar o filho. Numa noite de sexta-feira, pouco depois de comprar o piano de cauda, disse:

— Fabián, amanhã é sábado, não tem aula. Você vai se levantar cedo para ir comigo à loja.

— Para quê?

— Para aprender a trabalhar. Você já está com nove anos. Na sua idade eu cuidava de ovelhas, ordenhava vacas, ceifava o trigo. Fazia de tudo e já era um homem forte, com músculos. E você é um inútil. Fica nesse pianinho de merda o dia todo. Tem que se fortalecer e virar homem. Ganhar musculatura e deixar de bobagem. Sempre embaixo da saia da mãe!

Lucía ouviu tudo aquilo em silêncio. Quase chorando por dentro. Atreveu-se a dizer:

— Pare, Felipe. Não pressione o menino.

— Não estou pressionando. Pelo contrário. Ele vai me agradecer para sempre. Já é hora de trabalhar e esquecer um pouco o piano. Pelo menos aprender um pouco. Alguém vai ter que cuidar dos negócios algum dia. Eu não sou eterno. O piano não dá dinheiro, Lucía. Ponha os pés no chão e ajude o menino. Se ele continuar com esse piano, vai ser um pé-rapado, um vagabundo a vida toda.

Fabián começou a tremer. Sentiu medo de sair de casa com o pai e ter que enfrentar tudo aquilo. Quase não dormiu nessa noite.

No dia seguinte se levantou às seis da manhã e saiu com o pai. Obediente e em silêncio. Felipe andava muito rápido, com uns passos largos. Fabián quase não conseguia segui-lo. Quando chegaram à importadora de alimentos, mandou-o trazer umas caixas com vidros de azeitona, outras com latas de sardinha e latas de azeite de oliva. Tinha que repor nas prateleiras.

Fabián quase não aguentava aquelas caixas. Logo depois chegaram dois funcionários, uns carregadores jovens e fortes, e começaram a arrumar uns enormes sacos de arroz. Fabián, nervoso, ficou absorto admirando a força daqueles homens, seus gestos decididos e viris. Sempre lhe acontecia isso quando via homens fortes e bonitos. Sentia que gostava. Que perdia o controle. Pensava em vê-los nus. Eles eram muito eróticos, suavam copiosamente trabalhando depressa com aqueles enormes sacos de grãos. Por alguns segundos se imaginou lambendo o suor deles, e era salgado. Foi uma imagem de poucos segundos. Nervoso, sem saber o que fazia, deixou cair dois vidros de azeitona no chão. No mesmo instante Felipe pulou em cima dele, feito um raio:

— Parece um inútil! Presta atenção no que está fazendo, porra! Você é um retardado, ou o quê?

Os jovens carregadores fingiram que não ouviram. Mas Fabián se sentiu humilhado. Abaixou a cabeça e não respondeu. Engoliu em seco e perguntou com um fio de voz:

— O que eu faço?

— Como assim, o que faz? O que é que eu faço? Seu bobo! Você é um bobo! Vá buscar uma vassoura e varra isto. Tem que ficar bem limpo. Depressa. Não perca tempo.

De noite, em casa, humilhação de novo. Agora na frente de Lucía:

— É um inútil. Quebrou dois vidros grandes de azeitona. Não quero mais que vá lá. Não quero mais! Ele só dá prejuízo. Que fique em casa brincando de boneca.

E olhando ameaçador para Fabián:

— Você nunca vai servir para nada. Não conte comigo. Não conte comigo! Nunca! Seu inútil!

Deu um soco na mesa, levantou-se furioso e virou as costas. Foi se sentar na sala, sem jantar.

Diante desses rompantes por causa de algo que tivesse feito, Fabián aprendeu a se defender: cinismo, frieza, distância, não me interessa o que ele pensa, o que fala nem o que faz. Não tinha outro jeito de se defender dos ataques do pai. Só podia se refugiar na cumplicidade com a mãe e no cinismo. Fazer tudo escondido. Sua vida era um labirinto. Entrava naqueles meandros para se esconder da ditadura do pai. Fugia em silêncio, queria ser invisível para poder fazer o que quisesse. Pouco a pouco tudo se misturava dentro dele: cinismo, sarcasmo, medo, silêncio, solidão, duas caras. Era um mundo pequeno, sórdido, tortuoso.

Fabián se sentiu mais livre quando o pai ficou meio paralítico. Ele tinha onze anos, mas já sentia e se comportava como um adulto. Não se sentiu mais livre apenas, também ficou contente. Durante algum tempo era preciso dar-lhe comida, banho, e até limpar sua bunda. Mas Lucía cuidava disso. Discretamente, com sua vocação de freirinha medrosa. Fabián sentiu que tinha se livrado de um peso. De repente o sacana do Felipe não o provocava mais nem o perseguia para culpá-lo de tudo. Babava e gesticulava, mas Fabián o olhava com galhofa e ria. Quando Lucía não estava por perto, sussurrava:

— Está fodido, seu filho da puta. Viu só? Agora você é um zero à esquerda. Quero que se foda!

Depois se sentiu ainda melhor quando, aos doze anos, deixou para trás a escola primária e passou para o curso secundário. Admirava em silêncio todos aqueles rapazes fortes, brutos, normais, que gritavam, riam, sempre meio enlouquecidos, sem pensar muito, correndo, suados, gritando, alegres. Eram imprevisíveis e caóticos.

Ele os invejava. Aparentemente não tinham nada a esconder e eram pessoas simples. Ou pensavam pouco. Ele era muito sério. Não ria. Não brincava, não corria, estava sempre limpo e não suava. E parecia invisível. Ninguém reparava nele. Ninguém falava com ele, ninguém o procurava. Fabián não existia.

Um dia viu um dos negros grandes do terceiro ano provocando Pedro Juan. Dizendo que tinha cara de chupador. Pedro Juan foi para cima dele e trocaram socos. Depois marcaram um encontro ao meio-dia na beira do rio. Fabián, tremendo de medo, resolveu ir com a turma. Desceu a ladeira até o rio San Juan, junto com os outros. E viu a briga. O negro bateu pesado. Mas Pedro Juan logo se recuperou, começou a bater com força, às cegas, pulou para cima do negro, tentou furar seus olhos, empurrou-o. O outro caiu de costas e Pedro Juan chutou seu rosto. Já estava sangrando pela boca. Ia matá-lo. Fabián estava com o coração aos pulos. Por fim outros garotos os separaram, gritando: "Assim vai matar, Pedro Juan, você está maluco!". E conseguiram controlar aquele sujeito enlouquecido, furioso, com cara de assassino. Fabián não se mexeu. Estava fascinado por aquele garoto tão pacífico, tão educado, que de repente tinha se transformado numa fera selvagem incontrolável.

Afinal encontrava na vida alguém forte e bonito. Adoro você, Pedro Juan, pensou muitas vezes. E ficou olhando como Pedro Juan limpava o sangue do rosto com um lenço. O negro se levantou do chão e murmurou, ameaçador:

— Isso não vai ficar assim. Vou atrás de você...
— Pode vir quando quiser! Vai levar tanto chute que dessa vez morre mesmo. Eu vou tirá seu sangue, cortá sua cabeça! Não enche mais o meu saco, você vai se arrepender! Eu arranco seus dentes, porra! Corto sua cabeça a machadadas! Você tem que me respeitar!

Pedro Juan estava furioso de novo. Tentou recomeçar a briga, mas seus amigos o seguraram com força. O outro foi embora, um pouco atemorizado com aquele maluco. Como é corajoso! Não. Não é corajoso. É um doido. Por que eu sou tão covarde?, pensou Fabián, e voltou para casa alegre como se tivesse sido ele o vencedor daquela briga. Estava se sentindo tão próximo a Pedro Juan que achava que era Pedro Juan. Que era ele aquele cara grande e forte que distribuía pontapés e socos, incontrolável, como uma máquina de boxear.

Poucos dias depois aconteceu o incidente daquela noite, em outubro de 1962, quando os dois montaram guarda juntos no colégio. Fabián não sabia muito bem o que estava acontecendo. Diziam que os americanos queriam invadir Cuba e era necessário tomar conta das escolas e dos centros de trabalho. Disseram que tinha que ficar de guarda naquela noite, e ele foi. Era melhor aceitar para não chamar a atenção. Se o classificassem como *verme*, sua vida ia virar um inferno. Sua mãe tinha lhe explicado detalhadamente: "Isto aqui é uma ditadura, filho, por isso é melhor fingir que concordamos e não chamar a atenção, porque senão é pior. Se nos classificarem como *vermes*, vão nos humilhar até nos destruir". Depois Pedro Juan lhe pediu um pedaço do seu lanche. Bem, pediu com um pouco de brutalidade. A bem da verdade, tirou. Mas não dava para esperar gentilezas de Pedro Juan depois de quase matar aquele cara. Por isso deu o que ele pedia, tremendo de medo. Por pouco não lhe entregou o sanduíche inteiro. Mas se conteve para não parecer muito puxa-saco.

Outra coisa que sempre intrigou Fabián era o que se passava entre Alfredo Bunda de Touro e aquela turma que se sentava na última fileira. Ele imaginava algo. Alfredo saía para ir ao banheiro e logo depois alguém da turma pedia para ir ao banheiro também. Demoravam cinco ou seis minutos e voltavam quase juntos. A sala toda sabia que os garotos da turma mostravam a piroca para Alfredo, por baixo das mesas. Não era nenhum segredo. Fabián nunca teve coragem de indagar um pouco mais. Ele também queria ver aquele espetáculo, mas não se atrevia a sentar nas fileiras de trás para olhar também. Era tímido demais. Podia até perguntar a Alfredo, mas, para evitar a concorrência, ele nunca diria a verdade. Sendo assim, a coisa ficou sempre no mistério.

Mas o encontro decisivo foi com a coleção de selos. Fabián não se interessava muito por filatelia. Tinha um bocado de selos, mas o piano e a leitura ocupavam seu tempo quase todo. De qualquer maneira, se inscreveu no clube filatélico da escola quando viu que Pedro Juan era colecionador e levava aquilo a sério.

Depois, quando ele foi à sua casa, tentou recebê-lo da melhor forma possível, mas ficou decepcionado com a atitude agressiva de Pedro Juan. Só teria que procurar Clara Mayo e pedir desculpas. A coitada continuava atormentada por causa daquele incidente absurdo. É uma injustiça, pensava Fabián. Não é justo amedrontar desse jeito uma pobre velha solitária. Uma pessoa decente não abusa assim de uma mulher indefesa.

Esse incidente destruiu a amizade. Ou o que parecia uma amizade incipiente. Não se falaram nem se olharam durante os dois anos seguintes. Até terminarem o secundário, os dois com dezesseis anos, e seguirem caminhos diferentes.

Quando o chamaram para o exame médico antes da convocação para o serviço militar, Fabián ficou muito nervoso. A ansiedade atacou seu nervo simpático, provocando pontadas no estômago. Parou de comer. Ele nunca tinha estado longe de casa. Nunca havia dormido longe de sua cama. Jamais. Nem uma vez. O lugar mais distante que conhecia era o centro da cidade, para ir ao armazém de importados e ao colégio. Não concebia a ideia de sair de casa, morar em outro lugar e ter que abandonar sua vida confortável e tranquila. Com aquela gente estranha. Além do mais, Fabián agora tinha um vício. E se de repente se visse no meio de tantos rapazes brutos e descontrolados como os do colégio sabia que não teria força de vontade para resistir.

Nos últimos dois anos, Fabián ia ao cinema duas ou três vezes por semana. Perto da sua casa havia um cinema de bairro. Pouco adiante havia outro. E, no centro da cidade, três ou quatro cinemas mais. Ele ia ver os filmes, claro, mas sempre se sentava ao lado dele um cara desses que mostram o pau ereto e se masturbam. Pegavam sua mão e a dirigiam para que ele terminasse o serviço. Ele tremia de emoção, mas tocava a punheta até que ejaculavam. E depois se deliciava com o sêmen na mão. Gostava do cheiro e do sabor, mas ficava apavorado com a ideia de que aqueles homens avançassem o sinal e quisessem mais. Ele não se atreveria a fazer mais nada. Era o seu limite. E assim se manteve. Às vezes os caras tentavam beijá-lo e conversar. Ficavam românticos. Fabián adorava aqueles beijos na boca. Aqueles homens quase sempre tinham gosto de tabaco na língua. Ele se excitava muito com a respiração forte. Tocava em suas mãos e seus braços. Eram puro músculo. Alguns queriam avançar mais e apalpar suas nádegas. Tremendo e extasiado, Fabián não permitia que a coisa passasse de uns beijos na escuridão. Quase sempre queriam marcar um encontro em algum lugar mais discreto. Fabián não respondia porque ficava todo arrepiado e tremia de nervoso. Sempre nervoso. Às vezes, quando insistiam muito, ele se levantava e ia para outra poltrona, mas pouco depois algum outro homem se sentava ao seu lado e tudo se repetia. Já o conheciam. Quase não conseguia ver o filme.

Quando foi chamado para o exame médico, Lucía ficou muito assustada:

— Meu filho, pelo amor de Deus! Você não pode ir para o serviço militar. Eles não sabem disso?

— Por quê?

— Porque está doente. Não serve para ser soldado.

— Doente de quê?

— De tudo, filho, de tudo. Você não serve para ser soldado. Não tem força nem para carregar uma arma.

— Claro. É mesmo. Não sirvo. Certo. Sou um inútil. Mas preciso ter alguma coisa concreta, Lucía. Uma doença concreta. Não assim, em abstrato.

— Bem, você, você... não sei... não tem força. É muito fraquinho.

— Como você é burra, Lucía. Isso não é doença!

— Não.

— Então?

— Sempre foi asmático. E tinha anemia crônica. Seu pai pensava que você era tuberculoso.

— Sim, lembro. Mas agora não tenho. Há anos que não.

E ficaram debatendo o que podiam fazer. Não fizeram outra coisa além de debater durante os três dias que faltavam para o exame médico. E não chegaram a nenhuma conclusão. Afinal, no dia marcado Fabián saiu de casa bem cedo. Tinha que estar em uma policlínica às sete da manhã. Não dormiu a noite toda. Levantou às cinco e saiu de casa em jejum, como pediam na convocação. Chegou à policlínica. Havia uma longa fila de mais de cem rapazes. Entrou

na fila. Vieram lhe tirar sangue para fazer exames, pediram que tirasse a roupa. Ficou de cueca na frente de todos. Tiraram-lhe uma radiografia de pulmão e o mandaram para uma mesinha onde havia um médico. A primeira coisa que ele lhe perguntou foi:
— Por que usa óculos?
— Miopia.
— Desde que idade?
— Não sei. Acho que desde que nasci. Usei a vida toda.
— A vida toda?
— É.
— Vá diretamente para o oftalmologista. Ali na frente, ao final do corredor.

Assim fez. O especialista olhou dentro do seu olho com uma luz forte e um aparelho e, em menos de um minuto, anotou no cartão onde cada médico fazia suas observações: DISPENSADO.
— Dispensado do serviço. Pode se vestir. Deixe o cartão com a companheira que está na porta.

Fabián não conseguia acreditar. Liberado do serviço militar. Ou seja, agora poderia se dedicar de corpo e alma aos estudos para entrar no conservatório. Tinha que fazer as provas de ingresso: solfejo, piano, história da música e harmonia. Estudou sistematicamente. E passou com a nota máxima em todas as provas. Na de piano interpretou um dos *Noturnos* de Chopin de forma impecável. E começou o curso. A princípio foi difícil se adaptar a ter apenas aulas de música. Parecia estranho, mas tinha se livrado de vez da matemática, da geometria, química, biologia, gramática. Nada disso. Nada dessas coisas que achava extraordinariamente inúteis. Agora dedicava todo o seu tempo à música. Era perfeito. Além do mais, também tinham ficado para trás aqueles rapazes impetuosos, sempre suados, que exalavam cheiro de suor de cavalo e testosterona e viviam se atracando como animais na margem do rio. Viquingues, bárbaros, cruéis, que o deixavam nervoso porque o atraíam irresistivelmente. Agora seus colegas eram um pouco mais seletos, silenciosos, educados, gentis. E Fabián se sentia mais relaxado, porque no colégio vivia com medo. Um pânico de que viessem provocá-lo para brigar. Felizmente não aconteceu. Nunca o provocaram, e ele passou os três anos do curso secundário como um adolescente invisível. Nunca existiu.

 Os professores do conservatório eram muito mais impessoais. Eles sabiam que estavam lidando com alunos adultos, muito comprometidos com seu objetivo de se tornarem músicos profissionais. Uns poucos, os excepcionalmente bons, iriam prosseguir seus estudos em Havana, no Instituto Superior de Arte. Fabián estava ingressando na elite. Portanto, sem contemplações e sem mimos. O conservatório era um crivo, um mecanismo implacável de seleção. Os professores davam sua aula, tratando os alunos com o máximo rigor, terminavam e iam embora. A professora de piano era impecável em suas aulas, mas também impunha distância. Era uma senhora de certa idade, já com uns sessenta anos ou mais. Estava sempre vestida de preto. Luto com certeza. Nunca sorria. Na segunda aula Fabián tentou se passar por geniozinho talentoso quando ela perguntou:

— Você precisa ir preparando um repertório. Desde já. Um repertório básico bem montado pode levar até cinco anos. Ou mais. Já pensou nisso? Alguma coisa concreta, quero dizer.

— Eu queria tocar um repertório bem amplo, e então…

— Por favor, Cugat, não tenha metas impossíveis de cumprir. Nem no piano nem na vida. Porque as decepções são muito dolorosas.

— Mas a gente precisa tentar…

— Vou lhe dizer uma vez só. E sejamos objetivos: não me faça perder tempo!, concentre-se! Você tem mãos pequenas. Seu alcance é pequeno. Você já está há alguns anos no piano porque seu teste foi impecável. Você sabe o que está fazendo. Não é um novato. Mas não se iluda. Ou pelo menos não tente me iludir. Pense nos compositores que você consegue tocar e esqueça o resto. Como se não existissem. Esqueça Tchaikóvski, esqueça as principais peças de Wagner, esqueça Mendelssohn, enfim. Tem muita gente que você precisa esquecer, portanto ponha os pés no chão.

— Bem… obrigado.

— Dê graças a Deus.

— Por quê?

— Por tudo. Por exemplo, por ter os dez dedos. Curtos e não muito fortes, mas tem os dez dedos. Completinhos e perfeitos. Como vê, nem tudo são problemas. O que seria de você se só tivesse nove, não é mesmo? Pois agradeça pelo que tem. E aproveite. Trabalhe duro.

Fabián riu. Bem, vendo assim, ela estava certa. Ficou contente com aquele conselho cortante e útil. Teve vontade de dizer: "Rubinstein não tem mãos tão grandes nem tão fortes, e veja só…", mas pensou que era melhor calar a boca, aparentar humildade e não provocar mais aquela senhora tão esquemática. Vários dias depois estava andando pelo corredor rumo ao seu cubículo, o número 11, quando passou pelo cubículo 16. Alguém estava tocando "A cavalgada das valquírias", de Wagner. De um modo perfeito. Com uma intensidade e uma coloratura espantosas. Que aluno daquele conservatório era capaz de fazer aquilo? Tocava como um profissional. Não resistiu à tentação. Com toda a cautela abriu a porta e olhou: era uma jovem, corpulenta, rechonchuda, um pouco obesa, mas quase adolescente. Ela própria parecia uma valquíria wagneriana: braços grandes e grossos, cara redonda, peitos proeminentes, fartos e gordos demais, pele branca como a neve, um rosto inexpressivo com acne juvenil. Totalmente concentrada em sua tarefa. Fabián sentiu um calor intenso queimando seu rosto e seu peito. Respirou fundo e a raiva o invadiu. Como era possível? Como ela podia tocar assim aquela peça tão difícil? Fechou a porta com cuidado. Ficou triste e um pouco deprimido. E, arrastando os pés, seguiu para a sua aula.

No dia seguinte não aguentou e repetiu a dose de masoquismo: parou por um bom tempo diante do cubículo 16. Abriu um pouquinho a porta para ouvir melhor. A garota continuava estudando a mesma coisa. E com o mesmo brilhantismo. Mas dessa vez viu alguém na porta e parou. Sorriu e ficou esperando. Fabián decidiu cumprimentar:

— Bom dia.

— Bom dia.

— Desculpe interromper, mas…

— Estou estudando.

— Sim, sim.

A jovem ficou parada. Rígida e com uma expressão séria. Era evidente que Fabián estava incomodando. E se arrependeu do que tinha feito. Timidamente, disse:

— Eu também estudo aqui. No cubículo 11.
— Este é o 16.
— Certo.

Não sabia mais o que dizer. Não queria elogiá-la. Era uma menina como ele. Só que três vezes melhor. Dez vezes melhor. Vinte vezes melhor.

— Bem, é é... desculpe. Como você se chama?
— Maura Holmes.
— Eu sou Fabián. Estou no primeiro ano.
— E?
— Nada, desculpe. A gente se vê, tchau.

Era tão árida como seu corpo. Fabián voltou para o seu piano. Foi silenciosamente até a cabine, repetindo o nome: Maura Holmes. Maura Holmes. Maura Holmes. Eu nunca vou tocar assim. Nem "A cavalgada das valquírias" nem coisa nenhuma. Maura Holmes, sua filha da puta, como você é feia. Maura Holmes. Maura Holmes, Maura Holmes, como você é feia. Vou fazer uma boneca de pano com o seu nome e enfiar alfinetes nas mãos dela para fazer você sentir cãibra, Maura Holmes, Maura Holmes, Maura Holmes, com a boneca de pano e o vodu vou apagar você do mapa. E se imaginou abrindo a porta do cubículo 16 e gritando: Maura Holmes, como você é feia, como você é feia! E Maura se levantava do banquinho, saía correndo e se jogava pela janela. Estavam no terceiro andar, e então Fabián se debruçava na janela e via o cadáver de Maura Holmes estatelado no chão no meio de uma poça de sangue. Maura Holmes não existia mais. Adeus, gorda de merda, adeus.

Ai, meu Deus, esses pensamentos o deixavam apavorado!

Ele ficava deprimido toda vez que pensava essas coisas. Então, para tentar escapar, repetia as palavras da professora: "Agradeça pelo que você tem e aproveite. O que seria de você se tivesse nove dedos?". Bem, é um pouco bobo, um consolo para medíocres. Consolo de um fracassado. Não, Fabián, não pense desse jeito. Seja positivo. Você não é um fracassado.

E assim se debatia mentalmente entre os conselhos da professora, os exercícios compulsivos para esticar os dedos e a inveja crescente e venenosa daquela estúpida da Maura Holmes. Não se atreveu a repetir a visita a Maura. Só parava por alguns instantes em frente ao cubículo dela, escutando atentamente. Identificava o que estava tocando, sofria e seguia seu caminho. Às vezes sonhava que, se conseguisse aproximar-se de Maura, poderiam ensaiar algumas peças em dois pianos. E preparar um concerto para o fim do curso. Durante dias e semanas se debateu entre abrir a porta do cubículo 16 e propor essa ideia a Maura ou passar ao largo e nunca mais olhar para essa imbecil com corpo de trator. Depois pensava: ela não vai se interessar. Veja bem, Fabián, pense objetivamente. Ela não precisa de você. Precisa sim. Não precisa, de jeito nenhum. Precisa sim. Ela pode fazer a parte da orquestra e brilhar. E eu faria o solo. Ahh, não. Que vergonha. De noite quase não dormia pensando em como propor isso a Maura de um jeito que ela aceitasse. Afinal se desiludia. Sabia que ela não ia aceitar. Um artista poderoso é um solitário. Odeia trabalhar em equipe. Está acima de qualquer equipe.

Uma noite, ainda cedo, Fabián estava em casa. Tinha parado de estudar meia hora antes e estava lendo *O ramo de ouro*, de Frazer. Fazia anos que seus pais não consultavam mais a ouija. Ele gostava daquelas sessões e quase sempre vinha escutar as perguntas de Felipe e Lucía e as respostas que os espíritos escreviam no tabuleiro. Ficava fascinado com aquele mistério. E sempre se perguntava se a ripinha indicadora era realmente movida por um espírito invisível ou por seus próprios pais. Nunca o deixaram pôr as mãos no tabuleiro. Ele só podia olhar fixamente todos os movimentos. E de fato. Às vezes lhe parecia ver que a ripa flutuava um milímetro acima do tabuleiro e se movia no ar. Mas, depois do acidente do pai, deixaram a ouija de lado. A amargura e a frustração de Felipe contaminaram Lucía. Na casa se respirava um ar de melancolia e desencanto. E sobretudo de paralisia. De não fazer nada. Deixar os dias passarem, em silêncio. Sem esperar mais nada. Tudo havia terminado. Esterilidade. Agora só esperavam a morte.

Fabián lia esse livro e encontrava ideias que o atraíam. Frazer sustentava a tese de que do ponto de vista religioso todas as culturas do mundo evoluem a partir de atividades mágicas, como a ouija dos seus pais, até chegarem às religiões estabelecidas. Do simples ao complexo. Do individual ao multitudinário. Imaginou seus pais como druidas primitivos, iniciadores de um culto a oráculos sagazes e eficientes. Se quisessem, podiam iniciar uma religião naquela casa só com o seu tabuleiro de ouija. Colocavam o tabuleiro num altar, faziam oferendas: flores, velas, incenso, frutas, moedas. E arrastavam mais gente para vir às sessões, até que a sala se transformava num templo misterioso e mágico e ele tinha que levar seu piano lá para trás, na cozinha. A música também acompanharia as sessões mágicas. Ele tocaria o *Réquiem*. Não! A Igreja católica já tinha registrado. *Missa defunctorum. Missa dos mortos.* Ele teria que compor alguma coisa original para ambientar O Grande Templo da Ouija. A poucas quadras da sua casa, em cima da porta de uma casinha humilde, havia um letreiro de madeira, pintado em letras pretas e roxas com volutas douradas. Dizia: SALÃO DA ROSE+CROIX. Era uma pequena loja dos rosa-cruzes. Um mistério. Sempre fechada. O letreiro, descascado, caía aos pedaços como se estivesse ali exposto ao sol e à chuva há mais de cem anos. Pensou centenas de vezes em bater na porta e perguntar, mas sabia que não havia ninguém. Nunca tinha visto entrar nem sair ninguém por aquela porta misteriosa. Imaginava que lá dentro só havia fantasmas, livros velhos, escuridão, poeira e teias de aranha. Mas ele tinha que descobrir. Algum dia teria que se decidir e bater. Ou deixar um bilhete por baixo da porta. Fazer alguma coisa.

Essas divagações foram interrompidas por umas fortes batidas na porta. Quem batia não era muito educado. Quase nove da noite. Abriu. Era Papito. E pela segunda vez vinha importuná-lo com a mesma história: queria que Fabián tocasse teclado na Grande Banda do Papito. Fabián fez pouco-caso da proposta e esteve a ponto de lhe dizer que não tinha o menor interesse e que o deixasse em paz. Mas, por uma cortesia básica, convidou-o para entrar e sentar. Embora querendo que o outro terminasse logo o seu papo insistente e fosse embora, para continuar lendo *O ramo de ouro*. Mas dessa vez Papito vinha com um argumento contundente:

— Olha, Fabián, este é o negócio do século. São quinze dias de Carnaval e você leva quinhentos pesos por noite. Faça as contas, meu chapa. Sete mil e quinhentos pesos em quinze dias.

Fabián parou para pensar melhor:

— E por que me pagam tanto?

— Bem, você ganha um pouquinho mais que os outros porque tem que fazer os arranjos e ser o diretor artístico e...

— E o que mais? Tenho que virar polvo e tocar todos os instrumentos?

— Não, Fabián, não, espera. Devagar com o andor. Não sei bem como lhe explicar...

E, sem saber se devia continuar ou não, Papito esfregou as mãos e olhou para baixo. Só por um ou dois segundos. E depois se recuperou. Voltou a olhar nos olhos de Fabián e continuou:

— Sabe, rapaz, na verdade nós tocamos de ouvido. Nenhum de nós sabe solfejo. Ninguém lê música.

— Não acredito.

— Pois é. Olha, neste país nenhum músico sabe solfejo. Todo mundo toca de ouvido. Como nós. Nem Benny Moré sabia solfejo. Ninguém! E isso não é problema. Mas o pianista, sim. O pianista tem que saber um pouquinho. E, se souber mais que um pouquinho, melhor. Mas só ele. Os outros vão atrás. Por isso temos que começar a ensaiar logo. É uma turma muito boa. Você vai ver que eles aprendem rápido. O Carnaval começa em quinze dias. Temos tempo para montar um repertório. Umas *guarachas*, umas rumbinhas e pronto. É um carro alegórico com dançarinas e... só, não é nada difícil, uma sessãozinha de improviso pra dançar. Meia hora. E depois repetimos e repetimos. Mas acho que precisamos preparar meia hora.

— Meia hora sem partitura. Vocês aprendem de cor?

— Sim. É fácil. Você inventa a linha melódica. Na escala que quiser. Sai tocando e nós vamos atrás.

— Parece tão fácil.

— É. Você é um gênio, Fabián. E vai nos indicando. Com os olhos. É só olhar para mim, eu já sei que vamos mudar. Pra cima ou pra baixo. Sabe, era assim que tocavam Benny Moré e sua Banda Gigante. E também O Bárbaro do Ritmo. Benny dizia ao pianista: "Solta as feras, Cachito". Ele era o único que sabia música, tinha estudado muito. O cara começava e a orquestra toda ia atrás dele. Pronto. Isso não tem ciência. E nós fazemos igual. Aliás, neste país nenhum músico estudou. Bem, quer dizer, quem estuda são os músicos ruins, os que precisam ler no papel. Por isso vão pra Orquestra Sinfônica ganhando um salariozinho de fome. Porque são muito ruins. Além do mais, dá pena ter que tocar lendo num papel. Não é bom. O bom mesmo é tocar de ouvido, isso é que dá gosto. Portanto, você dá conta do recado perfeitamente. Qualquer dia desses nós passamos a ser Papito e sua Banda Gigante. Hein? O que acha?

— Tem certeza de que pagam todo esse dinheiro?

— Tenho. Já combinei com um cara de lá. É meu amigo. Se você concordar, amanhã vamos à Comissão do Carnaval e assinamos o contrato. Estão nos esperando. Não diga a ninguém quanto você ganha. Eu também recebo a mesma coisa. Os rapazes, menos.

— Quanto?

— Para eles, cinquenta por noite. Que é o suficiente. É dinheiro à beça! Eles são muito burros e eu os estou ajudando. Por isso é melhor não dizer a ninguém quanto ganha. Em boca fechada não entra mosca.

— E se assinarmos o contrato e depois a coisa não sai?

— Não tenha maus pensamentos, menino, que dá azar. Pense positivo!

Apertaram as mãos.

— Amanhã venho aqui buscar você às nove e depois vamos juntos à Comissão. Combinado?

Fabián fez uma conta simples: seu pai ganhava sessenta pesos por mês de aposentadoria. Lucía ganhava cento e dez na creche e já ia se aposentar com oitenta. Viviam muito apertados. Aquele dinheirinho não viria mal. Sete mil e quinhentos em quinze dias, ufa, que beleza. No dia seguinte começaram a ensaiar na sala. Trouxeram um piano elétrico. No começo Fabián ficou meio aturdido com aquele som desastroso. Não parecia um piano e sim... o quê? Não sabia. Era um som estranho, como se o piano estivesse debaixo d'água. Tinham também uma guitarra solo, um baixo, uma bateria e percussão cubana. Cinco músicos no total. Papito tocava baixo. Todos cantavam. Como não tinham cantor, improvisavam uns coros em ritmo de rumba e pronto. Não soava mal. Podia ser pior. Fabián — era inevitável — comparava a banda com o coro de uma ópera de Wagner. Exigia muito deles, mas os rapazes não conseguiam ir muito longe. Chegavam até ali. E eram rápidos. No primeiro dia, em três horas de ensaio prepararam meia hora de apresentação. Logo se entenderam bem. E Fabián descobriu que não conseguia fugir deles. Por mais complicada que fosse a sua combinação, eles vinham atrás sem desafinar. Começaram a se divertir com aquilo. Fabián mudava de escala, olhava com malícia para Papito e gritava:

— Solta as feras, Papo!

E aí Papo entrava marcando com perfeição em seu baixo e todos o seguiam sem se perder. Era divertido. E Papito gritava para Fabián:

— O gato e o rato! Foge que te pego.

Com esta frase fizeram uma rumbinha que se transformou no tema de abertura da Grande Banda do Papito. Um sucesso no Carnaval:

O Gato e o Rato.

Foge que te pego! Rá-rá-rá.

Foge que te pego!

Todo mundo saiu cantando depois que eles a repetiram algumas vezes no carro alegórico. A estação de rádio da província pediu que gravassem a música e começou a tocá-la de meia em meia hora. A Grande Banda do Papito entrou na moda. E eles se divertiam. Pela primeira vez na vida Fabián se divertia com música, e se sentia à vontade com aquele pessoal. Todos tinham família, filhos, mulheres, amantes. Cada um deles bebia uma garrafa de rum por noite. Eram uns doidos. E sempre tinham algum outro trabalho, porque não podiam viver de música. Um deles era caminhoneiro, outro, mecânico de trens, Papito trabalhava num hotel e o outro na lavanderia do hotel. Tinham pedido licença nesses serviços durante o Carnaval. Eram pessoas comuns e ao mesmo tempo uns geniozinhos musicais.

O maquiador das dançarinas do carro alegórico — uma bicha louca convicta e empolgada — se deleitava pintando as garotas com uma profusão de cores e brilhos prateados e dourados. Na segunda noite de desfile veio falar com Fabián quando já estavam prestes a entrar em cena:

— Escuta aqui, pianista, você é muito sério. Não quer se pintar um pouquinho?

— Eu? Não, nem pensar!

— Ah, menina, não se reprima. Dá pra ver de longe que desmunheca, passa só um pouquinho de batom nos lábios. Pra se sentir bem. Não vai continuar com essa cara emburrada. Isto aqui é pra se divertir, e ainda por cima você está sendo paga.

— Bem, então um pouquinho nos lábios...

O maquiador não o deixou terminar a frase. Em dois minutos pintou seus lábios de vermelho, passou ruge e pó de arroz nas bochechas e realçou os olhos com sombras verde e preta. Depois disse:

— E pode guardar esses óculos de fundo de garrafa. Mesmo sem ver nada, não use isso que fica horrível. Não vou deixar você estragar a estética do carro alegórico.

— Mas eu sou míope...

— Não me interessa. Toque sem ver o piano, pelo tato. Mas dê um sumiço nesses óculos. Aqui neste carro só desfilam meninas e bichas bonitas. Os feios... pra foraaaaa daqui!

Fabián deu uma risada. Tirou os óculos e guardou no bolso. O maquiador adorou:

— Agora sim, ficou bem melhor! Você é um pouco feinha, aliás um pouco não, bastante feinha, mas dá pra melhorar. Tem muito que aprender, porque está só começando. Dá pra ver que você é virgem, mas seu coração está cantando o hino nacional, rá-rá-rá. O hino com Oxum. Menino, solta a franga e vai gozar a vida, não se reprima!

Fabián, atônito com aquele descaramento, não sabia o que dizer. Papito chegou e caiu na risada:

— Caramba, Fabián, que amizades você tem... Veja só como está ficando lindo, rá-rá-rá.

O maquiador olhou para Papito e perguntou, apontando Fabián:

— A pianista não está mais bonita agora? Não está?

Fabián ficou embaraçado. Fez cara séria e disse:

— Não, era só de brincadeira, Papito. Vou tirar.

— Não! Não! Se você gosta, pode deixar. Por mim não precisa tirar.

— Era brincadeira, eu...

— Ah, Fabián, você está bem assim. Fantasiado de Fabiana. Estamos no Carnaval. Aproveite. Amanhã traga um vestido de festa e uma peruca loura...

O maquiador foi terminar de preparar as dançarinas e saiu rindo:

— Amanhã pinto você melhor. Usando brilho. E seu cabelo é bem bonito, vamos ver o que se pode fazer com essa cabeleira. Menina, tem tanto macho aqui que não dá pra ficar feia, largada, nada disso. Vou deixar você linda e provocante.

E assim Fabián passou a tocar maquiado toda noite. Levava um espelhinho no bolso. E nele via como ficava. Adorava. Nunca tinha pensado naquilo. Não tinha coragem, mas adoraria usar um vestido de festa e uma peruca loura. Marilyn Monroe? Ai, meu Deus!, pensava. Como eu gostaria de me apresentar toda noite parecendo uma loura imponente!

Quando o Carnaval acabou, Papito, com o bolso recheado de dinheiro, reuniu o grupo na sala de Fabián. E disse:

— Tenho uma boa notícia. Vamos para Varadero! A partir deste fim de semana. Com dois contratos: a boate do Hotel Internacional e o *nightclub* do Red Coach. Já somos famosos!

Fabián se surpreendeu:

— Não, não, nada disso! Eu não posso.

— Como assim não pode?! Você está doido? Como não pode?

— Tenho aula no conservatório. Já faltei muito por causa do Carnaval.

— Ah, compadre, você vai ter tempo depois. Que conservatório, que nada. Pra que aprender mais se você já é um gênio, Fabián?

— Não, não, Papito, não! Ainda falta muito. Estou começando o curso. São sete anos.

— Você vai acabar ficando biruta de tanto estudar, sempre trancado em casa. Tem que vir com a gente. Olha, vamos parar agora, eu volto esta noite pra conversar com calma. Só nós dois.

— Não vem, porque já decidi. Perdi muita aula no conservatório e…

— Tudo bem. Tudo bem. Passo um instantinho só e falamos de outras coisas. Agora vou indo. Tchau.

Por volta das nove da noite Papito bateu na porta. Entrou. Os dois se sentaram na saleta. Fabián estava ouvindo um disco com a ópera *Peter Grimes*. Papito só aguentou um minuto:

— Fabián, tira essa coisa, compadre. Que gritaria. Você gosta disso?

— É *Peter Grimes*, de Britten. Com a London Symphony Orchestra.

— Pode ser o que você quiser, mas...

— Consegui o disco quase novo. Nem sei como. Por puro acaso... É... uma joia. Você não gosta?

— Não, não. Isso aí é pra gente elegante. Comigo é outra coisa.

— Se você gosta de música, isto é o mais sublime que se pode ouvir.

— Eu só gosto de música cubana. Música normal.

— E isto é anormal?

— Sim, é música elegante. Música pra defunto. Sei lá, não gosto. Não entendo nada.

— Bem, eu já disse: é *Peter Grimes.*

— Peter Gritos. Bom, abaixa um pouquinho o volume. Esta manhã eu não podia falar claro na frente dos rapazes. Porque a questão do dinheiro é só entre nós dois. Você sabe que pago a eles cinquenta pesos por noite, e está de bom tamanho porque são uns burros. Olha, pra você se convencer de uma vez: vamos ganhar mais que no Carnaval. Você vai receber trezentos no Red Coach e trezentos no Hotel Internacional. São seiscentos por noite. E estou jogando limpo. Seiscentos pra você. Seiscentos pra mim e cinquenta pra cada um dos rapazes. E nos pagam a diária, porque não temos contrato. Fiz o negócio direto com o pessoal da empresa.

— E se não nos pagarem?

— Dou-lhes umas porradas e depois me pagam, senão quebro a cara deles.

— Você é de briga?

— Sou. Eles sabem que não podem brincar comigo. Vão pagar todo dia. Não se preocupe, isso é problema meu. Vão nos dar um tratamento de orquestra grande, como se fôssemos vinte músicos, por isso pagam tanto.

— Sei lá. É muito bom o dinheiro, mas...

— Como você é indeciso, compadre! Olha, só consegui isso porque tenho amigos. Não pense que caiu do céu. Ah, já ia esquecendo. Não é todos os dias. Vamos tocar quatro noites por semana. De quinta a domingo. Segunda, terça e quarta livres. Em casa. Você fica ouvindo ópera. Vai ao conservatório, faz o que quiser. E em quatro dias ganha duas mil e quatrocentas pratas. Nem o chefão da máfia! A gente tem que aproveitar porque...

— Por quê?

— Dizem que a coisa está ficando preta neste negócio. Que vão fechar os *nightclubs* e não sei o que mais. Já fecharam várias fábricas de rum e de cerveja. Querem decretar a Lei Seca. Essa gente é mais moralista que os jesuítas. Ah, como são insuportáveis...

— Mas por quê? Como é que o pessoal vai se divertir de noite? Não estou entendendo.

— Eu também não. Dizem que é moral burguesa, sei lá. Inventam umas histórias que não entendo. Estão acabando com todos os tipos de negócios. Já proibiram até vender picolé e cafezinho. Dizem que é uma ofensiva revolucionária. Ofensiva pra morrer de fome. Fecharam a barraquinha da minha sogra. Vendia picolé e cafezinho no portão da casa. Pra não morrer de fome, porque a velha está passando dificuldades. Não tem aposentadoria nenhuma. E proibiram. Não querem nada privado.

— É mesmo?

— Rapaz, em que mundo você está? Vive trancado aqui? Eu... vou lhe contar uma coisa mas não diga a ninguém: se continuarem chateando muito, eu vou embora pra Miami. Eles apertam tanto que você tem que pular fora pra não morrer de fome aqui. Bem, mas agora estamos com esse negocinho em vista.

Fabián ficou olhando para o nada, distraído. Estava com a mente em branco. Era uma alternativa inesperada, e ele não sabia o que fazer. Fabián era um artista total. Um sonhador. Não tinha capacidade pragmática para a vida. Só pensava em termos de arte. Com toda a pureza do mundo. Ganhar dinheiro, negócios, lucro, nada disso contava na sua vida. No fundo da alma estava convencido de que o dinheiro não é necessário. E que sempre ia lhe chegar um pouquinho, mansamente, como uma coisa que se merece por alguma lei da natureza. Sempre havia sido assim. Seu pai envolvido nos negócios o tempo todo, sempre distante, sempre atrás de dinheiro. Um homem vulgar, sujo, com mau cheiro nos pés, grosseiro, semianalfabeto, que falava com brutalidade e tratava todo mundo com uma arrogância tirânica e nauseante. E sua mãe, doce, cheia de amor e entrega, sempre lhe dava o dinheiro de que ele necessitava. Era essa a ordem natural das coisas. Não era preciso lutar. Tudo vinha suavemente. Papito, em contrapartida, era um guerreiro da rua. Teve que batalhar cada centavo desde pequeno. Para ele a arte não existia. A música era apenas um negócio. Dava no mesmo vender carne de porco no mercado negro ou tocar violão na noite. O que viesse. A questão era arranjar um dinheirinho todo dia para sustentar sua casa, sua mulher e seus filhos. Só isso. Papito o arrancou dos seus devaneios:

— Olha, temos que começar amanhã, quinta-feira. Vão nos levar de ônibus e nos hospedar por quatro noites no Hotel Internacional, e na segunda de manhã nos trazem de volta para Matanzas no mesmo ônibus. Além do mais, o *money* é limpinho porque vamos ter café da manhã, almoço e jantar de graça. Tocamos das dez da noite às duas da manhã. De dia podemos ficar na praia, tomando cerveja e olhando a bunda das garotas, quer dizer, o que você quiser olhar, *no problem*, rá-rá-rá. Vai dizer que não? Você pode viver como...

— Sim, já sei, como o chefão da máfia.

— Não! Mais, mais! Como Tutancâmon, rá-rá-rá-rá. O rei do Egito...

— Faraó.

— Dá no mesmo. Rei ou faraó é a mesma coisa. Só vai faltar o harém, com trezentas minas bonitas fazendo massagem nas nossas costas.

— Rá-rá-rá... como você é bobo...

— Mas diga que sim, compadre! Não me faça implorar, pelo amor de Deus.

— Sim, tudo bem. Aceito.

A vida de Fabián ficou um pouco tensa. Quando estava em Varadero dormia mal por causa do remorso. Pensava que não estava certo abandonar assim o conservatório. Mas quando, ao meio-dia, Papito lhe entregava seiscentos pesos, sua consciência se acalmava. Lá não era como no Carnaval. O grupo tinha que tocar algum bolero, algum número instrumental à Glenn Miller, e para se despedir quase sempre interpretavam "Patricia", um instrumental que entrou na moda quando passou *La dolce vita*. Estimulava o strip-tease. No público sempre havia alguma menina doida, e às vezes até alguma mais crescidinha, porém igualmente doida, que insinuava que ia se despir, mas ficavam nisso. Nunca iam em frente. Ficou chato. Repetir toda noite o mesmo repertório. Papito lhe pediu que escrevesse um bolero. Fabián perguntou:

— Agora?
— Não... um dia desses, sei lá. Você inventa *guarachas* com tanta facilidade...
— Bolero é mais fácil que as *guarachitas*. Escrevo num minuto.
— Como assim, num minuto?
— Isso mesmo, fique quieto e me deixe pensar.

Pegou um papel e um lápis e escreveu o bolero:

Perdido entre a fumaça e o álcool.
Esperando, sempre esperando o teu amor.
Mas sei que nunca voltarás, maldita mulher.
Bebendo no balcão.
Fumando na escuridão.
Espero na penumbra, perdido como um louco.
Maldita mulher, maldita mulher.
Não quero mais te ver.
Deixa-me nas trevas,
a lembrança dos teus beijos,
castigando meu coração.
Maldita mulher, maldita mulher.

— Pronto, Papito. Depois repete uma vez, completo, de cima até embaixo, tudo em quatro por quatro. Tome, é presente meu: "Maldita mulher".
— Você é um gênio! Como escreveu isto num minuto?
— Se eu quiser escrevo uma por dia. Quer outra? Vejamos, me dê aqui outra folha.

Fabián pegou outro papel e, sem parar para pensar, escreveu outro bolero:

Navego num mar escuro,
náufrago sem salvação.

*Não posso mais te recordar
porque a amargura vence minh'alma.
Quem sabe como vives, rindo de mim.
Quem sabe como gozas com o veneno
peçonhento que me cravaste no coração.
Mas há um Deus no céu
e poderei renascer com um novo amor.
Com um novo amor.
Mas tu te perderás no esquecimento.*

Papito não conseguia acreditar. Fabián ria:

— Aí estão. "Maldita mulher" e "Te perderás no esquecimento". Dois bolerinhos para as pessoas que sofrem. Papito, música é matemática. Um bolero é sofrimento e lamentação em quatro por quatro. Mais simples, impossível. É uma bobagem. Tragédia, cerveja, rum, bares, mulheres traidoras, homens chorando, escuridão e penumbras. Se eu quiser, escrevo três ou quatro boleros por dia.

— Simples pra você, que é um gênio.

— Seria gênio se escrevesse uma ópera, uma sinfonia, isso sim é genial.

— Ah. Não fode, compadre, não me vem de novo com ópera e gritaria.

— Certo, você não entende. Talvez seja mais feliz que eu.

— Por quê?

— Não é bom saber muito.

— É o que eu digo: não continue estudando, Fabián, você vai acabar ficando louco. Com o que sabe já dá para ganhar a vida. Pra que mais?

— Não estou interessado em ganhar a vida. O que me interessa é a música. Ir até o fim.

— O fim de quê?

— Não sei. Não sei bem o que estou procurando. Mas tenho que continuar. Até onde puder.

— Não entendo.

— Eu também não me entendo. Ninguém se entende. Não sabemos nem mesmo por que estamos aqui.

— Isso é conversa de maluco. Eu sei muito bem por que estou aqui. Tenho família, filhos, quero que vivam bem...

— Certo. Você não tem dúvidas. Mas a minha família não me interessa. Não quero ter filhos nem nada assim. Só quero fazer música. Escrever uma sinfonia, não sei... fazer alguma coisa. Ir até o fim de algo que não sei bem, sei lá.

— Acho que você está meio pirado. Sua cabecinha não deve estar funcionando direito.

— Está, sim. Só que temos caminhos diferentes. Acho que é normal. O mundo em que eu vivo é um pouco mais complicado que o seu. É isso mesmo... talvez o seu seja mais agradável e mais caloroso que o meu...

Fabián se adaptou ao novo ritmo. Três dias frequentando as aulas no conservatório, estudando intensamente. E na quinta-feira à tarde iam para Varadero. Na segunda de manhã voltavam a Matanzas e ele seguia direto para o conservatório. De repente essa rotina foi quebrada pelo amor, que chegou de surpresa.

Um dos jardineiros do Hotel Internacional era um jovem de uns vinte e poucos anos, muito viril, forte, moreno de sol, com um rosto quadrado e expressão séria. Tinha um cabelo farto e louro escuro, dourado. Fabián o viu pela primeira vez quando o rapaz estava trabalhando sob um sol de meio-dia, podando uns arbustos de buganvílias brancas. Bem perto da entrada do hotel. Estava com um chapéu tosco e sujo na cabeça, de abas largas. E suava copiosamente. O olhar de Fabián foi tão intenso que o outro levantou a vista e os dois se encararam. O jardineiro fixou o olhar nele. Direto nos olhos. Claro como água. O coração de Fabián acelerou. Tinha apenas dezessete anos. O sexo que conhecia até então se limitava aos encontros furtivos no cinema com homens mais velhos. No secundário tinha adorado Pedro Juan. E se masturbado algumas vezes pensando nele. Mas foi só isso. Era melhor esquecer aquele bruto. Toda vez que queria esquecer Pedro Juan, pensava: ele é muito incoerente, não me interessa. Mas às vezes se imaginava amarrado enquanto Pedro Juan o estimulava batendo com um chicote nas suas costas e depois o penetrava brutalmente. Ficava apavorado só de imaginar tudo isso. O prazer do castigo. O prazer do chicote nas costas e nas nádegas.

Vivia com medo de alguém descobrir suas preferências sexuais. E mais: quando era criança tinha começado a escrever um diário, mas na adolescência reprimiu esse vício de escrever seus pensamentos e os fatos que aconteciam no dia a dia. Não! Ninguém pode saber nada! Ele sabia que seu pai ou sua mãe podiam revistar suas coisas, encontrar o diário. Seria uma hecatombe, ai, uma hecatombe!, pensava soltando plumas e insistindo na palavrinha que tanto apreciava: a hecatombe, com Fabián protagonizando, a hecatombeeee!!!!!!!! Mas aos dezenove anos recomeçou a escrever um diário numa volumosa caderneta de contabilidade. Tomava cuidado para não anotar nada relacionado a sexo. Era um diário mais para filosófico e reflexivo.

Depois da troca de olhares com o jardineiro rústico, Fabián não conseguiu manter a calma. Pensou: Ahh, que rústico! Que rústico e que belo, pelo amor de Deus. É um efebo grego renascido no trópico! Foi para o quarto e pôs um short pensando em ficar um pouco na praia e esquecer. Mas uma força mais poderosa o obrigou a rumar para o jardim dianteiro do hotel. Procurou-o mas ele não estava mais lá. Era um jardim enorme.

Fabián, castigado pelo sol, seguiu em direção à praia por uma calçada lateral do edifício. Lá estava o jardineiro, encostado na parede do hotel, descansando à sombra enquanto se abanava com o chapéu. Fabián quase esbarrou nele. Mal conseguiu se desculpar e, trêmulo, continuou andando. O jardineiro, sorrindo, lhe disse:

— Ei, não precisa ter tanta pressa porque não vai chegar antes.

Fabián, muito nervoso, respondeu:

— Não, eu não estou... nada, quer dizer, não sei.

— Não sabe o quê?

— Nada, nada.

O jardineiro era atrevido:

— Você está nervoso?

Fabián não sabia o que dizer. Estava tremendo de emoção. Ficou em silêncio. O jardineiro avançou:

— Está sozinho?

— Estou sozinho. Sim e não. Não sei. É que...

O jardineiro, um pouco sarcástico, olhava para ele com descaramento.

— Não, é que eu sou músico... tocamos de noite. Na boate.
— Está sozinho no quarto?
— Não. Somos dois. Eu divido com o cara da percussão.
— Tudo bem. Não faz mal. Não fique nervoso. Vamos passear um pouquinho na praia. Assim ninguém nos vê lá do hotel, porque não é bom pra mim. Nem pra você. É melhor a gente se encontrar mais à frente. Vá andando pela praia e eu vou pela estradinha.

Varadero era uma praia esquecida e quase abandonada naqueles anos 1960. Não havia turismo. As casas, vazias, caíam lentamente aos pedaços. Todos aqueles casarões eram um vestígio da burguesia, um símbolo, e por isso foram abandonados à própria sorte quando os donos partiram para Miami. O povo concentrava todas as suas energias em cortar cana ou em ir para Miami. E em lutar a favor ou contra o socialismo. Os extremos. Tudo era branco ou preto, tensão total. Não havia um minuto de relax. Pressão máxima nas caldeiras. Multiplicavam-se cartazes com milicianos fortes e musculosos, muito sérios, olhando fixamente para um horizonte longínquo e proclamando palavras de ordem heroicas: PÁTRIA OU MORTE, VENCEREMOS! Não havia tempo para tirar férias na praia. Por isso a solidão era o que reinava naquele lugar. Pouquíssima gente continuava visitando aqueles locais. Fabián caminhou pela beira do mar, e a uns duzentos metros do hotel, entre as uvas-de-praia, o jardineiro estava esperando. Era uma máquina sexual. Não deixou Fabián falar. Beijou-o diretamente e tiveram um encontro rápido, os dois um pouco tensos, procurando ver se alguém se aproximava pelo bosquezinho de uvas-de-praia. Em determinado momento se assustaram, porque ouviram barulhos na folhagem. Era uma iguana gigante, comuns por ali.

Os encontros se repetiram. Todos os dias. Sempre naquela área desolada, entre as uvas-de-praia. Fabián ficava enlouquecido com aquele corpo musculoso e sujo, sempre suado, com cheiro de mato. Às vezes, quando se olhava no espelho do quarto, se via feio e pensava: ele é um Adônis, é uma escultura, e com aquele cheiro de suor. Um homem bonito desse jeito, o que vê em mim? Eu sou feio, e com estes óculos fico ainda pior. Tinha vergonha de perguntar a Robert. Ele se chamava Roberto, mas disse a Fabián:

— Pode me chamar de Robert. Todo mundo me conhece aqui como Robert, o americano.

— Você é americano?

— Não sei. Não conheço meu pai, e minha mãe não quer falar do assunto. Daí que...

— Robert, o americano. Tudo bem. Dá no mesmo. Eu tenho pai e é como se não tivesse.

Então se decidiu e perguntou:

— Robert, você me acha bonito? Por que fica tão excitado?

— Por causa da sua bunda. É gostosa demais. E as costas. Tudo. Por trás você é lindo. E... é boa gente. Dá pra confiar em você.

O romance virou um hábito diário. Robert às vezes falava um pouco da sua família. Eram pescadores e moravam em Las Morlas, uma vila isolada, com umas poucas casas de madeira, na pontinha da península de Hicacos. Robert nunca convidou Fabián para ir à sua casa. Era compreensível. As famílias tinham que ficar fora da história. Os encontros só podiam ser no solitário matinho de uvas-de-praia, na praia afastada do hotel. Em segredo. Que ninguém soubesse. Os dois combinavam muito bem. Não só sexualmente. Robert se interessava pelos comentários de Fabián sobre as aulas no conservatório e suas aspirações. Fabián falava da intensidade dos seus estudos. Robert ficava em silêncio ouvindo. Um dia disse:

— Você é esquisito. Eu queria ser como você.

— Como eu? Ninguém quer ser como eu. Nem eu quero ser como eu.

— Sabe, eu nunca fui sequer a Matanzas. Nunca saí de Varadero e sou meio... sei lá, meio analfabeto, não sei ler direito nem escrever e essas coisas todas.

— Mesmo?! Sério? Você não sabe ler? Não foi à escola?

— Fiz até o quarto ano. E larguei porque não entendia nada. Então fui pescar com meus tios. Ou seja... sou um tremendo ignorante. Então fala mais devagar para ver se entendo. Que história é essa de que você não quer ser você?

— Ah, não, ufa... É muito complicado. Não tem importância. Esquece. Nem eu mesmo me entendo. Às vezes queria deixar de exis-

tir. Sinto que não existo. Tenho vontade de escrever uma sinfonia: *Adágio do homem invisível.*
— Não sei de que você está falando.
— O que é que não entende?
— Essas palavras. O que é sinfonia? Como é que você não existe? Porra, que cara complicado!
— Uhhhh, bom... deixa pra lá. Outro dia falamos dessas coisas.
Fabián ficava comovido com aquela vida extraordinariamente simples do rapaz. Ele se deixava levar pela vida. Não queria nada, não aspirava a nada, não desejava nada. E não sabia de nada. Tinha um bom coração e, além do mais, só de ver Fabián já tinha uma ereção de jumento debaixo da calça. Era muito carinhoso. Fabián nunca recebera demonstrações de carinho tão calorosas. Robert era candura e pureza. Pelo menos Fabián o via assim. Mas era quase impossível falar com ele:
— Às vezes tenho a impressão de que quando estamos juntos vivemos dentro de um romance pastoril. Você é Dáfnis e eu sou Cloé.
— Hein?! Não entendi nada! Fala mais claro.
Uma tarde se encontraram nos jardins do hotel. Como sempre, a coisa parecia casual. Deixavam que fosse assim. Nunca combinavam nada. Robert sabia que de noite Fabián tocava seu piano na boate. Fabián sabia que Robert trabalhava de dia ao ar livre, no jardim. Assim os dois se buscavam e sempre se encontravam.

Nessa tarde foram, como sempre, para o matinho de uvas-de--praia. Tomando as suas precauções, ou seja, Fabián saiu andando lentamente pela praia. E Robert, um pouco mais acima, pela estradinha estreita que vai entre jardins intermináveis até a Casa Dupont. Em algum ponto do trajeto, sempre o mesmo, Robert descia para a praia e os dois se encontravam.

Fabián não queria fazer sexo. Estava um pouco triste. Por nada em especial. Muitas vezes ele se sentia triste sem nenhum motivo concreto. Robert, como sempre, cheio de viço, ligeiro, alegre e com uma ereção brutal. Fabián pediu que se sentassem um pouco na areia. Soprava um vento intenso e frio do norte. E havia ondas altas. Era um dia nublado, de novembro, mas o inverno ainda não tinha chegado. A praia, como de costume, totalmente deserta. Não se via ninguém. Ali, meio escondida entre as uvas-de-praia, havia uma casa estranha, supermoderna e sempre solitária. Era chamada na região de Casa dos Cosmonautas. Ninguém sabia nada sobre ela. Lembrava uma espaçonave, pintada de branco. Diziam que ali se alojavam os cosmonautas soviéticos de férias. Mas nunca se via ninguém por lá. Era um lugar deserto.

Robert, brincalhão, tirou a roupa e, completamente nu, ficou provocando Fabián. Melancólico e pensativo, Fabián demorou a entrar no jogo. Olhou para todos os lados. Não havia ninguém. Eram só os dois. Deixou que Robert tirasse a sua roupa. E ali, na areia, se abraçaram. Poucos minutos depois soaram dois tiros secos. Dois sujeitos, de armas na mão, chegaram correndo e gritaram:

— Não se mexam! Mãos ao alto!

Robert os viu primeiro. Fez menção de pegar a roupa e vestir-se. Mas eles advertiram:

— Fique longe disso aí! Não toque em nada e não se mova!

Obrigaram os dois a andar nus. Subiram a praia até a estrada. Lá deixaram que se vestissem. Chegou um camburão. Entraram e foram levados para a delegacia de Varadero. Ficharam os dois e os meteram numa cela de dois metros por dois. Já havia um bêbado dormindo, jogado no chão da cela. E ali passaram a noite.

Dormiram em beliches. Na manhã seguinte foram chamados para prestar depoimento. Já haviam lavrado uma acusação de exibicionismo de atos homossexuais em público e, contra Roberto especificamente, de abuso e corrupção de menor. O policial mandou que assinassem o papel. Roberto se negou.

— Pois não sai enquanto não assinar. E aqui não tem comida nem coisa parecida, então pense bem o que vai fazer porque pode ficar aí dentro até apodrecer.

Robert respirou fundo e assinou. Então o policial disse:

— Vocês terão um julgamento em praça pública, aqui em Varadero. Em breve vão receber uma notificação.

Fabián quis saber:

— E qual é a pena pra isso? Uma multa ou...?

— Multa? Não! Isso é grave, deve dar um bocado de anos em Agüica.

Agüica era uma prisão dentro de uma indústria de pré-fabricados para a construção, perto da cidade de Colón. Os internos tinham que trabalhar.

Um policial que estava sentado por ali disse em voz alta:

— São esses os veados que pegaram na praia? Se eu fosse o juiz condenava no mínimo a vinte anos. Ahhh, com certeza. Vinte anos. Em Agüica, trabalhando debaixo do sol, pra virar homem. O cara vira homem ou morre.

Saíram de lá aflitos, sem saber o que fazer. Continuaram a vida normal. Deixaram de se ver, claro. Na segunda-feira, de volta a Matanzas, Fabián teve uma ideia. Foi visitar uma senhora que tinha sido sua professora de inglês no colégio. Agora trabalhava como advogada num escritório. Era uma mulher muito especial. Estava sempre sorrindo, pintava o cabelo de louro, tinha uma coleção de leques de plumas e escrevia poesia. Quase sempre poesia erótica. Uma mulher diferente, com a mente aberta. Morava num enorme casarão no bairro de Pueblo Nuevo. Deprimido, arrastando os pés, Fabián bateu na porta. Eram oito da noite. Ela se surpreendeu e sorriu mais que o habitual:

— Fabián, meu aluno predileto! Que surpresa! Entre, entre!

Sua alegria era contagiosa. Ele teve que sorrir também. Falaram de banalidades cotidianas até que ela disse:

— Você está muito sério. O que houve? Sei que é sempre sério, mas...

Fabián respirou fundo e disse:

— *Teacher*, ehhh... estou com um problema grave e...

— Bem, o que foi? Conte desde o começo. E não se preocupe, porque a única coisa grave nesta vida é a morte.

Fabián lhe contou tudo. Ela continuou com um sorriso aberto:

— Tenho um amigo que pode nos ajudar. Temos que evitar o julgamento público porque vira um show. Vou ver o que posso fazer. Me dê alguns dias, volte aqui na semana que vem.

Foram dias de incerteza e insônia. Quando voltou a Varadero, na quinta-feira, procurou Robert no jardim do hotel. E lá estava ele, tão aflito como Fabián, que lhe contou sobre a ajuda que podiam receber nos próximos dias. Falaram poucos minutos. Estavam com medo. Não pensavam mais em sexo nem em nada prazeroso.

Na semana seguinte Fabián foi procurar a advogada. As coisas já estavam encaminhadas.

— Fique tranquilo, Fabián, em poucos dias vão me dar a resposta. Não se preocupe porque tudo vai dar certo. Você vai ver. Levante esse ânimo.

Cada dia de espera era uma verdadeira tortura. Passou mais uma semana e Fabián bateu de novo na porta da advogada. Ela o recebeu sorrindo:

— Pronto! Tudo resolvido. A acusação nunca existiu. *Don't worry. Be happy*. Desapareceu por artes de mágica. Pode dizer ao seu amigo que fique tranquilo, e na próxima vez por favor entrem num quarto, fechem a porta e passem o trinco. Pra ninguém ver. Nada de namorar em parques nem em praias. Nada ao ar livre, por favor.

Fabián a abraçou e beijou e sussurrou em seu ouvido:

— Eu lhe devo a vida porque... ia me suicidar.

— Você pensou em se matar? Por causa disso? Não, pelo amor de Deus, você está começando agora! Vai ter que lutar muito nesta vida. Fabián, você é um romântico como eu. Nós, românticos e sonhadores, pagamos caro pelos nossos sonhos, meu filho. Pagamos muito caro. Se eu lhe contasse minha vida... hummm, pra quê? Olhe, meu marido é este rapaz.

Apontou para uma fotografia grande, de um sujeito forte e bonito, que estava numa antiga e elaborada moldura de bronze, em cima de uma mesinha.

— Eu gosto de rapaz novo. De velho basta eu. E sabe o que ele fez? Deu fim em todas as minhas joias de prata! Todas! Não deixou nenhuma!

— Vendeu?

Não! Ele gosta de artes marciais. Caratê, kung fu, sei lá. Pratica tudo isso. E faz samurais, sabres, espadas, essas coisas. Então precisa de prata para os cabos. Diz que quando acabar a prata vai precisar de marfim. Não sei onde vai arranjar marfim neste país. Ele é meio doido, mas eu o adoro. Nós nos adoramos. É muito louco. Eu fico extasiada. Sei que às vezes me trai por aí, com alguma moça jovem. Mas eu entendo. E perdoo. Na verdade, não perdoo, não é bem isso. Mas admito e entendo. Então não sofro. Você não imagina como é fazer sexo com esse garoto, ahhh… Fabián, todo mundo tem suas encrencas na vida. Ou seus vícios. Por que não? E cada vício traz prazeres e dores. Risos e lágrimas. Por sorte, o prazer sempre vem antes. E quando chegar a dor, aí veremos, rá-rá-rá-rá.

— É, entendo. Eu não imaginava que você…

— A gente tem que rir e seguir em frente. Esquecer. Para que o rancor não nos atormente nem nos domine. Viver com amor no coração. Amor e piedade pelos que nos fazem sofrer. Sempre é fácil amar os que nos amam, os que são bons. Mas isso não tem graça porque não existe outra opção. Se são bons você tem que amá-los, Fabián. O difícil é amar os que nos fazem mal. Ter compaixão. Sabe, acabei de ler esta biografia de são Francisco de Assis. Leve emprestada. É muito boa. Um homem exemplar, não importa se é santo ou não. Essas coisas são categorias e etiquetas que a Igreja inventa para vender seu produto. Os padres são bons comerciantes. Mas é bom deixar de lado essa parte e aproveitar o cerne da coisa. É o que se deve fazer sempre na vida, Fabián. Pegar a substância e desprezar a embalagem. Ele foi um grande homem. São Francisco de Assis. Leia isto. E assim você pode voltar pra me devolver o livro. Vai ter um pretexto. Quer um chá? Sim? Vamos para a cozinha. Gosto muito das suas visitas, você é um amor.

Assim que voltou a Varadero, Fabián foi procurar Robert no jardim. Ele estava lá, como sempre, e ficou muito aliviado com a notícia. Mas nunca mais os dois se tocaram. Nem se procuraram. Não tinham coragem. O medo havia entrado nos seus corpos.

Fabián queria sair da banda. Mais exatamente, queria se despedir de Varadero e nunca mais voltar lá. Estivera muito mal nas duas semanas durante as quais o problema se estendeu. Pensou seriamente em suicídio. Não tinha a menor ideia de como fazer isso. Algo que não fosse doloroso. Um veneno. Passou vários dias com esses pensamentos rondando a cabeça até que afinal tudo se resolveu de forma inesperada. Para ele Varadero era sinônimo de sofrimento, de angústia e de morte. Pensou que iria tocar naquele fim de semana e logo na segunda-feira, em Matanzas, falaria com Papito, inventando alguma história para sair do grupo em definitivo.

Mas não foi necessário. Tudo terminou abruptamente. Nessa tarde de quinta-feira, Papito levou para Varadero a mulher e os dois filhos. "Para passarem uns dias na praia. É que se chateiam em casa." Em geral eles tocavam duas horas na boate do Internacional e depois mais duas no Red Coach, até as duas ou três da madrugada. Nessa noite Papito estava com pressa. Fizeram a parte do hotel. Depois, uma hora no Red Coach. Papito disse que estava com dor de barriga e que não podia continuar. Voltaram para o hotel. Cada um para seu quarto. No dia seguinte Papito e sua família tinham desaparecido. Ninguém sabia o que havia acontecido. Não puderam tocar de noite. Então o baterista disse:

— Vamos voltar pra Matanzas que isto aqui se acabou.

Fabián disse:

— Mas temos que descobrir onde eles se meteram, o que aconteceu...

— Olha, rapaz, pega as suas coisas e some porque Papito e seu pessoal já estão em Miami.

— Como?

— É, ele estava planejando havia muito tempo. Se não estão em Miami, estão na barriga dos tubarões. Das duas, uma.

Fabián ficou paralisado.

— Tem tanto tubarão?

— Nem queira saber, o estreito é infestado de tubarões viciados. Eles saem atrás das lanchinhas e as perseguem. Se afundarem, já têm almoço.

Dias depois o baterista foi procurar Fabián em sua casa: Papito tinha ligado de Miami. Chegaram bem. O baterista tentou reorganizar a banda, mas não conseguiu nada. Faltava o líder.

Fabián se concentrou em suas aulas. Agora em tempo integral. E continuava com a mania de parar por alguns minutos em frente à porta do cubículo 16 e escutar o que Maura Holmes estava tocando. Ela trabalhava com um repertório difícil: Tchaikóvski, Wagner, Rachmáninov. Tudo muito complexo. A inveja estragava o resto do seu dia. Mas não podia passar lá e ignorá-la. Não podia fazer de conta que ela não existia. Existia, sim, e conseguia fazer tudo, sim. Tudo! O que ela bem entendesse! Maura Holmes não existe. Não existe essa gorda antipática, feia, porca, estúpida, repetia para si mesmo toda vez que ficava escutando atrás da porta. Era mordaz e masoquista. Incontrolável. Ele a considerava sua inimiga, mas na verdade não eram inimigos. Não eram antagonistas. Nunca tinham se enfrentado num campo de batalha. Era tudo um jato de ácido puro que encolhia e dissolvia o coração de Fabián.

De manhã estudava em casa das oito ao meio-dia. Almoçava correndo e ia para o conservatório. Tinha aulas diariamente, das duas às seis, e ficava estudando em seu cubículo até oito ou nove da noite. Interrompia duas ou três vezes para ir ao banheiro e aproveitava para ficar uns minutos em frente ao cubículo 16 e ouvir com atenção. Era um vício. Infligir dor em sua alma. Já estava dependente daquele jato de ácido no coração. Várias vezes por dia. Masoquismo expresso.

Às vezes acordava de madrugada e pensava que sua vida não tinha sentido enquanto Maura Holmes existisse. Tentava tirar esses pensamentos da cabeça, mas era impossível. Continuavam lá, martelando, até que afinal conseguia dormir um pouco mais. Quando isso acontecia ele se levantava cansado e trabalhava no piano com menos rendimento e sem entusiasmo. Repetia mecanicamente as lições. Mas prosseguia, com disciplina. Maura Holmes era um fantasma sobrevoando e destruindo sua alma.

4.

Depois de Regina tive muitas mulheres. Era mais uma questão de bioquímica que emocional. A testosterona, muito farta, cegava meu raciocínio e me fazia agir como um diabo luxurioso e implacável. Macho, jovem, saudável, no trópico. Combinação brutal. Estou convencido de que uma secreção excessiva de testosterona é mais decisiva que o contexto social circundante, a herança cultural, as tradições ou qualquer outra coisa.

O serviço militar foi duro e excessivamente espartano, como era de esperar. E durante muito tempo. Mais de quatro anos. Tudo isso foi demais para mim, e quando saí, no dia 19 de dezembro de 1970, estava meio maluco. Ou pelo menos muito alterado, rebelde, mais agressivo e mais incontrolável que quando entrei, em setembro de 1966. Era muito autoritarismo em cima de mim. Humilhante. O que predomina em todos os exércitos do mundo é essa infeliz ideia de transformar o soldado num robô. Acho que o sexo era a forma que eu tinha de soltar todo aquele fogo que me queimava as vísceras.

Pouco depois fiz tratamento com um psicólogo freudiano que também era padre católico. Uma combinação estranha e — como soube depois — muito perigosa. Mas ele era boa gente. Um cara amável e educado. Ficava muito incomodado quando eu falava do meu desespero sexual e da infinidade de mulheres que comia com facilidade. As mulheres vinham sozinhas. Eu não tinha que falar nada. Só olhava para elas. E pronto. Isso era um vício. Aumentar minha coleção de conquistas. Sem parar. Eu sentia orgulho daquele meu ritmo de bode desenfreado espalhando sêmen alegremente por onde passava. Mas essa ideia de ser uma eterna fonte faiscante de esperma quente indignava o padre freudiano. Ele me dizia, com toda a paciência e o inevitável ar paternal de todos os sacerdotes: "É inadequado e imoral viver assim. Sexo sem amor é um vício. Além do mais é perigoso, você pode pegar uma doença". Só conseguiu me desorientar e me confundir ainda mais. Culpa cristã? Sim. Ele estava tentando me inocular culpa. Não conseguiu.

Eu gostava de ir ao consultório, uma vez por semana, numa igreja silenciosa, da ordem dos carmelitas, com um lindo pátio central com muitas plantas, flores, trepadeiras e dois chafarizes. Ali nadavam uns enormes peixes coloridos. E sempre se ouvia o som relaxante da água caindo. O paraíso. Um remanso de paz. Eu sempre chegava um pouco antes da hora para me sentar lá e desfrutar daquilo. Parecia um monastério medieval, e durante alguns minutos eu me sentia, ou brincava de ser, um monge medieval, muito sereno, muito pacífico e com tudo sob controle. Reconfortante, mas meras ilusões.

Depois, na sessão, o sacerdote, quer dizer, o psicólogo me instruía para fazer uns exercícios mentais de descer ao fundo do meu inconsciente ou coisa assim. E era terrível, porque eu só encontrava escuridão, monstros, trevas, medo, cavernas escuras e úmidas. Era horroroso. Às vezes também encontrava minha mãe perambulando naquelas grutas perigosas. Se todas as pessoas tiverem um subconsciente tão sujo e escuro, a humanidade toda está muito mal. Espero que não.

Quando eu descia até essas zonas infernais, era muito difícil voltar à superfície e à luz. Ficava perdido e não encontrava o caminho de volta. Cada vez ia mais para baixo. Uma descida ao inferno. Águas negras, medo e falta de oxigênio. Saía apavorado e tremendo. E quase asfixiado, porque nesses lugares a falta de ar me sufocava. Passava alguns dias me sentindo muito mal. O remédio foi pior que a doença. Aquilo não levava a lugar nenhum. Quer dizer, levava sim, a um lugar certo: se continuasse, sem dúvida ia acabar num manicômio com a máquina de eletrochoque fritando meu cérebro.

Larguei o tratamento depois de um ano e pouco, umas vinte ou trinta sessões. A fúria e os instintos assassinos se misturavam em mim com etapas de depressão e ideias suicidas. Foram anos muito difíceis. E a revolta. Eu tinha graves problemas com tudo o que representasse autoridade. Isso é um verdadeiro desastre se você vive num país autoritário, machista, piramidal. Mas reconheço que o exército também tinha seu lado bom. Eu gostava da disciplina, da frugalidade, da exatidão, da vida espartana e controlada. Tudo era previsível e programado. As horas e os minutos, e por isso eu e alguns outros, tão inquietos e rebeldes como eu, podíamos fugir pela porta de trás.

Eu vivia um amor desesperado com Haymé, que morava em San Francisco de Paula, numa casa de doidos, com a mãe de sessenta anos perdidamente apaixonada por um rapazinho de vinte e cinco. Era uma coisa digna de se ver. Passavam o dia todo trocando beijinhos e carícias, como dois adolescentes que tinham acabado de descobrir o amor. Acho que estavam fazendo uma regressão à adolescência. Uma coisa psiquiátrica. Não tinham preconceitos, começavam a se beijar na frente de qualquer um e um minuto depois iam para o quarto, trancavam a porta e então começavam os gemidos e os suspiros durante duas horas. Ouvia-se na casa toda. Era uma loucura. O pai de Haymé, por causa disso, ficou completamente transtornado. O coitado do velho continuava morando na mesma casa porque não tinha outro lugar para onde ir, a menos que virasse mendigo de rua. Só dizia: "Não entendo o que aconteceu com essa mulher".

Eu escapulia às dez da noite, ia para San Francisco de Paula e voltava a tempo de responder à chamada das seis da manhã. Não dormia a noite toda. Sexo e rum e Haymé. Tenho a impressão de que essa falta de sono e o excesso de rum e sexo contribuíram muito para a minha paranoia quase esquizofrênica. Não dormíamos a noite toda. Éramos incansáveis, vivíamos com umas olheiras escuras profundas, sempre com muito sono.

Quando finalmente cumpri minha obrigação com o Exército e com a pátria, também acabei com Haymé e tudo aquilo que já era mais um vício lacerante e descontrolado que amor e romance. Ela queria ser feliz comigo. E sua versão de felicidade consistia em criar uma família, ter três ou quatro filhos e que eu fosse trabalhar na fábrica de refrigerantes que fica no povoado, ou como chofer de ônibus na linha 10. Ela já estava tão alucinada com essa ideia que quando tinha seus prolongados orgasmos múltiplos me repetia sem parar:

— Ai, benzinho, sim, me engravida, me engravida, meu bem, de gêmeos, benzinho, gêmeos seus, me engravida agora, safado. Vai, vai que você é o homem da minha vidaaaaa.

Eu ignorava essas bobagens e ficava na minha. Tudo se repetia. Era sempre igual com as mulheres que participavam da minha vida. Todas, sem exceção, queriam ter filhos e que eu me escravizasse trabalhando em qualquer merda para manter de pé a estrutura familiar. Eu, proletário? Não! Antes cadáver que proletário! Proletário vem do latim *proles*, de ter filhos. Mas era isso que meu pai tinha feito, e todos os outros antes dele, até Adão. O Estigma do Macho. O castigo pelo pecado original. Quando ouvia esses planos de escravidão familiar, ficava de coração na mão. Eu aceitaria tudo, menos repetir o esquema dos meus pais, que não eram lá muito felizes. Ou, para ser mais preciso: eram infelizes convivendo com essa ideia de homem provedor e mulher receptora, na toca, cuidando do fogo e das crianças. Não! Definitivamente não!

Uma noite, nós dois bêbados, saturados de sexo, exalando um cheiro salino de sêmen fresco, farto e melado na virilha, Haymé voltou a falar da fábrica de refrigerante e de chofer de ônibus na linha 10:

— Ontem fui pedir informações, meu bem. E sim. Tem vaga. Nos ônibus, como chofer, você ganha melhor, só que precisa tirar carteira pra dirigir coletivo, acho que é a D. Mas meu pai tem um amigo que trabalha lá, é mecânico na oficina. E ele vai ajudar. Diz que podemos falar com ele. Não é tão difícil tirar essa carteira. E eu... quero começar a trabalhar aqui em casa. Como cabeleireira. Não tinha lhe contado. E assim vamos tocando as coisas, porque logo vêm as crianças e não podemos estar desprevenidos...

Uma língua de fogo me queimou por dentro, do estômago até o cérebro, e, furioso, olhei-a com ódio:

— Paraaaaa, porra! Não organize a minha vida nem me dê ordens! Tchau.

Levantei-me e saí. Era madrugada e fazia frio, então vesti meu casaco de couro, que tem nas costas uma frase que encerra toda a minha filosofia de vida: *Born to be free*. E fui embora. Haymé ficou lá apatetada, com os olhos fixos no vazio, entre bêbada e estupefata. Foi a última vez que a vi. Eu tinha acabado de fazer vinte e um anos. Estava desorientado e aturdido. Sempre me sentia assim. Não sabia o que fazer. Não sabia o que queria nem para onde ia. Mas não podia parar. Acho que era a minha única certeza: não podia parar. Precisava continuar andando e atravessar a fúria e o horror. Quando cheguei à estrada e vi ao longe as luzes de Havana, disse em voz alta para mim mesmo:

— Você é um filhote, Pedro Juan. E está no ninho da serpente. Um filhote de cobra cascavel. Cuide de si mesmo, porque o caminho é longo e solitário.

Então se intensificou em mim o desejo de fazer tudo ao contrário do que fazia no Exército. Mandei à merda a disciplina, os horários, a obediência cega, levantar às cinco e meia da manhã para fazer meia hora de ginástica, as unhas limpas, o cabelo raspado com máquina zero uma vez por semana, o armário com minha pouca roupa e os objetos pessoais organizados milimetricamente e segundo um planejamento. Porra, tinham me transformado num robô. Ou tentaram me transformar. Surgiu meu lado louco. Parei de tomar banho, de cortar o cabelo, de escovar os dentes, não usava cueca nem desodorante, não trocava de roupa. Virei um porco insuportável. E fiquei ainda mais áspero. Como uma lixa. Pedro Juan contra o mundo. Era muito difícil lidar comigo. Até para mim mesmo era difícil lidar comigo. E me enrosquei dentro de mim, fugindo do convívio social. As pessoas me incomodavam. O sistema me incomodava. Toda a estrutura social, política, familiar. Tudo era uma merda, e eu tinha que virar tudo de cabeça para baixo. Mulheres, pra trepar. E ponto final. Não ceder um milímetro. Fodam-se a família, os filhos e todos esses inventos repulsivos e escravizantes. Eu era um animal selvagem. Um filhote de cobra acumulando veneno nas presas. Crescendo, criando músculos. Sempre preparado para me defender. Quem chegava perto levava uma mordida das minhas presas venenosas. Eu não queria falar com ninguém. As feras nao falam. Essa paranoia durou alguns meses, até que um dia chegou uma carta com instruções para começar a trabalhar.

Fui mandado para a construção de uma enorme fábrica de carne enlatada, ao lado do mar, nos arredores de Matanzas. Nessa época não tinha conversa. Ou você trabalhava ou era preso como "escória social" ou algo assim e mandado para as Umap, Unidades Militares de Ajuda à Produção. Para trabalhar feito um burro de carga. Você estava preso mas ao mesmo tempo estava num limbo legal, porque não existia um processo. Não havia acusação nem condenação. Se você era vagabundo, bicha ou religioso, ficava trancado lá dentro para se reabilitar com o trabalho. Trabalho e aulas de marxismo durante vários anos. Até que assinasse um papel declarando que tinha mudado e portanto não seria mais vagabundo. Ou veado ou religioso, dependendo do motivo pelo qual estava preso. Parece um pouco ingênuo, mas era assim mesmo.

Pouco depois, em abril de 1971, foi realizado o Primeiro Congresso de Educação e Cultura, com uma longa declaração final que definia claramente: "Os meios culturais não podem servir de base para a proliferação de falsos intelectuais que pretendem transformar o esnobismo, a extravagância, o homossexualismo e outras aberrações sociais em expressão da arte revolucionária, distante das massas e do espírito da nossa Revolução". Por sorte eu não era artista, nem bicha, nem nada disso. Bem, acho que não era nada. Estava muito interessado em ser um perfeito nada. Um nada total. Um nada e um ninguém. Eu não queria trabalhar nem ser proletário. Tinha horror à ideia de rotina, de repetir os mesmos gestos todos os dias. Nasci para fazer coisas diferentes todos os dias. Para mudar. Necessito do ócio. Quer dizer, tenho que ser ocioso, um vagabundo, e dedicar todo o meu tempo a não ser nada. Mas essa vocação de ser vagabundo, um zero à esquerda, de não existir, se incluía entre as "outras aberrações sociais" que aquela estupenda declaração final mencionava. Não se podia não existir. Proibido não existir. Era obrigatório existir. E participar da construção do socialismo. Até mesmo suicidar-se era um delito grave. Uma coisa detestável e inadmissível. Nas notas oficiais à imprensa, alguns dirigentes do governo que se suicidavam não se suicidavam. "Faleceu repentinamente", escreviam. Não mencionavam a palavra suicídio. O conceito de suicídio não existia. Isso era uma atitude covarde e anti-heroica. Era obrigatório ser valente e heroico.

Então, quando chegou a carta me mandando ir trabalhar na construção de uma fábrica de conservas enlatadas nos arredores de Matanzas, a mensagem implícita era: "Você já está vagabundando há vários meses, sempre passeando de bicicleta, todo sujo, cabeludo, com uma mochila cheia de livros nas costas, bancando o intelectualzinho meio louco, esnobe e extravagante, e transando com uma mulher diferente todo dia. Quem você acha que é? Não queremos vagabundos nesta sociedade socialista. Você está dando mau exemplo para outros jovens. Se não começar a trabalhar logo, vai ser mandado para uma Umap. Escolha. Rápido. Não vamos lhe dar muitos dias para decidir".

Era fácil escolher. Não havia alternativa. Havia Umap em quase todas em regiões produtoras de cana e nelas você tinha que trabalhar de sol a sol cortando cana. No serviço militar, eu já havia cortado cana feito um escravo em três colheitas, de novembro até maio do ano seguinte. Três anos consecutivos. Foi o suficiente. Eu não tinha interesse em somar mais colheitas de cana à minha biografia. Cheguei à fábrica com a carta e me deram um trabalho no departamento técnico. Era uma enlatadora enorme. Principalmente de carne de porco. Já estava funcionando fazia dois anos, com uns trezentos operários ou mais. E ao mesmo tempo o pessoal continuava trabalhando na conclusão da obra. Faltavam alguns depósitos, pavimentar as vias internas, fazer um prédio amplo para escritórios, outro para oficinas e garagens, e ampliar os currais de porcos.

Matavam centenas de porcos por dia. Não sei quantos. Traziam os animais das granjas em caminhões e os metiam em uns currais enormes. De manhã cedo iam passando os porcos em grupos de dez para um curral menor, no fundo do galpão principal. Então um sujeito pegava um pedaço de cavilha de aço, bem grosso, entrava no curral e dava um golpe brutal no crânio do porco que estivesse mais perto. O animal perdia massa encefálica gelatinosa e uma quantidade enorme de sangue por aquela ferida; dava um berro horrível e caía no chão tremendo, com os estertores da morte. Pânico! Os outros porcos ficavam apavorados. Recuavam para o fundo do curral, se encarapitavam aos berros uns em cima dos outros. E cagavam e mijavam de medo. Um verdadeiro espetáculo. Sadismo puro. Saía toda a merda, cagavam uns em cima dos outros uivando sem parar. Agora o algoz tinha que tomar cuidado porque os animais se defendiam com dentadas, furiosos. E o atacavam. Mas o homem era hábil e continuava matando rápido, um depois do outro. Partia os crânios com um golpe único. Era um especialista em assassinar porcos. Os últimos tentavam se esconder atrás dos mortos, cagando e mijando ainda mais. Eu achava tudo aquilo estranho: a enorme quantidade de merda que tinham nas tripas e como cagavam e cagavam de terror. Era uma diarreia gigantesca. Mais litros e litros de urina. O fedor de excrementos e urina era horrível. Afinal todos ficavam ali jogados, em forma de cadáveres. Borrados de sangue e merda fedorenta. Alguns continuavam meio vivos, gemendo. Estes recebiam outra cavilhada que rachava definitivamente seu crânio. Então outros operários abriam as portas do curral e os arrastavam para uns carrinhos de aço. Aí os lavavam com umas mangueiras de alta pressão e os transportavam até a área de esquartejamento.

Depois traziam mais dez animais dos currais grandes. Esses já entravam nervosos. Resistiam a andar. Tinham ouvido os urros de terror dos seus colegas anteriores, sabiam o que sucedia naquele lugar. Além de um fedor nojento de excrementos, havia no ar um forte cheiro de medo, adrenalina flutuando sobre a merda. Agora ficava mais difícil para o magarefe. Os animais começavam a berrar e a fugir antes que o primeiro morresse. O piso estava escorregadio, coberto de merda e urina dos anteriores. Todos escorregavam e caíam, gritando e cagando uns em cima dos outros. O magarefe não perdia tempo. Com muita habilidade batia forte na cabeça do que estivesse mais perto. E o massacre continuava igual ao anterior. O mais importante era evitar as dentadas dos porcos. Eles atacavam com a fúria de um javali, mas o homem era muito mais inteligente, mais hábil, mais alto, e ainda por cima tinha um pedaço de ferro pesado na mão que funcionava como uma pistola. Não havia escapatória. Quando algum animal se aproximava para morder, ele quebrava seus dentes com uma cavilhada certeira na boca.

Duas horas depois aqueles bichos apavorados se transformavam no que dizia a etiqueta de cada lata: TROPICAL, DELICIOSOS PEDAÇOS DE CARNE DE PORCO GUISADA EM SEU MOLHO, FEITO EM CUBA. Mas poderiam ser mais precisos. A etiqueta devia dizer: PEDAÇOS DE CADÁVER DE PORCO EM SUA ADRENALINA. Eu gostava daquilo. Era um espetáculo. Peguei o vício de ir toda manhã ao matadouro e passar um tempo observando o show sanguinário. O pessoal que trabalhava no setor já me conhecia. Eles chamavam aquilo de Inferno. E o magarefe, de Diabo. O cara ria, todo orgulhoso. Trabalhar lá era muito duro porque tinham que andar em cima da merda e se borrar de merda e de sangue. Todos os trabalhos eram duros. O esquartejador também precisava ser forte e não ter estômago, mas o Inferno era pior. Eles riam. Eram gente bruta. E acho que gostavam daquilo. Deleitavam-se. Ficavam cada dia mais embrutecidos. Eu sempre me perguntava quando os via trabalhando com tanto prazer e habilidade: se em vez de porcos fossem seres humanos, eles também matariam de um jeito tão brutal e frio? Acho que sim. Funcionavam como autômatos. É terrível esse pensamento. Fui lá dezenas, centenas de vezes, e sempre me fazia a mesma horrível pergunta.

Em pleno massacre, chegava um lanche no meio da manhã: copos de refresco aguado com sabor de morango químico e pão com almôndega. Eles paravam e lanchavam lá mesmo, no meio da merda e dos urros dos porcos. Não sentiam mais o cheiro da merda. Não sentiam nada. Devoravam o lanche e continuavam o trabalho.

O tempo passou rápido. Eu entrava às sete da manhã com outros duzentos trabalhadores da construção. Cada um ia para o seu setor. Mas trabalhava-se pouco. Não sei o que era. O pessoal não queria trabalhar. Ficavam por ali, embromando. Acho que estavam desanimados. Os chefes eram uns oportunistas miseráveis e se aproveitavam dos seus cargos. Não tinham escrúpulos. Roubavam tudo o que podiam, sem disfarçar. Agiam como se tivessem o direito de roubar. Alguns deles tinham construído casas magníficas roubando o material de lá. E depois faziam reuniões com hinos e bandeiras e intercambiavam medalhas e honras e diplomas de trabalhador de vanguarda. E prêmios e mais prêmios. Um verdadeiro teatro. Eu nunca tinha visto tanta hipocrisia. Vivíamos mergulhados numa peça de teatro do absurdo. Eu tinha um folheto de Lênin sobre o oportunismo: *Esquerdismo, a doença infantil do comunismo*: "Como se mantém a disciplina do partido revolucionário do proletariado? Como se controla? Como se reforça? Primeiro, pela consciência da vanguarda proletária e por sua fidelidade à revolução, por sua firmeza, por seu espírito de sacrifício, por seu heroísmo. Segundo, por sua capacidade de se vincular, se aproximar e, até certo ponto, digamos, se fundir com as grandes massas trabalhadoras". Lênin retratava com precisão aquela turma miserável de oportunistas. Mas eu ficava à distância e os olhava com ceticismo e desconfiança. Eles me devolviam na mesma moeda. Eu chamava o chefe daquela turma de bandoleiros e ladrões de Renegado Kautsky, aludindo a certo famoso personagem que Lênin descreve detalhadamente nesse folheto. Eles queriam a *dolce vita* e a farra. Sacrifício era para os outros. Eu sempre usava uma boina vermelha que alguém tinha me dado. Todo mundo usava boina verde-oliva, das milícias. A minha era vermelha. E também estudava a Revolução Permanente. Eu gostava das ideias de Trótski. Naturalmente, era proibido estudar Trótski, que consideravam um inimigo, um parasita. Em poucas palavras, eu me sentia um parasita inserido naquele lugar. Não me suportavam. Nem eu a eles. Eu tinha uma ideia muito romântica e puritana do que era o comunismo. E, acima de tudo, era muito ingênuo. Isso é a pior coisa que pode acontecer com um jovem. Quem encara a vida com ingenuidade está predisposto a não entender nada, ficar sempre girando em falso e a agir com insensatez. Pôr os pés no chão exige muitos anos e muitos fracassos, erros e perdas, se é que algum dia você consegue pôr os pés no chão. Acho que isso acontece principalmente com os homens. As mulheres são muito mais pragmáticas e muito menos românticas. Quer dizer, para nós o romantismo pode durar os primeiros cinquenta anos de vida. Para elas, os primeiros cinquenta minutos. No minuto número cinquenta e um já estão curadas. O romantismo me levou a acreditar em tudo o que tinha lido nos livros. E aquilo lá era justamente o contrário do que eu concebia como comunismo. Para mim, eu era um comunista perfeito e aquele pessoal, uns delinquentes. Mas na vida real era justamente o contrário: eles eram os comunistas, com suas carteirinhas e seus currículos heroicos de serviço à pátria, e eu uma espécie de micróbio com graves desvios ideológicos. Os chefes não me olhavam, não me dirigiam a palavra nem me cumprimentavam, e, quando tinham que me dar alguma ordem, escreviam um memorando. Queriam que eu sentisse o desprezo que tinham por mim pelo fato de não participar das suas trapaças e ser um cara esquisito.

Aquela fábrica foi concebida para estar pronta em sete anos, mas já tinham passado catorze e ainda faltava muito. Gastou-se mais que o dobro do orçamento inicial. Parte da tecnologia era norte-coreana. Equipamentos para cozinhar e enlatar a carne. Havia uns engenheiros coreanos assessorando a instalação dessa maquinaria. Eles penduraram numa coluna, no centro da área de produção, um retrato de Kim Il-Sung. Sempre estava com flores. E toda vez que passavam por perto eles iam até o retrato e faziam uma reverência. Como se fosse um Buda. Eram seis ou sete engenheiros, e de cinco em cinco minutos algum deles fazia uma reverência diante do Líder Máximo. A plebe proletária, claro, não entendia nada e caçoava: "Olha os chinesinhos, que engraçados!". Os coreanos protestavam. Queriam ser respeitados. A plebe continuava rindo. Finalmente, depois de muitas discussões, tiraram o retrato de lá. Não sei onde o puseram.

O pessoal que trabalhava na enlatadora tinha uma vocação muito definida para o caos e a diversão. Tanto quanto os da obra, faziam todo o possível para trabalhar pouco. Ou menos que pouco. Havia muitas mulheres. Jovens e de meia-idade. Na maioria eram mulheres. Elas se entendiam com os operários e iam para os fundos, no depósito de resíduos. Esse lugar era chamado de "Trepa-trepa". Era uma área extensa e afastada, com uns carrinhos de aço e uns tanques onde se jogavam todos os resíduos: ossos, tripas cheias de excrementos, capacetes. Tudo meio podre, cheio de vermes e ratos enormes. Um fedor insuportável de podridão. Os líquidos da putrefação cobriam o chão, era preciso andar com cuidado para não escorregar. Periodicamente tiravam aquela nojeira de lá em caminhões. Era matéria-prima para algumas fábricas de ração. Com esses restos alimentavam galinhas e porcos. Do ponto de vista técnico, era proteína pura. Algo muito valioso. Então na teoria estava tudo certo. Na prática era um viveiro de ratos enormes, agressivos. Um lugar nojento.

Pois lá, entre aqueles carrinhos nauseabundos, sempre havia gente trepando. Em pé, claro. Era a única posição possível naquele lugar tão asqueroso. As mulheres se inclinavam para a frente, e os homens as penetravam por trás. As mulheres gritavam, exageradas. Apressadas. Poucos minutos. E pronto. Depois cada um ia para o seu lado. E já havia outros casais. Naturalmente, muitos homens passavam horas e horas passeando por ali, como voyeurs, se masturbando. O intercâmbio era normal. Todos sabiam que os voyeurs gostavam de mostrar seus esplêndidos artefatos, e os casais se excitavam mais olhando os punheteiros. Era a regra do jogo. Todos felizes. Às vezes trocavam os papéis. O punheteiro ficava com a mulher e o outro se afastava um pouco para olhar e se masturbar. Foram os precursores dos *swingers*. Ou ao contrário: dignos descendentes da horda selvagem em pleno comunismo primitivo.

Eu às vezes ficava olhando um pouco. Era divertido. Mas aquele lugar com tantos ratos e aquele cheiro nauseabundo me dava nojo. Não conseguia me concentrar e ia embora logo. E as mulheres não valiam a pena. Davam nojo. Muito maltratadas pela vida. Eu arranjava com facilidade mulheres limpas, muito jovens e apetecíveis, da minha idade.

O verão de 1972 estava muito quente. O engenheiro-chefe me mandou medir as paredes da cozinha. Queriam cobri-las com azulejos brancos de cerâmica. Era uma área gigantesca. Tinha oitenta metros por oitenta, com o teto muito alto. Ia ser complicado porque aquilo já estava em produção, das seis da manhã às cinco da tarde. Todas as equipes tinham sido instaladas em definitivo e sempre havia umas quarenta ou cinquenta mulheres trabalhando. Mais as que escapuliam para o "Trepa-trepa". Então deviam ser sessenta mulheres. E vários homens. As paredes e o piso, naturalmente, eram um nojo. E não se podia parar a produção. Eu tinha que organizar as coisas para colocar lá vários pedreiros e ajudantes, mais o material, lixar as paredes e cobri-las com os azulejos brancos. O engenheiro queria que eu fizesse tudo num mês porque o laboratório de controle sanitário provincial tinha ameaçado fechar a cozinha se a higiene não melhorasse num prazo de trinta dias. Isso significaria parar todo o trabalho e fechar a fábrica. Não era possível. O engenheiro-chefe me mostrou uma notificação do laboratório provincial:

— A coisa é séria. Querem fechar a fábrica. Dizem que isto aqui está uma pocilga. Então sua tarefa é trabalhar rápido e o melhor possível.

— Vou precisar de pelo menos cinco pedreiros e dez ajudantes porque...

— Porque nada. Três pedreiros e três ajudantes. E um mês. Esta é sua tarefa. Comece agora mesmo, não perca tempo. É uma luta contra o relógio.

Fui à cozinha a fim de medir as paredes para organizar tudo e começar naquele mesmo dia. Cheguei lá com minha fita métrica e um pedreiro. Um homem velho, sério, que sempre ficava de fora dos trambiques. E eu fizera dele meu ajudante permanente. Entramos na cozinha e ali, entre os vapores e o calor excessivo daqueles caldeirões soltando gordura fervente e muita fumaça, vejo Fabián. Com uma caçarola ele estava tirando o excesso de caldo e de gordura fervente do cozido e jogando na pia. Queimando-se. Era desajeitado e não tinha força. Chegava perto demais do fogo e do caldeirão. Não falei com ele. Olhei-o de longe. Por um bom tempo. Fazia muitos anos que não nos víamos. Seis ou sete anos. Com aqueles óculos de fundo de garrafa para a miopia. Sim, era ele. Dei-lhe as costas e comecei a medir as paredes. O velho me ajudou. Terminamos logo e voltei a olhar para os fogões. Fabián continuava lá com a caçarola. Muito sério. Com cara de desgosto. Aliás, ele sempre teve cara de desgosto. Jamais o vi sorrir. Fiquei com pena daquele imbecil e me aproximei dele sorrindo:

— Oi, Fabián, o que está fazendo aqui?

Ele me olhou e não se surpreendeu:

— O que você pode ver.

E ficou me encarando, com uma expressão de desamparo que dava pena. E um sorriso desanimado:

— E você?

— Eu trabalho na obra. Aprendi no serviço militar.

— Ah, na obra.

Continuou seu trabalho. Não estava interessado em conversar comigo. Voltei a perguntar:

— Você não era pianista?

— Sim. Sou pianista. E vou continuar sendo pianista até morrer.

— E o que houve?

— Me *parametraram*. E me mandaram pra cá.

— O que é isso?

— Eu estudava no conservatório e trabalhava no teatro, na companhia de ópera. Um dia me chamaram e me disseram que não cumpria os parâmetros para trabalhar em cultura e que tinha que fazer outra coisa.

— Não entendi nada.

— Eu também não, Pedro Juan. Eu entendo ainda menos. Bem, outro dia conversamos.

Duas mulheres corpulentas, gordas e feias, o ajudavam. Ele não tinha força para fazer aquilo sozinho. Eram um pouco grossas. Alguém tirou a panela das suas mãos:

— Cuidado, Pombinha, você vai se queimar. Deixa comigo, menino delicado, Pombinha.

Continuei na minha e saí dali. Tinha que preparar tudo para começar o mais cedo possível. No dia seguinte, bem cedo, organizei uma brigada com três pedreiros e os ajudantes. Trouxemos o material. Deixamos tudo num canto da cozinha e começamos a trabalhar no revestimento das paredes. Os exaustores estavam funcionando mas o vapor era sufocante naquele lugar. Uma sauna. Ficamos sem camisa para poder trabalhar um pouco melhor. As duas gordas continuavam ajudando Fabián. Ele tirou uns minutos de descanso e veio falar comigo:

— Tudo bem, Pedro Juan? Vai trabalhar aqui?

— Sim, pelo menos durante um mês. Temos que cobrir de azulejos todas as paredes.

— Ahh.

Uma das gordas gritou:

— Nossa, Pombinha, seu namorado é uma coisa! Não seja egoísta, divide com a gente. Não fica com ele só pra você!

Eu, muito sério, fiz sinal de não com o indicador. E gritei:

— Olha, gorda, pode esquecer essas intimidades que você não me conhece.

Ela segurou a pélvis por cima do avental. Fez um gesto grosseiro com os quadris e pôs a língua para fora provocativamente:

— Esta aqui é que é gorda, papai. Vamos lá pra trás, nos tanques, e aí você me diz se é gorda ou é magra.

A outra fez o mesmo gesto e se aproximou de mim. Disse:

— Suada e cabeluda. E com uns lábios enormes. Gosta? A essa altura está com cheiro de bacalhau podre, rá-rá-rá.

— Não. Não. Calma.

Começaram a gargalhar, debochando:

— Vejam só, tão bonito e tão limpinho e não gosta de mulher. O namorado da Pombinha. O bofe da Pombinha.

— Olha aqui, eu gosto de mulheres sim, mas vocês são muito porcas. E me deixem em paz.

— É brincadeira, querido. Não se ofenda. E não fique tão sério que nós não mordemos.

E voltaram para suas panelas. Fabián, aflito com tudo aquilo, me disse:

— Que gente!

— São uns demônios maus. Não liga.

— Eu não ligo. Nem escuto mais. Elas ficam falando idiotices o dia todo.

Então me ocorreu perguntar:

— Você tem folga no domingo?

— Sim.

— Posso passar na sua casa?

Abriu um sorriso:

— Ah, sim. Boa ideia. Há anos que não conversamos.

— Vou à tarde.

— Lembra onde fica?

— Sim, perfeitamente.

Durante o resto da semana não nos falamos mais. Só nos cumprimentamos de longe, com um gesto. No domingo choveu o dia todo. Um furacão estava se aproximando. Calor e chuva intensa. Ainda não tinha começado o vento. Nessa época a informação meteorológica era escassa. Diziam: "Isso é um temporal". E às vezes se limitava a três ou quatro dias de chuvas copiosas, ou de repente começavam ventos de cento e setenta quilômetros por hora e então a gente percebia que era um ciclone. De tarde, por volta das quatro, a chuva amainou. Só uma garoa leve. Fui para a casa de Fabián. Andando. Com as ruas molhadas e chovendo era melhor não ir de bicicleta. Caminhei rápido. Quando estava chegando, começaram de repente as rajadas de vento e a chuva aumentou.

Entrei na sala totalmente encharcado. Tirei a camisa e as botas. Ele trouxe uma toalha e eu me sequei um pouco. Mas minha calça esguichava água. Tirei-a também e me enrolei na toalha. Eu não usava cueca. Não gostava. Estendi a roupa por ali, em cima de uma cadeira. E nos sentamos. Fabián me ofereceu um Telegrama, para me aquecer. Aceitei. Era um coquetel que estava na moda nessa época: rum, creme de hortelã e gelo. Não tinha gelo. Melhor.

Havia bacias, panelas e jarros no chão: goteiras. Muitas goteiras. A cobertura era de telhas. Uma situação séria, como sempre acontece quando vem um furacão. Se o ciclone realmente centrar sua trajetória na cidade, todas as telhas voam. E a casa fica sem teto. Não é brincadeira. Acho que Fabián não sabia disso. Estava tranquilo, preparando o coquetel. Seu pai entrou de repente na saleta. Nunca o tinha visto. Era um senhor muito velho, assustado, dizia coisas incoerentes. Tinha um rosto torto, crispado, quase não conseguia falar. Arrastava uma perna e caminhava com muita dificuldade, o corpo todo torcido. Julguei entender algo:

— Isso aí é um ciclone. A casa vai cair em cima da gente.

Algo mais ou menos assim. Repetiu isso muitas vezes, em pânico. Fabián ficou muito incomodado:

— Chega, Felipe, chega, vá lá para trás! Não vai acontecer nada!

A mãe de Fabián, muito velhinha também, estava atrás dele. Não sabia o que fazer. Mexia os braços e repetia as palavras do marido:

— Fabián, isso é um ciclone. A casa pode cair! O que vamos fazer, meu filho, o que vamos fazer?!

Fabián pegou os dois e levou-os para os fundos da casa. Os dois protestando e gemendo. Ele os empurrando com rispidez. Maltratando. Resolvi abrir a porta para ver como estava o panorama na rua. Uma rajada de vento e chuva, muito violenta, empurrou a porta, escancarou-a, e foi difícil fechar. O ciclone tinha chegado. É sempre assim. Algum tempo de calma, e de repente começam as rajadas de vento e o furacão se desata, incontido, brutalmente.

Fabián voltou para a saleta. Deu-me um roupão, de felpa bordô. Vesti aquilo porque tinha muita umidade no ambiente e eu já estava espirrando. Ficou apertado e curto, mas esquentava. Ouviu-se um estrépito no teto, ao fundo da casa. Nós dois nos levantamos e fomos olhar. Um galho enorme de abacateiro tinha caído em cima do telhado da cozinha. Fabián ficou preocupado:

— Ai, o abacateiro do vizinho!

Voltamos a nos sentar na saleta. Muito escura. Fazia horas que a eletricidade tinha sido cortada. Quase não nos víamos naquela penumbra. Ficamos um bom tempo em silêncio, escutando o vento, que soprava muito forte. E as telhas se moviam, arrastadas pela violência do ciclone, e caíam no quintal, em cacos. Estávamos com medo daquela força sem controle que se desatara sobre a nossa cabeça. Eu queria perguntar como ele tinha ido parar na fábrica. Mas no meio daquela situação, com o ciclone atacando com força, não havia como falar de outro assunto. Fabián de repente me disse:

— Se houvesse eletricidade, podíamos ouvir *A valquíria*. Tudo de Wagner! A tempestade. Siegmund e Brunilda, aterrorizados, perdidos, e o furacão destroçando tudo.

E caiu na gargalhada de um jeito muito estranho. Será que estava gostando daquele ciclone que destroçava o telhado e ia deixar sua casa em ruínas? Além do vento, caía uma quantidade enorme de água. Um dilúvio. O quintal alagou e a água começou a entrar na saleta. Era evidente que o ralo do quintal era estreito para aquele volume de água. Entre as gargalhadas Fabián cantarolou um trecho da ópera:

— É isto que se impõe agora. Wagner! Muito Wagner!

Eu, mais pragmático, pensava nos estragos que aquele enorme galho de abacateiro devia ter feito nas telhas da cozinha. E que nós íamos ter que subir para cortá-lo em pedaços e tirá-lo de lá assim que o ciclone amainasse. Também via a água alagando a saleta e chegando aos nossos pés.

Fabián, no meio das trevas, foi até o piano e começou a tocar *A valquíria*. Muito alto, com uma força tremenda. Na escuridão e na fúria da tempestade, a música ressoava com uma potência absoluta. Era arrepiante. E se prolongou. A música arrasadora de Wagner se misturava com o silvo e a fúria do furacão e transformava aquele lugar num recanto do inferno. Afinal parou, numa sequência de notas altas, repentinamente, muito agudas. E o vento continuou soprando. Senti o desespero que paralisava Fabián. Ele estava soluçando.

Como uma criança. Fui devagar, em silêncio, até a sala. A água chegava aos tornozelos. Fabián estava chorando, com a cabeça apoiada no piano. Um raio caiu por perto. A chicotada elétrica de luz azul iluminou tudo por um segundo. A escuridão voltou. E um trovão ribombou prolongadamente.

Eu me sentei de novo. Levantei os pés e enxuguei-os com o roupão. Outros raios caíram. Vários, em poucos minutos. Fabián voltou para a saleta e se sentou também à minha frente. Não dissemos nada. Não tínhamos coragem de falar. O som e a fúria do furacão. O medo de que a casa fosse destroçada. O pânico dos pais dele, escondidos em algum lugar nos fundos da casa. Os raios e os trovões. Pedi:

— Me dá um pouco de rum.

Ele se levantou, pegou a garrafa e a trouxe. Eu me servi meio copo. E bebi. Era horrível. O calor do álcool queimou minha garganta. Quando chegou ao estômago vazio, me deu enjoo. Bebi mais. Pouco depois estava de porre. E tive a impressão de ouvir música. Não sei bem. Era o piano de novo. Continuei bebendo. Eu era sempre assim. Quando sentia o efeito dos primeiros goles, seguia em frente. Ninguém me detinha. E ninguém tirava a garrafa da minha mão. Eu me agarrava a ela como um afogado se agarra a um salva-vidas. Gostava de ficar bêbado. Agora, no meio da escuridão, vi que era Fabián quem estava tocando. Não sei o quê. Uma coisa muito forte. Num canto da saleta havia um sofá de madeira dourada com almofadas de veludo bordô. Deitei e dormi.

Tive um pesadelo horroroso com a matança de porcos. Mas não eram porcos. Eram uns monstros pequenos, furiosos, pretos, que trocavam dentadas e se devoravam. Havia um caos brutal entre aqueles animais, cobertos de sangue e merda, e umas mulheres gordas, nuas e grotescas, que também estavam lá, borradas de merda e de sangue. Rindo. Desci até umas cavernas que eram celas. E não conseguia sair. Alguém me sacudiu e acordei sobressaltado. Fabián, ao meu lado, disse:

— Você estava sonhando e gritando. Teve um pesadelo.

Eu me levantei, atormentado, no meio da escuridão, e tentei organizar o cérebro:

— Que horas são?

Fabián acendeu um fósforo, olhou para o relógio de parede e disse:

— Meia-noite.

Eu me recompus. O ciclone tinha passado, aparentemente. E a inundação dentro da casa acabara.

— Já vou, Fabián. Não está chovendo mais.

E me vesti. Minha roupa estava molhada e fria. Fabián não disse nada. Estava meio aturdido. Saí e voltei para casa. A cidade, às escuras. Estava garoando e fazendo calor, mas não havia sinais de vento. Numa praça, em torno da igreja do bairro, umas árvores enormes tinham caído. A escuridão era total. Quase não se viam os destroços. Quando cheguei em casa, meus pais:

— Onde você se meteu no meio do ciclone? Pensamos que...

— Sei, que me aconteceu alguma coisa, Pedro Juan se afogou, caiu um galho na cabeça dele, o vento o levou para as nuvens, um raio o partiu ao meio. Não aconteceu nada comigo. Nunca acontece nada comigo. Minha vida é um tédio.

Fui dormir. No dia seguinte, de manhã cedo, saí para o trabalho. Na rua se viam destroços.

Alguns telhados tinham voado. As pessoas retiravam os escombros e as árvores caídas. Fabián chegou um pouco atrasado. As duas gordas já estavam cuidando dos caldeirões fervendo e da gordura dos porcos. Quando falei com ele, me contou, pesaroso:

— Acho que a cozinha vai cair, meus pais estão meio malucos. Quase não pude vir trabalhar.

— E por que veio?

— Já me ameaçaram duas ou três vezes. O chefe daqui me disse. Se eu faltar, eles comunicam à Escória Social e vou ter problema.

— Problema você já tem, aqui neste lugar.

Suspirou:

— Não quero piorar as coisas.

Ficou em silêncio, pensando, angustiado:

— Estou com muito medo, Pedro Juan. Muito mal.

Apertou os lábios num gesto de impotência. E controlou a vontade de chorar. Abaixou a cabeça para que eu não o visse naquele estado. Perguntei:

— Já tiraram os galhos do abacateiro?

— Não. Eu não consigo. Foi o que quebrou todas as telhas da cozinha. E afundou o teto.

— Depois vou lá ajudar. Quando terminar aqui.

E assim fizemos. No fim da tarde fui para a casa dele. Ainda havia algumas horas de luz. Encontramos um serrote pequeno no quarto dos fundos do pai. Subi, cortei os galhos e fui jogando para baixo. Eram vários. Levei duas horas. Um trabalho duro. Fabián nem pensou em subir para me ajudar. O teto tinha caído e todas as telhas da cozinha estavam quebradas e esparramadas. Recoloquei-as no lugar como pude. Desci. Levamos para a rua os galhos do abacateiro. Deixamos na calçada. Juntamos todos os cacos de telha que estavam no quintal e os deixamos ali acumulados, num canto. Não serviam para nada. Mas isso é costume de pobre. Guardar lixo para o caso de algum dia servir para alguma coisa. Eu disse:

— Fabián, é preciso arranjar alguém para consertar o telhado porque quando chover a cozinha vai alagar.

— Você sabe que é impossível comprar telhas. Não existem telhas.

— É, sei. Mas você precisa tampar esse buraco na cozinha. Arranja outra coisa. Não sei. Perto dali vai ficar tudo molhado.

Ele ficou em silêncio. Não sabia o que dizer. Não existiam telhas, nem cimento, nem nada. As casas caíam pouco a pouco aos pedaços. Tudo se destruía e não havia material para consertar. Eu sabia disso. Para mudar de assunto, perguntei:

— Tem rum?

— Não, Pedro Juan. Acabou esta noite.

— Esta noite bebi tudo.

— Eu também bebi bastante. Você dormiu quatro horas. Sorte sua. Que horror!

— Bem, já passou. Agora vou embora. Até mais, tchau.

Fui de bicicleta para a casa de Tita. Eu, em segredo, a chamava de Tita, a Doida. Era uma mulher bem mais velha. Uma vez me disse que tinha quarenta e poucos, mas eu tenho certeza de que já havia passado dos sessenta. Era magra e fibrosa. E muito gostosa. Tinha uma bela bunda e umas tetas grandes, gordas e moles. Umas tetas bamboleantes que me tiravam do sério. E pele escura, parecia uma índia. Passava o dia todo fumando e bebendo café. Ela se envenenava com aquela quantidade enorme de nicotina e cafeína. Tinha ficado viúva muito nova, com três filhos. Todos já eram adultos e ela morava sozinha num casarão enorme, velho e todo desmantelado, bem perto da minha casa. Um lugar meio em ruínas, poeirento, escuro e com poucos móveis. Tudo abandonado. Dava a impressão de que não morava ninguém lá. Ou que era um refúgio de mendigos.

Tita era esquizofrênica. Na maior parte do tempo passava bem. E agia com sensatez. Mas, às vezes, de repente olhava nos meus olhos e dizia insistentemente:

— Eu estou muito bem. Estou muito bem. Levei trinta e dois eletrochoques, mas estou muito bem. Estou muito bem.

Não havia forma de interrompê-la. Repetia dezenas de vezes "Eu estou muito bem". Ficava com os olhos vítreos e sua expressão endurecia. Eu sentia medo. Por fim se calava, olhando fixo para um ponto no ar com uma tensão rígida mais que evidente, como um escudo protetor à sua volta. Quando ficava assim, não ouvia nada. Era uma máquina desligada. E, mesmo quando eu me aproximava dela e tocava em sua pele, não se mexia. Não sentia. Desconexão total. Depois de esperar meia hora ou mais, eu ia embora. E voltava no dia seguinte. Tita não se lembrava. Não tinha acontecido nada. Felizmente esses ataques não eram muito frequentes. Ela me contou muitas vezes uma coisa inquietante, à guisa de explicação:

— Tem uma voz de homem me perguntando: "Você está se sentindo bem?". Eu respondo. Mas ele continua perguntando a mesma coisa. Repete a pergunta. E tenho que responder muitas vezes. É um diabo que está dentro da minha cabeça. E me paralisa.

— Não existem diabos, Tita.

— Ah, como é que não existem? Esta casa está cheia de diabos. Tem diabo em toda parte.

— É mesmo?

— Não debocha porque eles encarnam em você e... olha só como fiquei depois de debochar. Foi castigo.

Eu a conheci quando fui levar um cachorrinho que ela pediu. Lá em casa tínhamos uma cadela vira-lata que paria muito. E era um problema nos livrar dos filhotes. Ninguém queria. Ela pediu um deles à minha mãe. Fui levar. Quando abriu a porta estava só com um roupão bem fininho, sem roupa de baixo. Pelos púbicos escuros e abundantes demais para sua idade. Fiquei hipnotizado. Ela não estava ligando. Levou-me até a cozinha para preparar um café. Gostei da visão dos seus peitos nus, balançando através do tecido. Eram lindos. Com uma caixa de papelão e uns panos fizemos um ninho confortável para o cachorrinho. Depois me sentei e fiquei olhando para Tita, descaradamente, enquanto ela fazia o café. Tive uma ereção imediata. E disse:

— Este roupão fica ótimo em você. Cai bem.

Ela me observou em silêncio, com o olhar fixo, assombrada. Não abriu a boca. Não reclamou. Interpretei aquilo como sinal de que podia ir em frente. E me aventurei mostrando a ereção. Ela se surpreendeu e disse:

— Ai, como esse negócio é grande, pelo amor de Deus! Mas você é uma criança, não devia ter isso tão grande. Não, não, não! Sou velha demais pra você. Já nem me lembro como é. Eu podia ser sua mãe.

— Não. Minha mãe, não. Você podia ser minha avó. Mas não é, então tanto faz.

— Desde que meu marido morreu que eu não... Não fiquei com ninguém, eu... Faz muitíssimo tempo...

— É mesmo? Anos e anos sem nada de nada? Ahhh... coitadinha. Vamos resolver isso...

— Nada de nada. Não quero que ninguém me toque. Meu marido é sagrado. A lembrança do meu marido é o que me acompanha, eu...

Mas nesse momento me aproximei. Beijei-a. Ela não resistiu. Ao contrário, colaborou. Carinho. Muito carinho. *All you need is love, love, love*, cantei baixinho, no seu ouvido. Um minuto depois estávamos na cama. Tita era fogosa. Perdia o senso de realidade e me levava junto. No começo eu gostava de ir lá por uma questão de comodidade. Um lugar tranquilo, a dois passos da minha casa, e Tita não era má companhia. Só um pouco suja. Os lençóis da cama dela tinham anos de uso, sem lavar. Tudo porco. Tita deslizava pela vida, se deixava levar e não ligava para coisa nenhuma. Só se interessava por café, cigarro e a lembrança do marido. Sua fidelidade ao marido. Repetia sempre:

— Sou muito fiel ao Alberto. Nunca o enganei. Nem vou enganar.

Acho que viajava, ou sentia culpa, sei lá. Ou quem sabe ficava mais excitada lembrando o marido. Ela me dizia essas sandices no meio do sexo. Sendo penetrada a fundo, suspirando de prazer. E falava como se não estivesse entendendo nem sentindo o que se passava naquele momento: "Ah, Alberto, nunca enganei você, meu amor. Nem vou enganar". Dizia essas coisas e suspirava num orgasmo atrás do outro. As declarações de amor e fidelidade a Alberto não me perturbavam. Será que ela perdia a cabeça pensando no marido? E me substituía? Eu estava pouco ligando. Só queria trepar feito um animal e gozar com Tita. Tinha muita atração por aquela mulher, apesar da sua loucura. Na verdade, nem sempre estava louca. Eram só pequenos ataques. Acho que sua solidão era muito pior que a esquizofrenia.

Sempre era bom levar um maço de cigarros, para ela fumar e relaxar. Eu sempre chegava lá com uma garrafa de rum e cigarros. Ela bebia e fumava nos intervalos dos nossos longos encontros na cama. Eram pequenas festas. Momentos memoráveis. Tita me contava milhões de histórias da sua infância no campo, nos morros de El Escambray. Histórias muito divertidas. Era uma bruxa. A maioria das histórias versava sobre assombrações, bruxarias e espiritismo. Tinha uma mente tenebrosa. O marido era soldado e o mataram lá, no mato. Ela nunca viu o cadáver nem sabia onde o enterraram. E me contou a mesma história muitas vezes, sem entrar em detalhes. Eu nunca perguntei e fiquei sem saber por que o mataram nem quem foi, de que lado ele era, nem sequer quando o mataram. Não me interessava. Talvez fosse uma mentira que ela inventou. Para mim tanto fazia. Uma tarde, quando já estava escurecendo, repetiu sua história sobre a morte do marido e disse, com uma voz baixa e grossa:

— Eu sou um pássaro preto. E saio voando à meia-noite. Vou até o túmulo dele e pouso na terra. E então conversamos. Continuamos conversando. Ele não quer ir embora.

Fiquei assustado com aquilo, mas continuei. Ela era uma mulher forte e tosca. Uma mulher do campo, bruta, atrapalhada em sua mente meio perdida entre o além e o aquém. Acho que vivia no meio do caminho entre os dois mundos. Mas na maior parte do tempo vivia muito bem. A melhor forma de distraí-la era com sexo. Gostávamos de tirar a roupa, sentar em duas cadeiras, uma em frente à outra, e nos masturbar. De longe. Sem tocar um no outro. Só com o olhar. Ela sempre parava a tempo, quando estava à beira do orgasmo, e me levava para a cama.

— Sempre fui fiel ao meu marido. Nunca o enganei.

Repetia essas frases enquanto se deitava e abria as pernas. Era como um ritual. Vivia em dois tempos. Como se o passado revivesse continuamente. Eu ficava frenético. Tinha muitas mulheres jovens. Ia à praia com elas e lá fazíamos sexo dentro da água, entre as moitas, em toda parte.

Com Tita, a Doida, era diferente. Existia uma intimidade, uma privacidade que me erotizava totalmente. Mas sempre dentro daquelas quatro paredes. Eu não queria que meus amigos me vissem com aquela vovó. Era melhor manter em segredo. Tudo nela me excitava. Era muito carinhosa e me alisava sem parar. Eu também gostava do sabor forte e áspero da sua pele. Não era o cheiro e o gosto normal de qualquer mulher. Não. Tita tinha um sabor e um cheiro estranhos. Azedo. Deixava na língua um sabor venenoso. Era um pouco repulsivo, mas me provocava o efeito contrário: me erotizava até os ossos. E minhas ereções duravam horas. Além de tudo, ela não tinha pretensões. Não queria casar, nem ter filhos, nem que eu ficasse sempre ao seu lado. Nem sequer dinheiro. Nada. Não necessitava de nada. Não pedia nada. Não me pressionava como faziam invariavelmente todas as mulheres jovens. Quando eu decidia, levantava da cama, me vestia e ia embora:

— Até logo, Tita. A gente se vê.

Para mim era ideal. Uma relação perfeita. Sem responsabilidade, sem futuro, sem previsões, sem regras, sem expectativas. Quer dizer, sem amor e sem a carga possessiva que este sentimento sempre traz consigo. E sem o medo de que acabe e nos deixe infelizes. Não. Era uma coisa muito livre. Eu não estava interessado em amor. Não queria sentir amor e complicar minha vida. O amor é uma amarra. Precisava de liberdade total. Só sexo e cumplicidade. Sexo e liberdade. Sexo e loucura. Eu me despedia e ela nunca perguntava quando nos veríamos de novo. Acho que, se um dia eu desaparecesse de vez, nem tomaria conhecimento. Pensei muitas vezes que um dia Tita podia morrer de repente, porque se agitava demais em seus orgasmos. Eram prolongados e intensos, e ela não parava de gritar. Eu tinha vinte e dois anos e era um atleta. Ela, sessenta e pouco, com o organismo minado pelo veneno que consumia em forma de café e nicotina. Seu coração podia parar. Era uma possibilidade concreta. O que fazer nesse caso? Eu repetia constantemente essa pergunta. Os vizinhos me viam entrar e sair de lá. E com certeza ouviam as gritarias orgásticas de Tita, de maneira que eu não poderia lavar as mãos e sair de fininho impunemente. Já me via saindo às pressas para chamar os vizinhos, ligar para a polícia e a Cruz Vermelha. Não havia telefone nas redondezas. De onde poderia ligar para a Cruz Vermelha? Toda vez que a via berrando e estrebuchando debaixo de mim daquele jeito exagerado, eu pensava nisso tudo: se o coração dela parar agora, tenho que me vestir em dois segundos e sair correndo para chamar uma ambulância. Não posso abandonar o cadáver. Quando ela finalmente acabava seus orgasmos, continuávamos normalmente e eu voltava a me concentrar no que estava fazendo. Até que minutos depois Tita repetia a sua série de orgasmos, tremores convulsivos e gritos. E assim continuava a coisa. Afinal eu esquecia a sua possível parada respiratória e me concentrava totalmente.

Ela tomava calmantes. Eu nunca soube dos detalhes. Os filhos traziam e deixavam em cima da mesinha de cabeceira. Ela sabia como tomar aquilo. Acho que as pílulas funcionavam como uma anestesia. Não sei. Nunca perguntei. Não queria saber. Preferia manter certa distância para não me envolver demais. Eu chegava de surpresa, e lá estava ela. Calma ou com os nervos à flor da pele. Quando a encontrava num dos seus ataques, era só ter paciência. Eu ficava parado à sua frente, nu, para que me visse direito e — normalmente — em poucos minutos ela estava bem. Às vezes o ataque era mais profundo e então demorava a voltar a si. Os filhos já tinham mais de quarenta anos. Eram três homens. E cuidavam pouco dela. Iam vê-la por alguns minutos, levavam os calmantes, comida, cigarros, café e um pouco de dinheiro, muito pouco. E depois iam embora. Quando me viam, eles me tratavam como se eu fosse um enfermeiro, friamente. Perguntavam por Tita, queriam saber se tivera ataques recentes, se ficava nervosa, se tomava os remédios. Jogavam em cima de mim a responsabilidade deles. E ficavam sossegados. Eles sabiam perfeitamente que eu só permanecia lá umas três ou quatro horas e que às vezes passava dias sem ir. Mas preferiam fazer aquele teatrinho para tranquilizar suas consciências. E eu aceitava porque me favorecia. Entrava no jogo e respondia a primeira coisa que me passava pela cabeça:

— Está ótima. Continua tomando a medicação, não se preocupem. Acho que está faltando café.

Muitas vezes ela me confundia com Alberto, seu marido. E me falava dos filhos, da escola dos meninos. Tinha longas conversas comigo sobre assuntos cotidianos. Olhava fixamente para mim, com olhos de louca, e dizia:

— Alberto, não sei viver sem você. Não vá embora de novo, meu amor. Por que você desaparece por tanto tempo?

E começava a chorar. Eu não gostava muito desses dramas, mas aquilo fazia parte do meu jogo com ela. Por incrível que pareça, esses momentos sempre me provocavam uma ereção. Era inexplicável. Quando ela me dizia:

— Alberto, você passa o dia todo na rua e os meninos quase me enlouquecem, são muito malcriados... Não me deixe sozinha, Alberto.

E continuava com seus longos monólogos domésticos. Podia passar horas e horas. Mas assim que começava eu tinha uma ereção. Por quê? Não faço ideia. Por que aqueles monólogos me excitavam de forma tão exagerada? Até hoje não entendo. Não sei. Mas era a forma perfeita de fazê-la calar a boca. Tirava a roupa na frente dela. Devagar. Pouco a pouco. Ela sentada e eu em pé. Aproximava a pélvis do seu rosto. Tenho uma grande vocação para exibicionista. Sou antes de tudo um stripper. Quando ela me via nu, esquecia o mundo de sofrimentos e ideias sombrias que atormentava sua mente. Fazia uma cara sonhadora, relaxava totalmente e se entregava. Acho que eu tinha o melhor antídoto do mundo para a esquizofrenia.

O sexo era meu principal entretenimento. O trabalho ocupava quase todo o meu tempo, e era muito desgastante aquele lugar caótico e complexo onde eu sentia que não me encaixava. Minha ansiedade se traduzia em fugir continuamente daquela rotina da obra e da turma do Renegado Kautsky. Ia à praia nadar, lia livros velhos e, sobretudo, ajudava à noite no pequeno negócio que meu pai tinha montado: fazer cartuchos de papel para raspadinha. Estava faltando sorvete. Às vezes não fabricavam durante um ano inteiro. Não havia matéria-prima. Faltavam leite, frutas, tudo. Então alguns sorveteiros vendiam gelo picado, raspadinha, num pequeno cartucho cônico de papel, jogando em cima um pouquinho de algum refresco químico: hortelã, morango, baunilha.

Fazíamos longas jornadas de trabalho lá em casa, de noite, para cortar o papel com uns moldes e tesouras. Colar as pontas e fechar os cartuchos. Tínhamos uns cones de madeira que permitiam colar os papéis fazendo um movimento do pulso. De noite nos sentávamos na sala de jantar, minha mãe preparava um grude com amido e começávamos a trabalhar. Horas e horas de rotina. Milhares de cartuchos para vender raspadinha no dia seguinte. Não eram bons tempos. Todo mundo estava nervoso. Não havia dinheiro, nem comida, nem sapatos, nem roupa, nada. Os acontecimentos se precipitavam dia após dia. Sempre algum fato novo. Claro, tinham que reinar a confusão, o caos, o nervosismo geral.

De tantos em tantos meses passava por nossa casa algum tio ou tia com toda a sua família. Pernoitavam por algumas horas e descansavam. Na madrugada seguinte iam para o aeroporto de Varadero e voavam rumo ao exílio em Miami. Eram os chamados "Voos da Liberdade". Sempre me fascinava este fenômeno: subir num avião, voar quarenta e cinco minutos e aterrissar numa terra absolutamente diferente e cheia de promessas. Parecia algo mágico. Mas eles não achavam nada mágico. Muito pelo contrário. Todos tinham sido castigados por sua decisão de se exilar nos Estados Unidos. O castigo consistia em reter sua autorização para emigrar durante pelo menos dois anos e obrigá-los a trabalhar na agricultura ou na construção. Um castigo duro e humilhante. Eram considerados traidores, desertores, *vermes*. Até que um dia lhes davam um papel autorizando a saída e automaticamente perdiam suas casas com tudo o que houvesse lá dentro, incluindo o carro, se tivessem. Quando pediam a saída definitiva do país, tinham que fazer um inventário da casa, e na hora de ir embora — dois, três, quatro anos depois — não podia faltar nem um copo. Tudo precisava estar lá. Até a menor colherinha. Se tivessem um carro também devia estar perfeito, funcionando, não podia faltar nem um parafuso. Havia ódio e violência soterrada em tudo aquilo.

Esse "método" provocava muito rancor e muito ódio. Eles chegavam a Miami desgastados. Para começar do zero no sentido literal, uma nova vida. Eram muito corajosos. Gente muito decidida. Em poucos anos, mais da metade da minha família tinha ido embora de vez. As recordações daquele êxodo só ficaram na memória de cada um. Eu sempre tive uma pequena câmera de trinta e cinco milímetros, e de certo modo era considerado o fotógrafo da família, até porque ninguém mais tinha câmera nem paixão por fotografia. Mas só a usava nos aniversários e em alguma eventual viagem à praia. Quer dizer, em momentos felizes ou festivos. Nunca para tirar fotos de gente deprimida, triste, chorando ou com cara de choro.

Nós também tiramos passaportes e nos preparamos para o exílio depois que meu pai perdeu sua sorveteria e seu dinheiro em dois bancos. Por fim ficamos, por razões melancólicas e indecisão do meu pai. Agora, enquanto escrevo isto, penso que foi melhor assim. Conheço os Estados Unidos. Não me interessa viver nesse país. Gosto daquilo em pequenas doses.

Continuávamos fazendo cartuchos de papel para vender raspadinha. Minha mãe já tinha vendido tudo: lençóis, enfeites, talheres de prata. Tudo. Não sobrava mais nada em casa para vender. Agora durante o dia fazia meias de tricô. Não sei onde conseguia o fio. Vendia aquelas meias, que eram grossas e incômodas e davam coceira nos pés. Meu pai com a raspadinha. E eu perambulando. Pegava livros na biblioteca e lia muito. Livros velhos. Eu não entendia por que havia tantos livros ruins nas livrarias. Anos depois fiquei sabendo que naqueles anos da década de 70, depois do caso Padilla, houve um longo período de repressão na cultura cubana. Essa fase foi chamada de Década Negra, ou Quinquênio Cinza. Durante anos amordaçaram a boca de muitos escritores, editores, cineastas, dramaturgos, artistas. Uns porque eram gays, outros, "criadores de caso", outros por "desvio ideológico". Só se podiam fazer livros, filmes, teatro com fundo patriótico. Bloquearam toda e qualquer possibilidade de expressão profunda ou séria. Mas eu não sabia de nada. A maioria não sabia. Tudo era feito discretamente. *Sotto voce.* Eu morava em Matanzas, quer dizer, na província, era muito jovem, muito distante desses círculos, e me limitava a ser um consumidor: ia ao cinema e lia livros da biblioteca. Queria estudar arquitetura, mas era complicado ingressar na universidade. Como trabalho prático fiz o projeto para um bar submarino, que poderia ser construído na baía de Matanzas, na costa. Todo de vidro. Fiz os cálculos, os planos, os desenhos. Um projeto muito completo e viável. Não era caro. Mostrei a uns engenheiros da obra. Eles caçoaram. Perguntaram: "Você está louco?". Eu não estava interessado em fazer casinhas baratas para gente pobre, que era a moda naqueles anos. Não só em Cuba. Casinhas pré-fabricadas, muito feias, pequenas e incômodas, para acomodar milhares de pessoas em pouco espaço. Se eu inventasse algum projeto eficiente nessa área, ganharia logo um prêmio. Mas meu bar submarino era coisa de maluco. Pensei que os arquitetos têm pouco que fazer num país pobre. Desisti de estudar arquitetura. Continuei trabalhando na obra como simples técnico, sob as ordens do Renegado Kautsky, que se dava ao luxo de passar ao meu lado e agir como se eu fosse um fantasma. Eu não existia para o sr. Kautsky, aquele puto.

Dias depois do ciclone, Fabián me viu na cozinha da fábrica. Na verdade, nos víamos todos os dias. O cumprimento era breve. De longe. Não tínhamos de que falar. Nesse dia ele veio me dizer:

— Vou dar uma festinha no domingo para comemorar meu aniversário e do meu professor. Quer vir?

— O que levo?

— Rum, comida, algum amigo, o que quiser. É de tarde.

No domingo me distraí um pouco na praia com uma das minhas namoradas e cheguei meio tarde, por volta das oito, com duas garrafas de rum barato na mochila. Todo mundo já estava meio de porre. Fabián apresentou seu professor de piano. Warren Smith, um americano que ninguém sabia por que tinha ficado em Cuba. Todos foram embora entre 1959 e 1960. O mais conhecido era Hemingway, que partiu às pressas, para se matar com um tiro em Idaho. Warren era um excêntrico total: um senhor de uns sessenta anos imprecisos, o que quer dizer que talvez fossem setenta. Alto, magro demais, desajeitado, cabelo grisalho. Caminhava todo encurvado, sempre olhando para o chão, melancólico e pensativo. Com uma eterna guimba molhada de saliva nas comissuras dos lábios. Gostava de encher a cara. Dava a impressão de estar sempre meio alto, meio distante da realidade. Vivia a música com paixão e entrega total. Piano e composição de sinfonias. Era muito experimentalista.

Para mim era uma boa oportunidade para perguntar sobre John Cage. Eu sabia que esse senhor existia. Sabia o que fazia, mas nunca tinha ouvido nada dele. A festa transcorria na sala e na saleta da casa. Havia pouca gente. Duas mulheres jovens que eu não conhecia. Um poeta e ator de teatro meio louco que conhecia de vista. Fabián, Warren e agora eu. Tinha pensado em trazer Tita, a Doida, para que se divertisse um pouco. Mas depois pensei melhor. Ela não queria sair de casa. Sempre se recusava, não aparecia nem na porta. E, se tivesse um dos seus ataques de esquizofrenia, o pessoal ia ficar assustado. Então éramos seis. Cumprimentei todo mundo e fui logo conversar com Warren:

— Ouvi falar de John Cage, mas não conheço nada dele. Nunca ouvi nada. É seu compatriota.

Ficou me olhando inexpressivamente, com um copo de rum na mão. Fez um longo silêncio. Eu peguei as duas garrafas que tinha trazido e entreguei a Fabián, que pela primeira vez me parecia animado. Ele me perguntou rindo:

— Quer um Fabián Special? É o drinque da casa.

Aceitei. Então Warren saiu do seu mutismo:

— Você não está perdendo nada. Cage não chega lá. É abstração. E o abstrato é um pedaço de realidade. Quer dizer, o abstrato ajuda a compreender o todo, ajuda a entender a realidade interna das coisas. Mas... é necessário completar a ideia. Cage não vai perdurar porque tem muito de teatro na proposta dele. Brinca de ser um *enfant terrible*. E o preço disso é alto. Você tem que arriscar, se atrever, fugir da pantomima. E se entregar. Totalmente, sem esperar nada em troca. Wagner, por exemplo. É aí que começa a destruição. Ele monta uma obra prodigiosa a partir de pequenas partículas. Schoenberg, ainda mais destrutivo. Mas é assim mesmo. Nem tudo tem valor. O tempo é implacável.

E ficou em silêncio. Eu não sabia mais o que perguntar. Comentar não podia. Aquele homem não vivia na mesma galáxia que eu.

— Você se interessa por música? É músico?

Perguntou sem me olhar, com a vista fixa no chão. Fabián se aproximou de nós com um copo grande na mão. Para mim. Perguntei o que era. Ele disse:

— O rum que você trouxe e um veneno que se chama Fabián Special.

Respondi a Warren:

— Não sou músico.

— E o que faz?

— Não faço nada. E não sou ninguém.

— Bravo! Então você é um gênio. Uma espécie em extinção. O vazio zen.

E saiu dali, meditabundo. Deu alguns passos, mas pensou melhor e voltou. Disse:

— A arte é tensão. E escuridão. E esses dois elementos nascem do mistério. Não interessa o conteúdo. Na verdade, o conteúdo não existe na arte. A substância essencial da arte é o mistério. Atualmente querem que a arte sirva à política e dizem que a arte é uma arma do povo. Isso é um verdadeiro disparate. Não vão conseguir nada. Algum artesão vai fazer alguma coisa e vender como arte. E eles vão comprar. E usar como se fosse arte. Mas será um simples artesanato. Para se usar e jogar fora. Já aconteceu antes. Sempre acontece. Os políticos querem utilizar tudo a seu favor. Sempre tentam. Mas não funciona. A arte é um organismo independente. O mais puro e mais perfeito que a humanidade inventou. Os artistas vão ficar em silêncio até que passe o temporal desta ditadura proletária e possam mostrar a cara de novo. A arte não tem explicação porque é um mistério. É evanescente. Não se pode tocar, não se pode usar, não se pode explicar. É por isso que não suporto os críticos nem os estudiosos, que tentam entender e explicar tudo.

Foi e voltou mais uma vez e depois nos disse, com a língua esponjosa, abaixando a voz:

— Não suporto é pouco, na verdade os odeio. Odeio imbecis.

Foi até um sofá e sentou, meio bêbado, olhando para o chão. Creio que continuou falando consigo mesmo. Ruminando alguma coisa. Naquela penumbra, com aquela cara de tristeza, parecia um fantasma. Pouco depois eu já tinha bebido o coquetel e tomei coragem. Estava meio tonto, mas mesmo assim fui provocá-lo:

— Professor, por que olha sempre para baixo? Não gosta de gente? Aquelas garotas ali são duas belezinhas.

— Ora, tanto faz. Nada tem importância. É mais fácil olhar para baixo. Quando eu era novo olhava para o céu. Depois, acho que olhava para as pessoas. Agora já estou chegando ao final. Ao desassossego final, quero dizer. Mas quando a gente é jovem tem que olhar para o céu e lutar por suas ideias. Olhe só Fabián, ele acredita no seu papel de vítima. E não tem que ser. Eles nos dão um susto, a gente fica com medo e se transforma em vítima. Eles só apertaram um botão, o botão do medo. É você mesmo quem entra no sistema deles e se transforma em vítima. Então eles ganharam. Nada disso! A gente tem que protestar e lutar. E marcar as distâncias. Um artista sempre pertence a uma elite. Não somos operários, não somos robôs. É necessário marcar as distâncias. Você está perdido se o virem abatido, porque vai ser ainda mais maltratado. A única coisa que eles querem é que todos nós sejamos robôs. Que todos nós sejamos proletários. Fica fácil para eles: ter uma sociedade uniformizada, silenciosa, na qual ninguém protesta, ninguém tem ideias próprias. É por isso que criam ou tentam criar a ilusão de que quem manda são os proletários, que são a maioria. Isso é uma mentira completa. E nem tiveram que inventar nada. Já estava tudo inventado e eles importaram. Da Europa Oriental e da China. Lênin, Stálin, Mao. É fácil. Fica fácil para eles.

Fiquei sentado ao lado dele. E continuei, ou tentei continuar a conversa:

— O senhor me disse agora há pouco que eu sou o vazio zen. O que significa?

— Não tente preencher o vazio. Deixe tudo esvaziar. É a perfeição.

Não entendi nada. E ele acentuou seu mutismo com certa rispidez. Queria ficar sozinho. Eu cansei. Não tinha o que fazer ali. Não conhecia ninguém. Então Fabián me chamou. Estava conversando com Luis M., o poeta. Já muito bêbado. Desvairando. Disse alguma coisa sobre um poema que tinha escrito uma hora antes. Tirou do bolso um papel todo amarrotado. Tentou ler. Não conseguia, mas insistiu:

— Não estou vendo direito. O título é "O suicídio perfeito". Vou começar. Escutem… Escutem, crianças. *Pay attention, children. Eh, pay attention, listen to me, silence, please.* O título é "O suicídio perfeito". Diz:

De preferência que não doa.
Você bebe uma garrafa de rum, pouco a pouco,
fica anestesiado e então, sem pensar, bebe outra garrafa, num gole.
Vira vira vira. Um gole só. A garrafa inteira em cinco segundos.
E cai estatelado no chão.
É melhor estar sozinho. Sem ninguém que possa salvá-lo.
Fique sozinho num quarto. E não deixe cartas nem papéis. Não
    deixe nada.
Que se fodam.
Agora têm um mistério na escuridão.
É melhor que não saibam por que você partiu sem dizer adeus.
E não vai haver culpados. Nem você mesmo será culpado.
Foi um acidente, pensarão os bem-intencionados.

Fez-se um longo silêncio. Acho que todos nós baixamos os olhos para não ter que ver a cara dos outros. Fabián foi para o piano e tocou um pouco de Erik Satie. Queria animar o ambiente. Tocava sem ânimo. Fui até lá e lhe sussurrei no ouvido:

— Warren me falou que você está com medo e que acredita no seu papel de vítima.

Olhou para mim e sorriu:

— Diga a Warren que todos nós temos medo e todos nós somos vítimas. Ele é a primeira vítima.

— E acho que está morrendo de tristeza.

— Está morrendo é de desencanto, Pedro Juan. É o cara mais pessimista do mundo. Mas com as pessoas que não conhece gosta de bancar o monge tibetano.

Uma das mulheres veio até nós. Era magra e branquíssima. Mas uma brancura de doença. Tinha talvez uns quarenta anos. Muito feia. Um rosto cheio de espinhas e marcas de varíola. E uns dentes amarelos, grandes e equinos saindo da boca. Seu cabelo era ralo, estava ficando calva. Pôs a mão num ombro de Fabián e cantou umas escalas. Era soprano. Encarou Fabián e, fazendo muito teatro, fechando os olhos, disse:

— "Le Violette".

E dirigiu-se a mim, num sussurro, de olhos fechados, depreciativa, me fazendo um favor:

— Scarlatti.

Pigarreou. E fez um sinal a Fabián:

— Maestro...

Começou a música. É uma linda canção. Depois interpretaram "Amarilli, mia bella". A boa senhora voltou a me informar num sussurro:

— Caccini, século XVI.

Eu já estava um pouco saturado, mas não queria mandá-la à merda. Tinha me sentado no chão, ao lado do piano. Levantei-me e saí dali. Não queria intimidades com aquela mulher feia e pedante. Algo nela me desagradava. Então anunciou:

— Fabián e eu estamos montando *un petit concert*. Isto aqui é um *bocatto di cardinale* que oferecemos a vocês por serem tão especiais. E completemos com umas peças de Verdi e de Brahms. E uma surpresa. Vocês vão gostar.

Então se dirigiu a mim, muito decidida:

— Ainda não nos apresentaram, como você se chama?

— Pedro Juan.

— Ah, o famoso Pedro Juan! Fabián me falou de você. São amigos há muitos anos. Do colégio.

— O que mais ele lhe disse?

— Que são muito amigos e se dão muito bem. E que você é extraordinário. Ele o admira. Adora. Para ele, você é perfeito.

— Eu! Muito pelo contrário. Sou o perfeito imperfeito.

— Rá-rá-rá, que simpático. Você é muito espirituoso. Fabián diz que é bruto. *Dans le bon sens. Un brut très épatant.*

Fiquei calado. Não sabia mais o que dizer. Ela não tinha freios:

— Acho que Fabián se masturba pensando em você.

Não respondi. Estava tentando me provocar. Era boba demais.

— Vou buscar mais rum. Você também quer?

— Quero.

Um minuto depois voltei com os dois copos. A mulher esvaziou o dela em dois goles. E me olhou de um jeito estranho, era como se seus olhos se iluminassem de desejo e saíssem das órbitas. Então me perguntou:

— Sabe como eu me chamo?

— Não.

Ela me olhou com uma expressão de profundidade e um sorriso debochado:

— Meu nome é Maricuca.

E me olhou. Como se estivesse estudando o efeito que seu nome causava.

Depois continuou:

— Você está pouco ligando. Certo. Porque é insuportável e pedante. E egoísta. Egocêntrico. Insuportável. Dá no mesmo. Dá no mesmo. Eu sou a dama com arminho. Vem ao banheiro comigo. Estou um pouquinho enjoada. Este rum é uma droga.

— Porque você bebe como se fosse água.

Fomos para o fundo da casa. Ela se apoiando no meu braço. Os pais de Fabián estavam sentados na sala de jantar. Entediados. Impassíveis. Imóveis. Em atitude de espera. Como se a festa fosse durar poucos minutos mais. Cumprimentei:

— Oi, como vão?

Não me ouviram. Nem olharam. A Soprano Careca não largava o meu braço. Tive que entrar no banheiro com ela. Fechou a porta. Foi até o vaso, levantou a saia, abaixou a calcinha e urinou. Um jato potente e ruidoso. De repente parou e perguntou:

— Você não fica excitado? Vem. Chega aqui.

Cheguei mais perto.

— A canção "A dama com arminho".

E continuou soltando um esguicho forte no vaso. Salpicava. Parecia um chuveiro. Então parou outra vez e voltou a perguntar:

— Não fica excitado?

— Não. Quem mija assim é égua. Com um jato forte.

— Eu não sou égua.

— Mas eu sim já fodi várias éguas. E bezerras também. No campo.

— Ah, que façanha! Abusar dos animais.

— Elas também gostam. Ficam calmas e recuam. Não vejo nenhum abuso.

— Quer que eu urine na sua cara?

— Não.

Terminou. Tirou a roupa toda e me ofereceu:

— *Caro mio*, me dá um banho com seu líquido. No meu corpo inteiro. Um banho. Quero cheirar suas vísceras e sentir seu calor. A dama com arminho embebida na sua fragrância.

E se deitou no chão. Achei muito estranho. Ela era uma idiota. Eu não suportava aquela forma artificial de falar. Por que falava daquele jeito, como se estivéssemos numa ópera do século XVII? Afinal de contas eu era um cara saudável. Ou quem sabe apenas novo demais. As perversões não faziam parte do meu mundo. Acho que só comecei a gostar de perversão depois dos quarenta e cinco anos. Mas nessa época, aos vinte e dois, podia passar horas comendo uma mulher que me agradasse. Uma noite inteira, sem descansar. Reconheço que não tinha lá muita imaginação. Só fazia as três ou quatro posições mais simples, um pouco de sexo oral, anal se a mulher quisesse (quase nunca deixavam, e ainda por cima doía), e praticamente mais nada. A Soprano Careca me sussurrava:

— Ah, *caro, caro mio...*

Enquanto isso eu urinava em cima dela. Depois fizemos um sessenta e nove. Mas não terminamos. *Cunnilingus/felatio interruptus.* Alguém abriu a porta e quando nos viu fazendo aquilo no chão pediu desculpas e saiu. Eu esfriei. Dei o assunto por encerrado e voltei para a sala. A Soprano queria mais e ficou deitada no chão pedindo:

— Ah, *caro mio*, vem cá, vem. Não vai embora.

Ignorei aquilo e fui embora. Ela demorou alguns minutos e depois voltou para a sala com uma evidente cara de mulher ofendida. Eu estava me lixando. Era uma pedante insuportável. Não me interessava. Eu estava mais interessado em falar com Fabián sobre o assunto que tinha ficado pendente. Ele estava conversando com o poeta, que já não se aguentava em pé. Fui até lá, peguei Fabián pelo braço e puxei-o até o quintal, para conseguir um pouco de silêncio. O poeta, sem ter em quem se apoiar, escorregou até o chão e ali ficou sentado. Perguntei a Fabián:

— Vê se me explica o que aconteceu. Se você é pianista e está preparando um concerto com a Soprano Careca, o que faz na fábrica?

— Não estamos preparando nada. Ela é muito sonhadora. É péssima. Uma soprano à base de truques e de vícios...

— Tive a impressão de que cantava muito bem.

— Você não entende nada de música, Pedro Juan. Não pode opinar. Ela é um desastre. E muito mentirosa. Vive num sonho contínuo. Inventa as mentiras assim, do nada. A única coisa certa é que não deixam eu me apresentar em lugar nenhum.

— Por quê?

Pensou um pouco, arqueou as sobrancelhas, respirou fundo e disse:

— Sabe, eu estudava no conservatório e me ofereceram uma vaga de pianista acompanhante no teatro, na Companhia de Ópera. E as coisas iam bem. Fiquei lá três anos e pouco. Um dia, há uns dois meses mais ou menos, fui chamado ao gabinete do diretor. Lá encontrei um grupinho de três ou quatro chefes. Você sabe, o dirigente do sindicato, o do partido, o diretor artístico, o homem da prefeitura, sei lá. Todos eles bem machinhos. Todos se esforçando para fazer voz grossa e cara bem séria. Então me disseram que a comissão técnica havia decidido que eu não cumpria os parâmetros para trabalhar em cultura e que prescindiam dos meus serviços a partir daquele momento. Fiquei paralisado. Só me ocorreu pedir que me explicassem. Se eram parâmetros técnicos. Então me leram alguns parágrafos de uma ata que tinham redigido. Dizia que meus gostos sexuais são uma aberração e minha atitude em relação à sociedade é muito negativa, que sou um mau exemplo e tenho posições contrárias à revolução e que, por isso, iam me pôr à disposição do Ministério do Trabalho para que me encaminhassem para um emprego em outro setor, já que a cultura tem que estar a serviço do povo e é inadmissível dar trabalho a pessoas antagônicas etc. etc.

— Ufffa! E lhe deram cópia dessa ata?

— Não me deram cópia. Foi tudo meio secreto e rápido. Não me deixaram explicar nada, nem pensar. Disseram que eu ficasse quieto, que aquilo era apenas uma reunião informativa e que aguardasse na minha casa.

— E é verdade que você tem posições contrárias à revolução?

— Não, em absoluto. Eu nunca falei nada contra essa gente. Muito menos fiz.

— Então por que escreveram isso?

— Porque são mentirosos e escrevem o que bem entendem. Para me sacanear. Queriam me sacanear e conseguiram. E queriam me sacanear porque sou bicha, porque desmunheco. Não entendo por que não gostam de nós.

— O que mais aconteceu?

— Dois dias depois dessa reunião fui chamado ao Ministério do Trabalho, e me deram uma carta dirigida à enlatadora dizendo que me apresentasse lá no dia seguinte. E mais nada. Já estou trabalhando há dois meses. Ou mais, perdi a conta. E não sei o que fazer para sair desse inferno. Às vezes me dá vontade de enfiar o braço no caldeirão fervendo só para ser afastado.

A Soprano Careca se aproximou:

— Fabián, estou ouvindo. Você é trágico demais. Tudo passa. Tudo passa! Nem pense em fazer alguma besteira contra a sua vida. Nós precisamos e gostamos muito de você. E eu preciso de você com os dois braços e as duas mãos. Você não pode largar o piano. Não dê esse gosto a eles.

E, cheia de ênfase e drama, levantou a voz:

— Está me ouvindo? Que nem lhe passe pela cabeça fazer alguma coisa contra si mesmo. Tenha força e coragem, querido! Agora vou ler um pedaço disto aqui.

E, levantando mais a voz para que todos ouvissem, mostrou um livro. Abriu ao acaso, ou pelo menos assim pareceu, e leu: "Enfim, não é fácil falar da Maga, que agora certamente está andando por Belleville ou Pantin, olhando com cuidado o chão para encontrar um pedaço de pano vermelho. Se não encontrar, vai continuar assim a noite toda, vasculhando as latas de lixo, com os olhos vidrados, convencida de que algo terrível lhe acontecerá se não encontrar essa prenda de resgate, o sinal do perdão ou do adiamento. Sei bem o que é isso porque eu também obedeço a esses sinais, às vezes também tenho que encontrar um trapo vermelho".

Ficou em silêncio, olhou teatralmente para baixo e repetiu, separando as sílabas:

— Às-ve-zes-tam-bém-te-nho-que-en-con-trar-um-tra-po-ver-me-lho-ver-me-lho-ver-me-lho-ver-me-lho.

Suspirou e saiu em direção ao quintal para desaparecer como quem sai do palco antes de começarem os aplausos ensurdecedores. A Soprano era a perfeita estrela neurótica. A outra moça tinha se esfumado por ali, na penumbra. Era bonita. Morena, alta e forte como uma atleta. Um pouco viril, talvez. Bebia, escutava tudo e às vezes sorria. Achei que permanecia muito afastada espiritualmente de tudo aquilo. Perguntei a Fabián e ele me disse:

— É uma amiga de infância. Mora aqui ao lado. É lésbica e ciclista. Gostou dela?

— Gostei.

— É sapatão.

— Você já disse.

— Disse lésbica. Que é mais elegante. Lésbica. Soa bem. A lésbica é mais elegante, a sapatão é mais rústica. Eu até poderia escrever uma ópera intitulada assim: *A lésbica de Greenwald*. Tipo Wagner. E seria fascinante. Ela às vezes é elegante e lésbica. Outras vezes é bruta, muito macho vulgar. Sapatão, mulher-macho, machona, e aí fica muito bruta.

— Foi por isso que gostei dela. Parece um machinho, mas é mulher.

— Ah, você é um pouquinho pervertido. Não é?

— É é é... não sei. Gosto dessa mistura de macho e fêmea. É diferente.

— Vem. Eu a apresento. Você é quem sabe.

Fabián nos apresentou. Ela se chamava Carmen. Tentei puxar conversa sobre esportes. Contei que praticava caiaque, que tinha parado alguns meses antes. Que o treinamento é muito rigoroso. Que até o sexo era preciso limitar ao mínimo pelo menos quatro meses antes das competições. E sei lá o que mais. E Carmen só dizia "Sim", "Não" e "Ah". Eu fiquei sem assunto. Fiz um silêncio. Depois quis saber dela, se teria alguma competição em breve. Ela me olhou de cima a baixo. Tinha a minha estatura — um metro e oitenta —, mas tive a sensação de que seu olhar vinha de vinte metros de altura. Muito acima de mim. Como um pedaço de gelo do Ártico muito afiado e com pontas perfurantes. Sorriu, sarcástica. Depois se levantou, ignorando-me como se eu fosse um fantasma, foi até onde estava Fabián e se despediu. E foi embora.

Sentado no sofá, fui tomado por uma sensação de calma interior quando a vi saindo porta afora. Como quando você encontra um bandido na rua com um revólver na mão e de repente o cara se afasta. E você sabe que salvou a vida por puro milagre. Pensei em ir embora, mas antes passei pela mesa onde estavam as garrafas. Não havia mais quase nada. Vi dois dedos de rum numa garrafa. E me servi. Fazia um bom tempo que se ouvia uma ópera no toca-discos. Não sei qual. Estava muito escuro. Duas velas iluminavam parcamente o lugar. Mas não era suficiente. Via-se pouco. Tomei aquele rum de uma vez só e fui embora sem me despedir.

Antes de chegar à minha casa fui ver Tita, a Doida. Eu não usava relógio. Não sei que horas deviam ser. Ela apareceu sonolenta, estava dormindo mas ficou contente quando me viu. Entrei e fomos direto para a cama. Nunca perdíamos tempo com preâmbulos. A Soprano Careca me deixara excitado. E com Tita tive que me conter para ficar algum tempo sem gozar. Afinal não deu para segurar e gozei. Fizemos mais uma coisa. Eu gostava de me abaixar e chupar, mas tanto álcool me deixara entorpecido. Não aguentei mais. Adormecemos. Eu nunca tinha dormido com Tita. Sempre voltava para casa. Gostava de dormir sozinho, no meu quarto e na minha cama. Mas nos abraçamos e dormimos.

Acordei gritando no meio de um pesadelo. Havia algo ao meu lado, perto da cama. Algo muito frio, impreciso, que me dizia, ameaçador: "Vou te matar!". Tinha uma voz rouca, gutural. Repetiu muitas vezes, e o frio chegava aos meus ossos. Pois é. Ao meu lado, à direita da cama, havia mesmo algo impreciso, uma luz tênue, cinza, um plasma que se movia como se estivesse me batendo ou atacando. E o frio que vinha daquilo me chegava até os ossos. Havia um rumor no ar: "Vou te matar!". Tudo era evanescente. Imaterial. Não sei como explicar. Tentei me levantar e não consegui, era como se aquela luz me empurrasse contra a cama. Gritei mais alto.

Tita acordou e começou a berrar no meio da escuridão:

— Chega, Alberto, chega, deixa ele, deixa ele e vai embora! Ele não fez nada, Alberto!

A luz se evaporou. E o quarto ficou às escuras. Eu me levantei tremendo de medo. Acendi a lâmpada do teto. Tita agora ria feito uma louca. Sem parar. Era um ataque incontrolável de riso. Tentei ajudá-la a se controlar. Segurei-a pelos ombros e a sacudi. De repente ela começou a chorar. Em um segundo passou de um riso desenfreado, com grandes gargalhadas, a um pranto profundo, incontrolável. Eu a sacudi mais um pouco, mas ela não parava. Não sabia mais o que fazer. De repente aquele casarão enorme, velho e empoeirado me deu medo. E então, não sei por quê, me ocorreu colocar as mãos sobre a cabeça dela e as pontas dos polegares na testa. Fechei os olhos e repeti mentalmente várias vezes: "Acalme-se, Tita".

Fiquei todo arrepiado. Senti um calafrio. Tita parou de chorar. E por fim se apaziguou e começou a agir como se nada houvesse acontecido. Levantou-se da cama. Perguntou a hora. Eu não sabia. E na casa não havia relógio:

— Vou fazer um café. Vem para a cozinha.

Lá nos sentamos, nus, para tomar café e fumar. Agora, já calmos, começamos a brincar de novo. Os peitos dela, grandes e bamboleantes, me deixavam paranoico. Mas havia algo mais importante que o sexo: aquela desenvoltura, aquele jeito de viver nas nuvens, sem apoio na realidade. Um ser basicamente espiritual. Era isso que eu amava de verdade em Tita. Ela me atraía e me erotizava. Eu queria poder viver como ela. A realidade me dilacerava. Queria me soltar, flutuar, ir para longe. Acho que no fundo da minha alma era — e é — essa a minha vocação mais intensa. Único caminho que me interessa na vida: o desapego. Voltamos para a cama. Pouco depois começou a clarear e me despedi. Tinha que estar no trabalho às sete da manhã. A realidade rugia lá fora como um leão faminto. E eu precisava ir lá enfrentá-lo e — ao menos por enquanto — esquecer o desapego e a espiritualidade.

5.

Fabián nunca se adaptou ao trabalho na fábrica. Ao contrário. A cada dia se sentia mais infeliz e sofria em excesso com a vulgaridade e a atitude caótica e sem freios daquela gente. Levava aquilo muito a sério. No fundo queria que toda a humanidade pensasse, sentisse e agisse como ele. A fábrica era um calvário quase impossível de suportar. Em compensação, aproveitava como nunca a solidão da sua casa. Solidão, silêncio e trevas, porque fechava até a porta do quintal para não entrar luz.

Começou a bordar em ponto de cruz. Aprendeu sozinho, olhando numa velha revista mexicana, *La Familia*. Sua mãe tinha uma boa coleção dessa revista, e lá havia moldes para fazer bordados de paisagens bucólicas com ovelhas, vacas, camponesas prontas para ordenhar as vacas e casinhas de campo com árvores. Também havia moldes com pequenas frases reconfortantes tipo "Deus abençoe este lar" e "Lar, doce lar". Passava os domingos bordando, em letras de bom tamanho, num pedaço de linho branco: DOLCE FAR NIENTE. Gostava desta frase: *Doce não fazer nada*, que vinha do latim: *Nihil agere delectat* ("Não fazer nada deleita"). Como se sentia mais calmo bordando porque não precisava pensar, prolongou o bordado fazendo buquês de florezinhas coloridas em volta das letras. Passou meses nessa tarefa, não queria terminar. Às vezes, enquanto bordava, se deliciava com a ideia de que poderia ter nascido menina. Tudo seria mais fácil. Seu pai certamente iria ser muito mais condescendente. Mulher não precisa fazer serviço militar. Poderia ficar em casa tocando piano e até arranjaria um homem do seu gosto e também que a sustentasse. E se tivesse recebido no batismo o horrível nome Lucía, simplesmente era só esperar até fazer dezoito anos e trocar de nome: Chelsea, Fanny, Cherry, Amélie, Luciana, Gina, Jessica, ele era fascinado por todos esses nomes em inglês, francês e italiano. E o melhor de tudo era que podia ter todos os homens que quisesse. O pior que podia lhe acontecer era ganhar fama de puta e de assanhada. Então, deleitado com essas ideias, pensava: vão falar: Como é puta essa Chelsea, ou Amélie, ou Gina! Ela vai pra cama com qualquer um que passe na sua frente! Pois é. Eu treparia com todos os que quisesse. Pretos, brancos, louros, magros e gordos. Dava no mesmo. E não seria ilegal nem poderiam me despedir do trabalho com a acusação de ser puta. Pelo contrário, as putas são adoráveis, sorridentes e simpáticas. Eu colocaria um DIU, e vamos lá gozar a vida. Mas o destino do homem é absurdo e escravizante. Tem que trabalhar, tem que respeitar todas as merdas que o governo inventa senão vai preso, tem que servir no Exército, tem que e tem que e tem que. Obrigações e dever. Eu não gosto disso. E é ainda pior aqui neste país, onde quem nasce homem tem que ser homem por obrigação e por lei. Detesto ser o masculino Fabián. Ah, se eu fosse Chelsea podia usar cabelo comprido e tingir de louro.

E assim prolongava suas fantasias de domingo, bordando sem pressa. Imaginava como ficaria de cabelo comprido, loura, com as unhas pintadas de vermelho brilhante e um vestido vaporoso de algodão branco com florezinhas. Escrevia alguns desses pensamentos no seu diário. Podia ser interessante rever essas páginas quando fosse um velho de sessenta anos. Uma vida longa, solitária. Ele e seu piano. No fundo da alma não tinha perdido a esperança de se libertar daquele castigo kafkiano e voltar para sua vida normal de pianista. Não havia o menor indício de que isso pudesse acontecer. Era só uma esperança. Tinha que trabalhar na fábrica de segunda a sábado. Às sete da manhã saía de casa correndo. Às oito começava a trabalhar, até cinco da tarde. Chegava em casa por volta das seis ou seis e meia. Morrendo de cansaço. Tomava um banho, comia alguma coisa que Lucía tinha preparado e, sem falar com os pais, sem olhar para eles, ia para a saleta. A cada dia detestava e odiava mais os pais, e por isso já nem olhava para eles. Ficava lendo ou bordando, ou então estudava as partituras. Sentia-se tão cansado que não tinha forças para tocar uma nota sequer no piano. Muito menos praticar uma ou duas horas. Não. Nada. Por volta das oito ou oito e meia era vencido pelo cansaço e se deitava. Uma rotina tediosa e embrutecedora. O fastio e uma sensação de ódio e fracasso eram permanentes.

O fundo da casa tinha desabado. A cozinha inteira e uma parte da sala de jantar. Depois que Pedro Juan retirou o galho do abacateiro, ficou um buraco entre as telhas e o frágil madeiramento das vigas. Ele nunca tentou consertar. Além do mais, era impossível conseguir telhas ou vigas de madeira novas. Poucos meses depois o teto desabou. Ele conseguiu salvar o fogão, a geladeira e um armário desconjuntado. Levou tudo para uma parte da sala de jantar que continuava em pé. Lucía estava muito nervosa e Felipe, à beira de um infarto. Fabián gritou com eles:

— Parem de chatear! Calem a boca vocês dois!

E os escombros continuavam no chão da cozinha. Ele nunca tentou limpar nem arrumar. Quando chovia, aquilo era um chiqueiro.

Passava os domingos bordando. Olhava desconsolado para o piano e sabia que tinha perdido a habilidade. Não se pode abandonar um instrumento musical sequer por um dia. Warren Smith sempre repetia: "Dez horas diárias. Doze quando puder. *Full time on the piano. Full time.* Você não pode pensar em outra coisa". Ele não via mais Warren Smith nem ninguém do conservatório nem da Companhia de Ópera. Não tinha tempo. E pensava: um proletário é um escravo miserável, ignorante e inculto. Não tem jeito. Desde o tempo dos faraós e das pirâmides, ou até antes, já era assim, e sempre vai ser assim enquanto existir essa escrota condição de proletário ou de escravo, que afinal é a mesma coisa.

Num desses domingos de tédio, à tarde, bateram na porta. Era Pedro Juan, com sua bicicleta. Vinha acompanhado. Uma mulata alta, magra, muito séria, mais velha que Pedro Juan. Parecia ter uns trinta e poucos anos. Talvez quarenta. Pedro Juan apresentou.

— Celeida.

— Fabián. Que nome mais estranho o seu.

— Celeida. Não é estranho.

A mulher esboçou um ligeiro sorriso. Tão ligeiro que quase não deu para perceber. Tinha uma voz grave, cheia de testosterona. Pedro Juan trouxe uma garrafa de rum. Da sua mochila tanto podia sair um livro de Platão quanto uma revista pornô. Fabián foi buscar copos. E beberam. Quis ser gentil e fazer um coquetel para Celeida. A mulher, cortante e rápida:

— Não, não! Eu gosto assim. Puro.

— Ah... tudo bem. Querem ouvir música?

— Alguma coisa ligeirinha, meu irmão. Não me venha com ópera.

Fabián procurou entre os discos:

— Jazz americano. Ella Fitzgerald. Gostam?

— Sim, está bem.

Sentaram-se e ficaram bebendo e ouvindo música. Não tinham assunto. Quando os dois estavam sozinhos havia muito mais intimidade. Pedro Juan tentou começar uma conversa:

— Como andam as coisas na fábrica?

— Você sabe. Como podiam estar? Minha vontade é sumir de lá e que aquilo tudo afunde no mar. Cada dia é pior. Acho que sou o único que não rouba. Todo mundo leva um bom pedaço de carne pra casa todos os dias, menos eu. Fico com medo.

Celeida se mexeu, incomodada, na cadeira e olhou fixo para ele. Fabián sentiu que aquele olhar penetrava até sua medula. Pedro Juan lhe fez um sinal com os olhos e foi para o quintal. Fabián o seguiu. Celeida, de olhos fechados, disfarçava. Pedro Juan falou bem baixinho:

— Fabián, esta mulher é policial. Dos que não usam uniforme. Não fale besteira.

— E por que você a trouxe para a minha casa? Vai que me prende. Era só o que me faltava.

— Pare de fazer drama e fique quieto. Não seja ranzinza.

— Estou na minha casa.

— Certo, mas é só um instantinho.

— Você não é nada seletivo. Eu não entendo.

— Pois eu me entendo. Não quero ser seletivo porra nenhuma. Trepo com qualquer uma. Com quem abrir as pernas para mim. Olha, vamos ao ponto: me dá uma chance no seu quarto.

— Pra quê?!

— Com Celeida. É que ela mora com os pais e não temos aonde ir.

— Bem… sei lá… tem as pousadas.
— Estou sem dinheiro, meu irmão. Na maior pindaíba.
— Ahh…
— E doido para trepar com ela. Ela diz que é virgem.
— Impossível! Essa mulher tem quarenta anos! É mentira.
— Eu acredito. Ela é policial e monotemática. Só fala da revolução e do trabalho que faz. Vê agentes da cia escondidos em todos os lados. Pra ela todo mundo é agente da cia. Cacete! Pra dizer a verdade é um pouco chato. Viu como ela é séria?
— E você tem tesão nela? Assim tão magra e esquisita…
— Quero experimentar. Pra dizer a verdade… nunca fiquei com uma virgem e…
— Certo, entendi.
— E ela está caidinha por mim, não me deixa em paz. Não vejo a hora de comer essa pererca e ver se é verdade.
— Cuidado com gravidez. Quer dizer, se você for… bem, sua vida não me interessa. Pode entrar. O primeiro quarto é o meu.

Pedro Juan voltou para a saleta. Disse alguma coisa a Celeida e foram para o quarto. Fecharam a porta. Fabián se sentou para beber e tirou o disco de Ella Fitzgerald. Pôs o concerto número quatro para piano de Beethoven. Dentro do quarto começaram os gemidos de Celeida. Foram num crescendo, como se alguém a estivesse degolando. Depois viraram suspiros. E a cama que tremia. Continuaram assim durante duas horas e meia. A música se misturava com aquela concertina erótica, cada uma lutando para superar a outra. Fabián teve tempo de ouvir o concerto quatro e também o cinco. Afinal saíram. Felizes e cansados. Beberam rum. Celeida não abriu a boca, mas parecia muito relaxada. Ou cansada. Em poucos instantes tinha deixado para trás quarenta anos de mau humor. Pedro Juan, caótico, já estava com outro assunto na cabeça:

— Você tem algum livro sobre a Bauhaus?
— Não. Talvez algum artigo numa revista, mas livro não.
— É que estou querendo fazer a prova para o Instituto de Desenho Industrial e me disseram que sempre perguntam alguma coisa sobre a Bauhaus.
— Mas não…

— Vem cá, deixa eu lhe dizer uma coisa.

Voltaram para o quintal:

— Fabián, desculpe, meu irmão, mas o colchão ficou manchado de sangue.

— Porra, Pedro Juan, não fode!

— Pois é. Lamento muito por você. O lençol e o colchão. Estragados, compadre.

Foram ao quarto para ver o desastre. Uma mancha de um metro de diâmetro de sangue vermelho e espesso.

— Ei, mas essa mulher deve ter ficado anêmica porque perdeu um litro de sangue.

— Era muito estreita e... você pode imaginar. Até chorou e... sabe, tive que lhe dar uma dura porque ela tentava escapulir.

— É, eu escutei. Vai que ainda por cima engravida.

— Porra, Fabián, não seja agourento. Não fode!

— É muito estranho que essa mulher ainda fosse virgem aos quarenta anos.

— Sim, eu pensei muito nisso. E... Sabe o que era?

— Não faço ideia.

— Era medo de pau. Pra meter, eu quase tive que amarrá-la porque queria fugir de mim.

— Não colaborava. Talvez porque você...

— Que nada, nada disso. Eu sou normal. Bem... é. Normal. Ela estava com um medo danado. Tive que lhe dar um ou dois tabefes na cara. Fortes. Pra acordar.

— Ela gosta de mulher.

— Você acha?

— Com certeza. Dá pra ver de longe. É uma sapatona de respeito. E nota-se que já teve seus casos. De inocente não tem nada.

— Mas... Sei lá... Ela diz que nunca deu sorte com os homens.

— Porque é muito masculina. Testosterona pura. Mas pra você ela não conta a história toda. Quem sabe um dia resolve abrir o jogo.

— Bem, de fato ela tem pelos no peito, na barriga, no corpo todo. Parece um motorista de caminhão.

— Você gosta disso. Masculinas e fortes.

— E peludas.

— Pois acho que você... com toda essa pose de machinho...

— Eu não faço pose de machinho. Eu sou macho e gosto de mulher forte, peluda...

— Com muita testosterona. Bem, dá no mesmo. Não me interessa. Vou ver o que faço com este colchão.

— Desculpe, Fabián.

— Sim, já está perdoado. Reze três padre-nossos e uma ave-maria. *Ite, missa est.*

— *Deo gratias.*

Fabián os levou até a porta. Celeida só disse:

— Obrigada, Fabián. Até logo.

Depois ele passou meia hora tentando lavar a mancha do colchão. Com água, sabão e uma escova. Levou o colchão para secar no quintal. No fundo estava morrendo de inveja. Todas as mulheres se apaixonavam por Pedro Juan. O que tinha aquele safado? Era atrevido e egoísta. É disso que as mulheres gostam. Um cara sacana, filho da puta, egoísta, grosseiro e bruto. Fechou os olhos com força e disse em voz alta:

— Você estragou meu colchão, seu filho da puta! Odeio você! Egoísta. Sacana!

Suspirou, de olhos fechados, foi para dentro de si mesmo e pensou: não estou apaixonado por esse safado. Mas gosto dele. Forte, macho e sem-vergonha. É um descarado. Esse filho da puta não tem problemas. Ele é quem cria problemas para os outros. É implacável, como se estivesse sempre com um chicote na mão. Pra castigar. Meu Deus do céu. É insuportável, mas eu o adoro.

Enquanto isso, Pedro Juan já ia longe na bicicleta. Com Celeida na garupa, sentada na grade sobre a roda traseira. Ia se segurando na sua cintura e sonhava em ter um longo romance com esse homem. Entre as pernas lhe doía tudo. Até o umbigo, e mais acima. Gostou muito quando ele meteu até o fundo e ela sentiu quase na garganta. Estava doendo, mas ia passar. Tinha perdido muito tempo na vida. Pedro Juan, feliz, pedalava e não pensava em nada. Sentia-se dono do mundo. Vivia como se merecesse tudo.

Fabián acabou de lavar o lençol e escovar o colchão. Voltou ao bordado para se tranquilizar. Queria esquecer a loucura de Pedro

Juan e voltar à calma e ao sossego. Sua vida repetitiva e cinzenta. Não sabia nada sobre a vida cultural da cidade, se é que ainda existia. Nem sequer ia ao cinema. Vivia completamente isolado. Da casa para a fábrica e da fábrica para a casa. A princípio pensou que seus músculos iam se fortalecer e ele acabaria conseguindo carregar aqueles enormes caldeirões fervendo. Mas não foi o que aconteceu. Seus músculos continuaram fracos, e suas colegas gordas e parrudas tinham que transportar os panelões. Um dia a chefe da cozinha disse que queria transferi-lo para o "Esquartejo". Era assim que chamavam, de forma abreviada, a seção de "Esquartejamento e Corte". A chefe queria que saísse de lá porque rendia pouco, quase nada. Ele, sem pensar duas vezes, aceitou. Achou que seria melhor, para fugir daquele forno sufocante e dos vapores nauseabundos da cozinha. Já estava com os braços, o peito e a barriga esfolados e meio queimados.

Passou para a outra seção. E de fato. Tinha se livrado do vapor e do sufoco daquele calor tremendo. Mas lhe deram uma luva esquerda de malha de aço. Chegava até acima do pulso, quase na metade do braço, e pesava muito. Além do mais, ficava grande e era muito desconfortável porque caía o tempo todo. Na mão direita empunhava uma faca enorme, muito afiada, com a qual tinha que cortar a carne com grande rapidez, sem perder tempo, em cima de uma mesa de madeira. Sempre havia à sua frente uma grande quantidade de carne de porco que ele tinha que cortar em pedaços pequenos e com eles ir enchendo umas cestas. Era muito lento. E com frequência ele passava por umas marés de abatimento e tristeza que o derrubavam e lhe davam uma sensação de esgotamento, de cansaço extremo. Ataques de depressão. Quase queria cortar a própria cabeça com aquela faca. Nesse lugar havia mais homens, brutos e ásperos. E não o tratavam com a graça, a indulgência e a soltura daquelas gordas grosseiras da cozinha. Só lhe diziam:

— Vamos lá, Pombinha, depressa! Parece até que tá dormindo, acorda!

Ninguém sabia seu nome verdadeiro. As gordas o tinham batizado de Pombinha logo no primeiro dia. E o apelido ficou. Ele não ligava. No segundo dia do novo trabalho, um negro já mais velho, de uns quarenta ou cinquenta anos talvez, mas alto, forte e musculoso, com cara de malfeitor e encrenqueiro, passou por trás dele, esfregou a mão na sua bunda e lhe disse no ouvido:

— Vamos lá, Pombinha, que depois eu pego tudo o que você quisé me dá. Sua bundinha é uma gostosura.

Era um dos que vinham buscar os cestos cheios de carne cortada e os levavam para a cozinha em uns carrinhos. Ele protestou da primeira vez, debilmente, algo assim como "Ai, moço, me deixa em paz, por favor", mas depois parou. Já estava cansado. Toda vez que passava ao seu lado o negro lhe dizia um monte de grossuras e passava a mão na sua bunda. Sempre falando baixinho para que ninguém mais ouvisse. Umas grossuras que Fabián ouvia pela primeira vez na vida:

— Maluquete! Vou morder suas costas pra você gritar feito uma maluca. Vai se viciar em mim, você vai ver. Eu gosto é assim, bem branquinhas que nem você, com o olho do cu cor-de-rosa.

No terceiro dia o negro o seguiu quando ele foi urinar no banheiro. Veio ao seu lado, mostrou a ferramenta já ereta e o empurrou para um canto onde havia uma privada sem descarga e uma portinha encardida. Nesses banheiros sempre havia pouca ou nenhuma água. Como ninguém os limpava, a sujeira e o cheiro de excrementos e urina eram permanentes. O negro o pegou pelos braços com força e levou para trás da porta. Ali o obrigou a agachar-se e meteu o pau na sua boca. Depois quis penetrá-lo, mas Fabián resistiu um pouco e disse:

— Eu não aguento isso. É grande demais. Você vai me matar, por favor, não... vou gritar...

— Tudo bem, vou perdoar por hoje, mas você aguenta sim. Se outros metem...

O cara se chamava Antonio. E viciou. Só que não tinha mais que pegar Fabián à força. Agora lhe fazia um sinal e os dois iam para o banheiro, disfarçadamente. Antonio facilitou as coisas. Passou banha de porco, com fartura, e assim, com facilidade, atingiu seu objetivo. Fabián passou alguns dias sentindo muita dor. Mas Antonio era hábil, obstinado e experiente. Sabia como fazer as coisas e conseguir o que queria. Tinha gostado daquele branquinho, por isso o seduziu com carinho e beijos. Conseguiu que os dois se ajustassem. Em poucos dias Antonio já se comportava com paixão, como se eles fossem namorados a vida toda. Tratava-o com carinho e alisava seu corpo de olhos fechados, repetindo:

— Ahh, Pombinha, como você é gostosa...

Fabián já estava gostando daquilo. Pelo menos podia fugir um pouco daquela tortura de cortar carne de porco sem parar, como se fosse uma máquina.

Aos domingos não queria ver ninguém. Só queria ficar trancado na saleta bordando. Quando se cansava de bordar, lia trechos dispersos de *Pontos de vista de um palhaço*, de Heinrich Böll. Abria o livro em qualquer página e lia um pouco: "Aceitarei as coisas tal como vierem, e conto com a sarjeta. Marie tem ideias completamente diferentes na cabeça; sempre falava de 'vocação', sustentava que tudo, inclusive o que eu faço, é vocação; eu sou tão alegre, à minha maneira tão piedoso e tão casto, e assim sucessivamente. É horrível o que passa pela cabeça dos católicos". Lia lentamente, mastigando cada palavra, e cada vez se identificava mais com aquele palhaço, Hans Schnier, bêbado, abandonado, deprimido, que só pensava, o tempo todo, em continuar ladeira abaixo até virar indigente na rua. "A marionete que sou, com os fios cortados." Um homem destruído, que não lutava mais. Ele só tinha forças para ler o livro durante alguns minutos. Com pena de si mesmo, derramava uma ou outra lágrima.

Quando se lembrava do cheiro nauseabundo de excremento do lugar onde se escondia com Antonio, achava humilhante. Antonio, tosco e grosseiro, que se comportava com um carinho fingido mas com violência soterrada. Ele já estava com as costas laceradas pelas mordidas fortes que Antonio lhe dava, principalmente durante seus orgasmos selvagens. Antonio, sempre suado, com um cheiro horrível de suor rançoso e um hálito carregado de álcool, comida, sujeira e cáries. E ainda por cima naquele lugar deprimente. Evidentemente o que excitava mesmo Antonio era a violência e a fúria. Enquanto faziam sexo, Antonio sempre lhe dava tapas na cara e espremia seus ossos com aquelas manzorras enormes e fortes. Batia com força e se excitava como uma fera selvagem.

Fabián ansiava pelos domingos porque era o dia do repouso total. Tentava ouvir alguma ópera para afastar aqueles pensamentos.

Não. Não queria ouvir música. Silêncio. Voltavam os pensamentos tortuosos com o selvagem Antonio. Ouvia ópera de novo. E assim continuava. Ansiedade e desgosto. Não sabia o que fazer nem como escapar. Tinha caído numa armadilha suja e nauseante. E, de algum modo, lentamente foi se adaptando.

Durante anos tivera um romance discreto com Manolo Albán. O verdadeiro sobrenome dele era Alvariño. Mas Albán era mais artístico e soava melhor. Manolo era um tenor do Teatro de Ópera. Os dois mantinham a relação muito em segredo. Manolo era um sujeito esperto. Casado, tinha duas filhas, e, acima de tudo, era muito viril. Não desmunhecava como Fabián. No sexo era muito ativo e pouco carinhoso. Nunca aceitou ser passivo, apesar de Fabián sempre lhe pedir. Ele se recusava, ofendido. Considerava-se macho e ponto final. Machista e preconceituoso, mas ao mesmo tempo inteligente, astuto, evasivo. Sendo assim, Manolo se salvou da *parametração* porque ocultava hábil e minuciosamente seus gostos sexuais. E continuou todo feliz cantando nos palcos.

Quando Fabián foi despedido do Teatro de Ópera, todo mundo sabia o motivo. A fofoca se espalhou imediatamente porque a *parametração* só atingiu Fabián e mais dois rapazinhos bailarinos que ostentavam uma encantadora feminilidade. Muito simpáticos e alegres. Também foram mandados para alguma fábrica. E sumiram no mundo. O outro pianista, um velho muito bicha e muito mau-caráter, conseguiu se salvar. Nunca se soube como foi. O fato é que jamais o perturbaram. Seria dedo-duro? Ninguém sabia. Pelo sim, pelo não, ninguém falava mal do governo na frente daquele velho ladino que — pelas costas — todo mundo chamava de "Víbora". E imediatamente pararam de falar com Fabián e até de mencioná-lo nas conversas. Foi excluído. Fabián deixou de existir até na memória coletiva do grupo. Todos tinham medo de ser chamados pela famosa "Comissão Técnica" e também despedidos. Era lógico. Sempre acontece isso. As pessoas querem salvar a própria pele. Só Manolo continuava indo à sua casa, mas ficou ainda mais discreto. Ninguém queria ser amigo de veado. "Fabián se deu mal porque é veado." A palavra gay ainda não era usada.

Assim, cruamente. "Fabián se deu mal porque é veado." E, assustados, mudavam de assunto. Não era bom insistir nos detalhes. O medo paralisa mais que o veneno de uma serpente.

A relação com Manolo Albán foi deslizando sem altos e baixos durante alguns anos. Mas agora estava numa fase de esfriamento. Manolo tinha se habituado a passar duas ou três horas com ele aos domingos logo depois do almoço. Não havia mais sexo entre os dois. Não passavam de amigos. Tomavam chá sem biscoitos porque já era impossível consegui-los. E fuxicavam sobre os últimos acontecimentos no Teatro de Ópera e no mundinho artístico: fulano pediu demissão porque quer ir para Miami mas vai ser difícil porque a mulher dele é médica e não vão permitir sua saída; mudaram o nome do Teatro, agora se chama Empresa Provincial Provisionada de Ópera e Zarzuela, com a sigla: Empropoz. Que horror, parece russo, que nome mais feio!, dizem que no ano que vem vão fazer uma seleção muito rígida e deixar de fora todo aquele que não seguir o figurino; Margarita agora é chamada de "A Serpente Peituda", desde que dedurou Casimiro por falar mal de você sabe quem; a mais velha das três sopranos, Flora, está perdendo os agudos, dizem as más línguas que já tem setenta e tantos anos e que vai ser aposentada, bebe muita aguardente desde que o marido a trocou pela mocinha fofoqueira da cafeteria do teatro; você sabe quem pegaram no camarim jogando um pozinho na roupa de Miriam de la Rosa? Paula. Mesmo sendo branquela e com aquele jeito de sonsa, na verdade ela é uma tremenda de uma bruxa, e sabe muito bem o que está fazendo porque Miriam de la Rosa errou duas vezes no recital; dizem que vão fechar o teatro de marionetes porque *parametraram* e mandaram todas as bichas para a fábrica de baldes, e René cortou os pulsos mas se salvou, e então o teatrinho está sem gente, só ficaram três mulheres que são péssimas, não sabem nem fazer os bonecos; estão acusando Lezama de ser contrarrevolucionário e o encostaram na parede, coitado, porque dizem que *Paradiso* é pornográfico, por causa do capítulo oito, que afinal a gente tem que ler dez vezes porque é difícil de entender. E Virgilio Piñera também está muito visado e não pode nem abrir a boca. Bem, todo mundo de bico calado, na defensiva; se continuar assim, vão acusar até Dom Quixote de ser *verme* e bichona, rá-rá-

-rá-rá, vão dizer que tinha um caso com Sancho e proibir, afinal os dois sempre andavam juntinhos, mau exemplo para a juventude, rá--rá-rá-rá. Eu não me surpreenderia, pois já inventaram que Batman é veado e vive com Robin, o rapazinho, saiu até um livrinho de um chileno dizendo isso. E que é por isso que o Super-Homem está sempre fugindo de Louise Lane, porque Clark Kent também é maricas. Ai, meu Deus, que obsessão contra as bichas! É uma vontade de agredir só por gosto, porque nós não fazemos mal a ninguém. Eu não entendo. Afinal neste país todo mundo gosta é de mulher, então vão ter um infarto quando começarem a descobrir os segredinhos dos seus filhos.

Era a última diversão que restava a Fabián. A última conexão com o mundo. Falar, tagarelar, fofocar, saber, enquanto tomava um chá segurando afetadamente a xícara, com o mindinho apontando para cima. Manolo via seus gestos afetados e o chamava de "A Condessa":

— Você está divina, faz lembrar a condessa de Merlín, com seus vestidos brancos cheios de rendas de Flandres. Algum dia você vai escrever suas memórias: *Memórias de uma viagem a Matanzas.*

— Não, Manolo, vou escrever *Confissões de uma palhaça cubana nos tempos medievais.*

— Ai, menina, você está ficando tétrica. Alegra essa vida. Faz alguma coisa. Sai um pouco. Vai à praia e arranja um namorado. Aproveita os domingos para sair destas quatro paredes. Você vive trancada aqui, parece uma freirinha de clausura.

Mas Manolo deixou de aparecer aos domingos. Assim, de repente. Estava mal da garganta fazia algum tempo. Ficou três meses sem cantar. Sofria de laringite e tinha uns gânglios inflamados no pescoço. Sua bela voz de tenor enrouqueceu, e na última visita que fez a Fabián sua garganta doía bastante e por isso falou pouco. Estava de mau humor. Passou um mês e Manolo não apareceu. Não tinha telefone. Em Matanzas poucas casas dispunham de telefone. Quase ninguém. Fabián não se decidia a visitá-lo. A mulher de Manolo era muito preconceituosa. Bem, na verdade era normal, como todo mundo: não suportava veados. Sempre olhava para Fabián com uma expressão exagerada de desprezo e repugnância, deixando transparecer que queria dizer: "Fique longe do meu marido, seu boiola, não manche a nossa reputação".

Apesar de tudo Fabián decidiu ir. Depois de cinco domingos sem ver Manolo, no sexto foi à casa dele. A mulher abriu a porta e se surpreendeu quando o viu, mas não o tratou por você. Queria manter a distância:

— Ahhh, Fabián, boa tarde, como vai o senhor?

— Ehhh, bem, bem.

A mulher ficou na porta, esperando. Não o convidou para entrar. Fabián estava surpreso com aquele tratamento de "senhor". Após alguns instantes de silêncio, tímido, um pouco assustado, disse:

— Ehhh... é que faz tempo que não vejo o Manolo e...

— Manolo está de cama. Não vai nada bem.

— Pois é, a última vez que o vi estava mal da garganta. Por isso fiquei preocupado.

— Certo. Entre.

Por fim o deixou entrar na sala. Apontou para um sofá. Fabián se sentou. Ela também. Abaixou a voz:

— Então... Manolo... está muito mal. A garganta...

— Mas ele tinha laringite...

— Não... é um tumor no esôfago...

— Maligno?

— Maligno.

— Ahhh, meu Deus!

Ficaram em silêncio de novo. Ela o fitava com dureza, olhando nos seus olhos. Fabián não sustentou aquele olhar e ficou observando uma mosca, pousada no chão em cima de um pedaço amarelo-mostarda das lajotas. Nesse momento Fabián entendeu que não estava mais apaixonado por Manolo. Tudo aquilo tinha ficado para trás fazia muito tempo. A notícia o impressionou, mas não o comoveu.

— Queria vê-lo. Posso entrar?

— Bem, Fabián, ehhh... não sei... eu sei que vocês eram muito amigos...

— Somos.

— É, são amigos. Bem, venha. É que às vezes ele tem dores muito fortes e quase não consegue falar. Está muito mal. Não quer ser visto assim.

Fabián se arrependeu de vê-lo naquele estado. Manolo tinha emagrecido demais. Abatido, parecia um cadáver. Na cama, fez um esforço para sorrir um pouquinho, estendeu a mão e o cumprimentou. E com uma voz cavernosa, que quase não se entendia, disse:

— Fabián.

Não tinham mais o que dizer. Fabián ficou em pé ao lado da cama, olhando para o doente. E não conseguiu articular mais uma palavra. Passou um minuto, talvez. Afinal lhe ocorreu algo:

— Bem, Manolo, então... melhoras.

Assim que disse esta idiotice se arrependeu.

— Até logo.

E saiu do quarto, seguido pela esposa de Manolo. Foi direto para a porta, abriu-a e se despediu:

— Bom, então...

— Obrigada por sua visita, Fabián.

— Até logo.

E se foi às pressas, escada abaixo. Era um pequeno apartamento num prédio de três andares, no centro da cidade, bem perto do teatro Sauto. Respirou fundo. Passou pelo portal do teatro. Fazia mais de um ano, desde que o mandaram embora, que não passava por lá. Olhou os cartazes. Anunciavam uma zarzuela e um concerto de canções líricas. Mais nada. Fabián foi ler o elenco. Conhecia todo mundo. Tinha trabalhado com cada um deles. Mas não sentiu nostalgia nem rancor nem inveja. Não sentiu nada. A proximidade da morte de Manolo o deixara anestesiado. Faltava muito pouco. E era uma coisa tão inesperada e tão absurda. Tão injusta. Uma pessoa cheia de vitalidade e alegria. Em menos de dois meses estava destruído. Percorreu toda a avenida Tirry em direção à praia. Precisava caminhar. Ir para longe. Repetiu várias vezes: como sou idiota. Mas... não havia nada a dizer. Nunca tivemos nada de que falar. E de repente chega a morte, ainda tão jovem. Que horror. Ele não merece essa morte. Ninguém merece uma morte tão dolorosa. Tentava olhar para as pessoas. Num domingo à tarde há pouca gente na rua. Quase ninguém. Queria parar de pensar bobagens.

Chegou à prainha de Los Pinos. Fazia anos que não ia à praia. Não tinha interesse por campo nem por praia, não gostava de tomar sol, nem de fazer exercícios ou caminhar ao ar livre. Nem de jogar dominó. Nada físico. Los Pinos é uma praia pequena, com águas agitadas e lodosas, já em plena baía mas bem perto da foz do rio San Juan. Havia pouca gente. Os banhistas preferem outras praias, melhores e mais limpas, distantes da cidade. Sentou-se à sombra dos pinheiros. Ouvia o rumor das ondas à beira-mar, batendo na areia, e pensou: o que está acontecendo com a minha vida? Se pelo menos eu acreditasse em Deus ou num santo, poderia rezar como faz Lucía. Rezar, fazer uma promessa, pedir para voltar a tocar piano. Sair dessa fábrica asquerosa. Virar as costas para aquela gente anormal e grosseira. Deixá-los arder no inferno. Mas não tenho amigos nem santos nem nada disso. O que posso fazer? Nada. Talvez gritar. Não tenho forças nem para gritar. Sou um covarde, um moleirão... e um imbecil.

Derramou umas lágrimas. Queria chorar para se limpar por dentro. Mas tampouco conseguia chorar. Não tinha lágrimas. Não podia limpar nada. Estava bloqueado. Então se levantou e começou a andar de volta para casa. Não queria ficar na rua, diante das pessoas. Não queria ver ninguém. Nem que o vissem. Não tinha forças para andar. Com pena de si mesmo. Deprimido.

No dia seguinte, segunda-feira, teve que fazer um esforço para se levantar às seis e meia, vestir-se, sair, pegar o ônibus para chegar a tempo de marcar o cartão minutos antes das oito. Era como entrar em outro mundo. Um lugar a que ele não pertencia. De onde saía tanta gente vulgar e grosseira? Na rua não se via gente assim. É como se estivessem todos concentrados naquela fábrica. Obcecados por sexo e fofoca.

A fábrica ficava longe da cidade, numa zona industrial. Era uma região árida, sem uma árvore, onde só havia depósitos industriais, aterros poeirentos, caminhões e áreas enormes cheias de contêineres. Um lugar insípido, hostil, desumano.

Uns ônibus da fábrica pegavam os trabalhadores em diferentes trajetos pela cidade e os transportavam. De tarde era a mesma coisa, em sentido contrário. Aquelas pessoas, às sete da manhã, sem tomar café, com remela nos olhos, ainda sonolentas e sem se lavar, despenteadas, com a mesma roupa suja e fedorenta do dia anterior e de todos os outros dias. Pareciam não tomar banho, não lavar o rosto, não se pentear, não fazer a barba. Mas já chegavam alegres, fumando feito chaminés, rindo de qualquer fato insignificante, falando bobagens pelos cotovelos, debochando de todo mundo. Riam de uma forma doentia, contagiosa e absurda. Riam sempre. O riso era o antídoto que usavam inconscientemente contra a miséria, o tédio e a frustração. O riso e o álcool. Quase todos os homens tinham uma garrafa de álcool no bolso traseiro da calça. Isso não podia faltar. Volta e meia bebiam mais um golinho.

Fabián os odiava: eu os odeio. Como é possível que essa gente ria assim. Por que riem? Eles deveriam chorar. Desperdiçam a vida dessa maneira absurda, sem dedicar seu tempo a algo importante. Não é possível. Ele, naturalmente, se considerava superior. Muito superior. Durante algum tempo tentou relaxar e se adaptar ao meio. Com a teoria de que quem não se adapta perece. Mas não conseguiu. Tentou arranjar pontos de contato. Algo que o unisse a toda aquela massa amorfa de gente inculta, uns mortos-vivos que trabalhavam oito horas por dia repetindo os mesmos gestos, em troca de um salário miserável que não dava para coisa nenhuma. Não pensam, não analisam, não sabem pensar. Vivem como os servos da gleba nos tempos feudais. Simples marionetes.

Pensando essas coisas o dia todo ele podia enlouquecer. Fazia um esforço para se concentrar no corte maquinal da carne, mas o pensamento, como um cavalo desembestado, voltava sempre à mesma ideia: não pensam. Se pensassem um pouco, haveria um suicídio coletivo aqui. Ufa, era assim o dia todo. As oito horas de trabalho se transformavam numa jornada de angústia absolutamente insuportável. Tudo em sua mente. Uma mente descontrolada.

Quando Antonio passava por lá, nem olhava para ele. Quando Antonio afinal queria, fazia um sinal com os olhos indicando o banheiro. E lá ia Fabián, obediente. Escravo do prazer. Na verdade, mais da dor que do prazer. Antonio não era cuidadoso. Muito pelo contrário. Sempre o penetrava com desespero e fúria. Sem consideração. Mas Fabián gostava daquele homem violento. Era um violador. Antonio ficava atrás dele e batia na sua cara, mordia suas costas, apertava forte os braços para imobilizá-lo e desafiava:

— Vamos, branquelo de merda, tenta fugir! Tenta fugir que eu enfio até a garganta. Quero que doa. Grita, porra! Quero que doa, sua bicha. Me chamam de Marreta! Você não aguenta esse animal aqui! Ninguém aguenta, nem as mulheres conseguem meter tudo! Tenta fugir que eu corto a sua garganta! Diz pra mim: Marreta, eu sou tua fêmea. Diz no meu ouvido.

Antonio precisava de toda essa parafernália agressiva para se excitar. Fabián o satisfazia. Tentava fugir dos seus braços poderosos e das mãos que apertavam como tenazes. Não conseguia. Mas continuava tentando. Sempre. E lhe dizia no ouvido: "Marreta, eu sou tua fêmea. Vai, não para, Marreta". Nesse vaivém Antonio se excitava e em poucos minutos gozava. Então relaxava e o beijava e acariciava, sussurrando frases carinhosas no ouvido de Fabián. Era tudo um jogo. Perigoso. Fabián saía vivo mas todo moído. Se algum dia aquele homem perdesse o juízo e apertasse sua garganta, ele morreria esganado em poucos segundos. Também podia cortar seu pescoço com uma faca. O cadáver de Fabián ficaria ali. Sangrando. E ninguém saberia de nada. Porque ninguém ia falar. Fabián sonhava com essa possibilidade: se não doer muito, pode ser uma boa forma de morrer. Nas mãos dessa fera, penetrado até o fundo da alma, sofrendo e gozando, sufocado por suas manzorras ou com um corte na garganta e pronto, acabou-se. Terminar numa poça de sangue e com o cu destroçado. Depois, na cama, de noite, Fabián se masturbava lembrando aquilo tudo. Sonhava com as manzorras de Antonio apertando sua garganta até sufocá-lo, até perder os sentidos e morrer. E chegava ao clímax. Só isso. Depois adormecia.

Após aquelas sessões de sexo e dor no banheiro, Fabián voltava para o trabalho. Quando finalmente soava o apito rouco e prolongado, às cinco da tarde, todos já estavam esperando fazia uma hora. Tinham guardado os instrumentos e escondido um bom pedaço de carne numa sacola ou na roupa. As mulheres amarravam na barriga, sobre o púbis. E, quando podiam, levavam outro pedaço em uma sacola. Todos roubavam diariamente. Para comer em casa ou para vender. Senão não valia a pena trabalhar naquela fábrica. Com aquele salário miserável, precisavam ganhar alguma coisa do jeito que fosse. Quando o apito tocava, já estavam prontos, fumando, tagarelando tranquilos e rindo com animação. Com aqueles bons cortes de carne que levavam às escondidas, se consideravam pagos. Então, todo mundo feliz. E continuavam tagarelando e fumando, ansiosos, esperando, até que o sinal tocava e todos saíam correndo para os ônibus. Corriam como crianças alegres e risonhas, sem preocupações. Fabián detestava vê-los assim, tão inocentes, alegres e despreocupados. Ele nunca sorria.

Na casa haviam compartimentado o espaço muitos anos antes. Era um pacto sem palavras. Considerava-se ponto pacífico que era assim. Felipe e Lucía moravam nos fundos. Ficavam com a cozinha, a sala de jantar, o último quarto, o banheiro e um pedacinho do quintal. Depois do desmoronamento da cozinha e de parte da sala de jantar, perderam um pouco de terreno. Passavam o dia todo sentados lá, sem fazer nada e sem falar. Fabián era dono e senhor do resto da casa: sala, saleta, os dois primeiros quartos, quase todo o pátio, e, além disso, obviamente usava o banheiro e a sala de jantar quando se fazia necessário. Para uso prático. Só isso. Viviam numa espécie de guerra surda. Quase não se falavam. Ele não sabia se os velhos tomavam banho ou comiam ou se precisavam de alguma coisa. Como se fossem dois bonecos de pano, entregues à própria sorte.

Ele nunca perguntou a Lucía de onde tirava dinheiro para comprar mantimentos ou pagar a luz ou a água. O fato é que os dois tinham medo de Fabián. Ele era tão grosseiro, tão violento, que faziam tudo às escondidas. Quando Fabián saía para o trabalho, Lucía ia receber as aposentadorias dos dois nas datas corretas, no começo de cada mês. E fazia as compras. Depois tentavam não o perturbar para não ter que aguentar a sua ira. Por que vivia sempre indignado e furioso? Não sabiam. Não tinham nem ideia. Ele não suportava aqueles dois velhos inúteis pelos quais não sentia um pingo de amor. De Lucía ainda tinha algumas boas recordações, mas poderia perfeitamente torcer o pescoço de Felipe e largá-lo estrebuchando no chão, como se faz com uma galinha. Tinha um enorme vazio no lugar onde deveria haver um coração.

Um dia pediu licença no trabalho para sair ao meio-dia. Autorizaram. Voltou para a cidade e foi ao escritório de assistência social. Falou com uma funcionária. Precisava internar seus pais num asilo de velhos. A companheira que atendia a esses casos lhe disse:

— E vocês são um caso social?

— Não sei.

— Como não sabe, companheiro? Vejamos, eles têm de que viver?

— Eu trabalho o dia todo e não posso cuidar deles.

— São inválidos?

— Um deles, sim. Felipe é inválido, retardado, um anormal completo. Teve uma embolia. Preciso interná-los num asilo. Os dois.

— Uma coisa é o que você quer e outra coisa é a lei.

— É. Sei disso. No asilo eles vão viver melhor.

— Sim, mas é muito difícil. A lista de espera nos asilos é de três ou quatro anos, até mais.

— Não me diga.

— Quase sempre os velhinhos morrem e… ufa, dois ou três anos depois chega o telegrama do asilo.

— Não tem jeito, então?

— Só nos asilos dos católicos. Vá até lá. Fale com as freiras.

— Com as freiras?

— Sim. Com os padres. Vá lá ver se eles…

— Onde tenho que ir?

— Sei lá. Uma igreja. Não custa nada perguntar. Senão vai ter que pagar a alguém para cuidar deles.

— Eu não tenho dinheiro.

— Ah. Certo. Estou tentando ajudar.

Fabián saiu de lá sem saber o que fazer. E, acima dos prédios, viu a cúpula da catedral. Foi direto para a igreja. Andou até o fundo, pelo caminho da sacristia, e bateu na porta. O sacristão abriu. E os dois se reconheceram na hora. Era seu vizinho do bairro e tinha sido funcionário da padaria. Já se conheciam de vista. Trocaram um aperto de mãos. O sacristão convidou-o para entrar. Fazia anos que tinha saído da padaria. Era muito conversador. Fabián só assentia. Por fim o homem perguntou:

— Não lembro o seu nome…

— Fabián. E o seu?

— Octavio. O que o traz por aqui? Casamento, batizado…

— Não. É que… estive na assistência social…

— Ahh, para o asilo.

— Como sabe?

— Porque manda muita gente para cá. Toda semana vêm três ou quatro perguntar. Agora me lembrei, os seus pais são bem velhinhos. Estão vivos?

— Sim, estão. Foi por isso que vim perguntar.

— Sabe, para não perder tempo. O asilo aqui é pequeno, para cinquenta pessoas. Agora temos oitenta e tantos velhos. Não cabe mais ninguém. E tudo com poucos recursos, porque o governo não deixa entrar ajuda de outros países. Nem mantimentos, nem nada. E se continuar assim vamos ter que fechar. Os velhinhos vão morrer de fome. Esta é a situação. Por isso não posso lhe dar esperanças.

— Puxa, e eu que pensei…

— Uma coisa pensa o bêbado e outra o taberneiro. Ainda assim, preencha este formulário de solicitação. Quer internar os dois?

— Sim, os dois.

— Qual é o mais velho e em pior estado de saúde?

— Felipe. Teve uma embolia e…

— Sim, sim. Então interne Felipe, pelo menos. Os velhinhos… já estão… imagine. Todo mês temos duas ou três baixas e abrem vagas. Temos uma lista de espera muito extensa. Não vou lhe dizer quantos são para não desanimar, mas é longa. Mesmo assim, vamos ver o que se pode fazer. Escreva no final, em "comentários", que é um caso urgente e que precisa de ajuda. E reze para são Judas Tadeu com fé, faça uma promessa.

Fabián nem se lembrou de são Judas Tadeu nem das causas perdidas, mas dois meses e pouco depois recebeu um telegrama dizendo que fosse ao asilo no dia seguinte, para internar Felipe Cugat. Fabián ficou surpreso. Já tinha esquecido essa possibilidade. Foi falar com um vizinho que tinha um Oldsmobile velho e o alugou para o dia seguinte de manhã bem cedo. Nessa noite dormiu inquieto. Sentia uma estranha mistura de prazer e aflição. Levantou-se ao amanhecer, como sempre, mas disse a Lucía que ia levar Felipe a um hospital para fazer uns exames. Lucía, assustada:

— Ai, meu filho, não! Ele não tem nada. Deixe seu pai em paz.

— É um bom especialista em cérebro. E me disseram que talvez possa ser curado.

— Não leve. Ele está assim há muitos anos e está bem.

— Fique quieta! Assim ele se assusta.

Felipe, de medo, já tinha mijado nas calças. Tiveram que trocá-lo. Começou a tremer e a murmurar alguma coisa. Não dava para entender nada. Ele agora era um homem decrépito, muito magro e fraco. Aos setenta e nove anos, parecia ter cem. Fabián carregou-o com facilidade. Felipe tremia de medo e voltou a se mijar. Fabián gritou que ia levá-lo assim mesmo. E foi o que fez. Deixou-o no asilo. Preencheu uns papéis. Assinou. E foi embora sem olhar para trás. Felipe chorava e tremia. Fabián, muito tranquilo, saiu de lá com uma sensação de paz espiritual. Como quem se livra de um grande fardo. Tirou o resto do dia de folga. Lucía perguntava por Felipe de meia em meia hora, muito assustada.

— Ficou internado por uns dias para fazer exames. Agora não me enche mais e vai lá para trás. Quero ouvir isto.

Fabián estava aproveitando a tarde para ouvir *La Traviata, Rigoletto, Aida.* Sucessivamente. Reparava em certos detalhes técnicos de Verdi que achava muito adiantados para a época em que foram escritos. No dia seguinte teve que ir trabalhar, como sempre. E quando voltou de tarde, quase noite, extenuado, encontrou um telegrama debaixo da porta:

"Felipe Cugat faleceu esta noite. Parada respiratória. Comparecer urgente ao asilo. Condolências."

Sentou-se para fazer a conta. Ele morreu há vinte e quatro horas. Já deve ter sido enterrado esta tarde. Vou lá no domingo. Afinal, para quê? E ficou tranquilo. O problema agora era Lucía, que ia continuar perguntando e perguntando. Foi até os fundos para tomar banho e comer. Lucía continuava na cama. Olhou para ela com dureza:

— Por que está deitada a esta hora?

— Não tenho forças. Não me levantei hoje.

— Comeu alguma coisa?

— Não consigo. E Felipe?

— Está bem.

— Foi lá vê-lo? O que estão fazendo com ele?

— Fui. Está bem. Não se preocupe.
— Traz ele de volta, meu filho. Eu não sei viver sem Felipe.
— Vai demorar uns dias pra ele voltar. Então, tenha calma.
Lucía ficou em silêncio. Chorando. E disse:
— Tive um sonho com Felipe. Ele veio me chamar. Muito pálido. E disse que sempre tinha me amado e que não podia ficar sem mim. Eu também não posso ficar sem você, respondi. Acho que repetimos isso muitas vezes. E saímos andando.
— Não fez nada para comer? Não chore assim à toa.
Entre os soluços Lucía continuou:
— O que eu mais desejei em toda a minha vida foi ter um filho. O que fiz de errado, meu Deus? O que fiz de errado, Santa Virgem de La Paloma?
— Pare de fazer drama.
— Você é um infeliz, meu filho. Vai sofrer muito na vida.
— Já estou sofrendo.
— Sim, sei disso. Eu daria minha vida por você, mas... agora é tarde, meu filho. E não posso viver sem Felipe. Você e Felipe, não posso viver sem os dois.

Lucía estava chorando e quase não conseguia falar por causa dos soluços. Fabián foi para a cozinha. Fez um pouco de arroz e dois ovos fritos. Comeu. Estava com fome. Foi se deitar cedo. E teve pesadelos a noite toda. Acordou gritando várias vezes. No dia seguinte acordou como sempre às seis e meia. Lucía continuava dormindo. Fez café. Bebeu uma xícara e foi para a fábrica. Quando voltou à tarde Lucía ainda estava dormindo. Chamou-a em voz alta:
— Lucía, por que você dorme tanto?
Tocou no seu ombro. Estava fria e rígida. Com uma estranha expressão de paz no rosto. Fabián ficou com a mente em branco. Não sabia o que fazer. Tinha que fazer alguma coisa. Foi para a sala e sentou numa poltrona, balançando-se de frente para a parede. Não sentia nem pensava nada. O que se faz nesses casos? Chamar um médico, a polícia, a funerária, um vizinho? Levantou-se e foi para uma policlínica, a três quarteirões dali. E a máquina começou a se mover. Passou a noite na funerária, sozinho o tempo todo. Não tinha a quem avisar. Um funcionário da funerária lhe deu um atestado

de óbito. Leu-o várias vezes. Lucía Ramírez Atxaga tinha nascido em Madri no dia 13 de dezembro de 1905 e falecido em Matanzas, Cuba, a 18 de outubro de 1973. Na manhã seguinte foi sozinho para o cemitério. E a enterraram numa vala comum. Rapidamente. Sem cerimônias. Os dois coveiros estavam com pressa. Resolveram a situação em menos de cinco minutos.

Voltou para casa ao meio-dia. Pela primeira vez sabia que não havia ninguém lá. Que estava completamente só. E sentiu uma apreensão no peito. Sentou-se na saleta. Leu de novo o atestado de óbito e fez as contas. Lucía tinha só sessenta e oito anos. Parecia muito mais velha. Era como se tivesse oitenta ou noventa. Por quê? Por que parecia tão velha?

No silêncio absoluto da casa, recordou em poucos segundos toda a sua vida, o amor que Lucía sempre lhe deu. E começou a chorar desconsoladamente. Fazia anos que não chorava. Já não lembrava quando tinha chorado pela última vez. Talvez durante alguma birra de menino malcriado. Agora não conseguia conter as lágrimas. E a solidão caiu em cima dele como uma laje pesada. E o esmagou. Então parou de chorar. As lágrimas tinham acabado, mas continuou sentado numa poltrona da saleta. Não conseguia se mexer. Ficou apavorado. Pela primeira vez na vida estava absolutamente sozinho. Não sabia o que fazer. Não ia ter forças para prosseguir. Precisava se matar. Um tiro de espingarda, de revólver. Mas não tinha uma arma ao seu alcance.

Quando afinal se decidiu foi até a cozinha, preparou um chá de tília e bebeu. Pensou que gostaria de ter um veneno e poder acabar já. Mas também não tinha veneno à mão. Bebeu a tília e foi se deitar. O sono foi entrecortado, em meio a pesadelos que o faziam acordar gritando. Sonhou que estava andando por lugares áridos, enormes extensões empoeiradas e vermelhas, desertos sem uma alma viva, só aquele pó rubro, as pedras e uns arbustos raquíticos e secos debaixo de um sol terrível. Caminhava rápido, com a garganta seca, sem rumo. Não sabia aonde se dirigia, porque não havia caminhos. Tinha a impressão de que passara a vida toda andando sem parar por aquele deserto e que ia continuar ali para sempre, sem beber água, sem poder se refugiar em alguma sombra e descansar um pouco.

Então acordava assustado e pulava da cama. Com a boca seca. Bebia água. Ia se deitar de novo. E tudo se repetia. Com algumas variações. Às vezes havia casas de pedra, muito toscas e caindo aos pedaços, abandonadas naquele deserto mortal. Em outros momentos via gente caminhando ao longe, em meio ao vento e à poeira. E desaparecia. Ele era invadido pela angústia de estar só e perdido. Acordava apavorado. Bebia um gole de água. Tentava dormir de novo. E assim, de forma lenta e angustiada, passou a noite.

Afinal amanheceu. Não teve forças para enfrentar a rotina de sair, andar três quarteirões, pegar um ônibus e começar outra jornada de trabalho na fábrica. Estava se lixando. O que mais podia lhe acontecer? Tampouco tinha vontade de tocar piano. Fazia meses que não tocava. Nem sabia mais quando havia sido a última vez. Talvez mais de um ano. Colocou um disco qualquer na vitrola. Qualquer coisa refrescante. *Porgy and Bess.* Um pouco melancólica, não muito refrescante. E assim passou o dia. Ouvindo discos que já tinha quase esquecido. E lendo os *Pontos de vista de um palhaço.* Ficou assim três dias. A única comida que havia na casa era arroz e feijão-preto. Cozinhou duas panelas daquilo. Uma de arroz, outra de feijão. Comia pouquinho. Só umas colheradas. Não sentia fome.

Passou os dias seguintes do mesmo jeito. Rodando pela casa. Sem olhar para a rua. Recluso. Tinha enterrado Lucía no dia 19, sexta-feira. A semana seguinte passou devagar. Fabián não recuperava a energia suficiente para fazer alguma coisa. Ficava andando sem rumo pela casa, ouvia música, e de noite aqueles pesadelos se repetiam inexoravelmente. Passou uma semana assim. Na segunda-feira dia 29 de outubro, à tarde, bateram na porta. Em todo esse tempo Fabián não havia tomado banho nem feito a barba. Estava com um aspecto péssimo quando abriu a porta. Era uma mulher da administração da fábrica. Uma mulata, de uns cinquenta anos e com um jeito evidente de pessoa curiosa e intrometida. Ele a conhecia de vista.

— Boa tarde. Fabián Cugat?

— Pois não.

— Sou da fábrica. Do departamento de pessoal. Então, é que me mandaram de lá descobrir por que você não foi trabalhar esta semana toda. Mais de uma semana, doze dias.

— Estou doente.

— Ahh.

— Minha mãe morreu e eu... não me sinto bem.

— Ah, meus pêsames.

Ficaram em silêncio por um tempo. Fabián esperando que ela fosse embora para fechar a porta. E ela, por seu lado, esperando que ele a convidasse para entrar. Finalmente tomou a iniciativa:

— Que doença você tem?

— Não sei... ehhh... estou me sentindo mal. Dos nervos.

— Ahh. Então precisa nos levar um atestado médico para ter uma semana, quinze dias, um mês de licença. Depende do que o médico escrever. Bem, no caso o psiquiatra.

Outro silêncio. Ela voltou a falar:

— Pode me dar um copo de água?

— Sim. Entre.

A mulher entrou e foi logo dizendo:

— Eu me chamo Teresa.

— E eu, Fabián.

— Sim, eu sei, rá-rá-rá-rá. Nossa, que piano grande! Nunca tinha visto um piano tão grande.

— É de cauda.

— Ah.

— Sente-se. Vou trazer água.

Teresa sentou na saleta, assombrada. Nunca tinha visto uma casa como aquela. Parecia um museu. Dá para ver que é gente de dinheiro, gente fina, pensou. Fabián trouxe um copo de água. Ela não estava com pressa:

— E quem toca o piano? Você?

— Eu.

— Mas como assim?

— Como assim o quê?

— Você toca piano e trabalha na produção, na fábrica?

— Fui mandado para lá. Faz... uns dois ou três anos.

— Um ano e pouco. Estive olhando o seu registro. Você começou em setembro de 72. E vi que antes trabalhava na Cultura.

— Você sabe mais do que eu.

— É meu trabalho. Controle de pessoal.

De novo o silêncio. Teresa olhou-o de frente e disse, marcando e pronunciando lentamente as palavras, de um jeito pedagógico:

— Sabe, Fabián Cugat, vou lhe explicar uma coisa. Você é um caso especial. Eu sei que é uma pessoa decente, que estudou, e já está há mais de um ano na fábrica, um trabalho duro. Lá não tem nada fácil. Se você está doente dos nervos, arranje um atestado de um psiquiatra o mais rápido possível. Quando me trouxer isso, nós lhe damos um mês de licença remunerada. Ou o tempo que o médico disser. Se ele escrever seis meses, você tem seis meses. Mas vou lhe dizer uma coisa para o seu bem, porque dá para ver que você é uma pessoa direita: se não me trouxer esse atestado, vão lhe aplicar a lei da vagabundagem e será pior. Entendeu? E repito: eu não quero prejudicá-lo, mas você tem que me trazer o atestado médico. Não me obrigue a tomar providências.

— O que é isso?

— O que é o quê?

— A lei da vagabundagem.

— A lei da vagabundagem! O que poderia ser? Você não mora neste país? Quem não trabalha pode ser mandado para uma Umap. Então ande logo e resolva rápido.

— Bem. Vou ver o que faço.

Teresa se despediu. Fabián na mesma hora apagou da cabeça tudo o que ela tinha falado e ficou ouvindo música. Definitivamente, o mundo real não lhe interessava. E passaram os dias. Chorava muitas vezes. Pensava em Lucía o tempo todo e queria tê-la ao seu lado. Continuou sem tomar banho, sem fazer a barba. Parou de comer porque já não havia mais nada na despensa. Pensou em ir à quitanda com a caderneta de abastecimento e comprar alguma coisa, mas não tinha forças.

O pior de tudo eram os pesadelos noturnos. Sempre o mesmo tema: aquele deserto de terra rubra e poeirenta, com ventos fortes, e um sol calcinante que secava a garganta e o deixava sem energia. Certa madrugada, já amanhecendo, acordou apavorado e foi como uma alma penada até o piano, acendeu uns tocos de vela que restavam nos candelabros, levantou a tampa do piano e começou a tocar uma coisa tremenda e furiosa. Não sabia o que era. Algo em sua cabeça lhe ditava as notas, e suas mãos voavam sobre o teclado. Arremetia com uma força extraordinária. Nunca tinha tocado assim. Era genial. Uma sinfonia completa, em três tempos. Tocou durante uma hora. *Sinfonia raivosa*, pensou várias vezes enquanto arremetia contra o teclado com ímpeto e decisão. De onde tinha saído? Sim. É mesmo uma *Sinfonia raivosa*. Este é o título. Mas fazia vários dias que não comia nem bebia nada. Uma tontura o fez desfalecer e perder os sentidos.

Acordou no chão. Não sabia quanto tempo passara ali. Estavam batendo na porta, e então entendeu que aqueles golpes fortes de aldraba o haviam acordado. Quase não tinha forças para se levantar. Mas conseguiu. Abriu a porta. Era Pedro Juan.

— Fabián! Estou aqui há meia hora, batendo na porta. Não ouviu?

— Entra, entra.

— Porra, que aspecto ruim. Perguntei por você na fábrica e me disseram que estava doente.

— É. Entra.

Foram para a saleta.

— Você está muito magro, Fabián. Abatido demais. O que houve?

— Estou muito mal.

— É, dá pra ver. Conta.

— Nada. Meus pais morreram e eu não quero continuar vivendo.

— Ah, você está maluco! Como pode dizer uma coisa dessas? Sabe, eu lamento muito pelos seus pais, mas eles já eram velhinhos. Tinham vivido bastante. É assim que você tem que ver a coisa. Sei que deve ser muito duro, mas o tempo... Tem que deixar o tempo passar.

— Certo. Certo. Você não é muito bom pra dar conselhos.

— Bem, eu digo o que me passa pela cabeça.

— Não parece convincente.

— Não, é que... eu não consigo imaginar. Meus pais estão vivos. E, pra dizer a verdade, me enchem bastante o saco, mas estão aí e, enfim, sei lá. Não sei o que dizer.

— Não diga nada.
— Ponha música na vitrola.
— Pra quê?
— Você está deprimido?
— Sim, Pedro Juan, deprimido e muito mal.
— Dá pra ver. Faça a barba, tome um banho, vista-se e vamos a uma pizzaria. Estou com dinheiro. Eu pago.
— Não, não.
— Por que não?
— Porque não.

Pedro Juan se encostou na poltrona para olhar o teto. Era quase noite. Tinha um encontro naquela noite com uma moça. Era sexta-feira, ele a tinha convidado para dançar e beber num clube. A vida caótica de Pedro Juan. Irrefreável.

— Bem, compadre, então não aceita meu convite e não quer sair daí. Você é quem sabe. Eu já vou. Volto em dois ou três dias. Cuide-se.

Fabián fechou a porta depois de se despedir de Pedro Juan com um aperto de mãos. E nesse momento um terrível sentimento de solidão absoluta afligiu outra vez seu coração. Naqueles dias tinha escrito uns poemas no seu diário. Com uma letra péssima e apressada, muito diferente da sua letra habitual. Poemas desesperados como este, que foi a última coisa que escreveu no diário:

ENTÃO O PÁSSARO REGRESSA

Acabei de arrancar onze páginas do meu diário.
Dias muito tormentosos. Indecisão e final.
Excessos e loucura.
Pensamentos negros e remorsos, como um assassino.
Prefiro não deixar rastros.
Não espero nada definitivo,
nada perfeito e moderado.
Começa a contagem regressiva, à beira do abismo.
Um lance de dados, dizia Mallarmé.
Um tiro na têmpora, um empurrão súbito.

Como quem faz roleta-russa.
Então o pássaro regressa.
Aparece de tanto em tanto, como um sinal.
Pousa no jasmim perfumado e canta
todas as variações da sua ária.
Um enviado dos anjos que me protegem.
Fecho os olhos para ouvir melhor.
Mas nesse momento
os demônios capturam o pássaro, num gesto veloz,
Lúcifer o devora.
Lambe os beiços para não perder nem uma gota de sangue.
E se faz o silêncio, a escuridão.
O Diabo cresce. E me exige.
Limpa o sangue que lhe escorre pela boca.

3 de novembro, 1973. Matanzas

Durante vários dias continuou rodando pela casa, quase desfalecido. Encontrou um saquinho com açúcar na despensa. Duas ou três vezes por dia tomava um pouco d'água com uma colherzinha de açúcar. Mas lhe dava nojo. E parou de beber. Perdeu a noção do tempo. Não conseguia mais ler nem ouvir música. Sua cabeça girava, não sabia bem se era dia ou noite. Num momento de mais lucidez tentou ir até o piano e tocar aquela sinfonia maravilhosa que criara. Mas não conseguiu. Pensou que havia sido um sonho. Não tinha certeza. Passou os últimos dias falando com a mãe, que vinha andando, sorridente, por uma planície toda coberta de relva. Davam as mãos e andavam juntos. Lucía não falava nada, apenas sorria e ouvia tudo o que seu filho lhe contava. Era um lugar luminoso e agradável, com uma brisa leve que movia ligeiramente a relva. Cada vez suas visitas eram mais frequentes. Fabián passeava de mãos dadas com a mãe. E era feliz. Às vezes era a criança de sempre. E outras vezes o Fabián adulto. E partiu caminhando, feliz.

Uma semana depois, Pedro Juan voltou lá e bateu na porta com força. Ninguém abriu. Ele sabia que Fabián continuava doente e que não estava indo ao trabalho. Não queria sair de lá sem saber o que estava acontecendo. Então foi pela rua de trás e bateu na porta de um vizinho, o que tinha o abacateiro grande no quintal. Explicou a situação e pediu que o deixasse subir no telhado. O vizinho era um homem velho e desconfiado. Não deixou. Pedro Juan, muito decidido, disse:

— Sabe, eu sou amigo de Fabián e tenho que entrar lá porque uma semana atrás ele estava muito mal. Não sei como está agora. E mora sozinho. Então me deixe passar.

O homem continuou hesitando. Pedro Juan, cortante:

— Quer que eu chame a polícia e volte com um policial?

— Não, filho, não precisa. Pode entrar e subir no telhado.

Em um minuto Pedro Juan estava em cima do telhado, andando com cuidado sobre as telhas. E desceu no quintal da casa de Fabián. O forte cheiro de morte o deixou alerta. O cadáver estava no chão, ao lado do piano, vestido apenas com aquele roupão bordô que ele adorava. Era brutal o cheiro de decomposição. Não quis olhar. Abriu a porta da frente e disse a uma mulher que estava passando pela calçada:

— Senhora, o rapaz que morava aqui está morto. Pode avisar à polícia?

Levaram o corpo para o necrotério. Prepararam um atestado de óbito. Mandaram Pedro Juan assinar como testemunha. O enterro foi feito imediatamente porque não havia a quem avisar. Pedro Juan acompanhou, sentado ao lado do motorista no carro fúnebre. Tinha esquecido de comprar flores. Fabián foi enterrado numa vala comum, rapidamente e sem nenhuma cerimônia, como é usual nesses casos. Em cada vala colocavam três cadáveres. Tampavam com uma lajota e não havia identificação. Anonimato total. Ninguém viria trazer flores ou rezar por sua alma. Fabián ia gostar disso, pensou. Fabián, sempre invisível, até na morte. Era perfeito. Anos depois Pedro Juan saiu de Matanzas. E continuou sua vida caótica e desesperada. Sem ordem e sem rumo. Mas nunca esqueceu. Levou muitos anos para entender o que tinha acontecido.

Havana, 2014

1ª EDIÇÃO [2016] 1 reimpressão

ESTA OBRA FOI COMPOSTA PELA ABREU'S SYSTEM EM ADOBE GARAMOND E IMPRESSA
EM OFSETE PELA LIS GRÁFICA SOBRE PAPEL PÓLEN SOFT DA SUZANO PAPEL E
CELULOSE PARA A EDITORA SCHWARCZ EM OUTUBRO DE 2016

A marca FSC® é a garantia de que a madeira utilizada na fabricação do papel deste livro provém de florestas que foram gerenciadas de maneira ambientalmente correta, socialmente justa e economicamente viável, além de outras fontes de origem controlada.